10
18

12, AVENUE D'ITALIE. PARIS XIIIe

Sur l'auteur

Michel Moatti, universitaire et journaliste de formation, a été correspondant de l'agence de presse britannique Reuters. Il a vécu à Londres au début des années 1990 et a travaillé dans les archives victoriennes : presse de l'époque, dossiers de la Metropolitan Police (Scotland Yard), rapports médico-légaux, témoignages des jurys d'enquêtes, etc. Il est membre de la Whitechapel Society de Londres. Après *Retour à Whitechapel*, *Blackout Baby* et *Alice change d'adresse*, *Tu n'auras pas peur* a paru aux éditions Hervé Chopin.

MICHEL MOATTI

RETOUR À WHITECHAPEL

10/18

Grands détectives

créé par Jean-Claude Zylberstein

HC ÉDITIONS

Du même auteur
aux Éditions 10/18

ISBN 978-2-264-06725-8

À Sarah

À Tim

« La vie est l'ensemble des fonctions qui résistent à la mort. »

Marie François-Xavier BICHAT

Recherches physiologiques sur la vie et la mort - 1800

Préface

Nous ne sommes pas anglais, nous ne croyons pas aux fantômes et, pourtant, Jack l'Éventreur nous parle. La sauvagerie de ses crimes, le caractère fulgurant de sa « carrière » – il n'a officiellement sévi que quelques mois, d'août à novembre 1888, laissant derrière lui cinq victimes –, l'énigme intacte de son identité font de cet être réel un mythe. Incapable de mettre un nom sur l'ombre qui martyrise des prostituées dans le quartier le plus pauvre de Londres, la presse déchaînée et l'opinion publique convoquèrent à l'époque leurs usual suspects, *toujours les mêmes : les symboles des bas-fonds et des hautes sphères de leur temps. En l'espèce, des immigrés juifs miséreux, des marginaux, ainsi que des membres du premier cercle de la reine Victoria, dont le chirurgien de la souveraine et même, un peu plus tard, l'un de ses petits-fils. Lorsque, à la fin du* XXe *siècle, éclata, en Belgique, l'affaire Dutroux, le réflexe de répulsion fut tel qu'on imagina que le pédophile de province avait, forcément, des liens avec Bruxelles et la famille royale. Rien ne change : on refuse de croire à l'évidence simple qu'un homme seul, à condition d'être mentalement détraqué, est capable de fabriquer de l'horreur brute, donc on invente des fables pour se rassurer et, au bout du compte, on se fait encore plus peur en imaginant que la Couronne guide la main du monstre. Que le pouvoir perçoit une nouvelle taxe, une gabelle de chair et de sang.*

L'histoire de Jack l'Éventreur reste singulièrement prenante, parce que, bien qu'inscrite dans une période précise du XIXe *siècle, elle revêt un aspect intemporel. Il y a alors quelque chose de pourri dans l'Empire britannique, et le tueur en série est le nettoyeur fou de sa capitale, comme s'il s'était assigné à lui-même une mission, s'attaquant à des filles de rien pour les précipiter dans le néant. Paradoxalement, il leur a ainsi offert une existence : depuis 1888, les cinq victimes de l'Éventreur sont les prostituées de rue les plus connues de tous les temps... De surcroît, le massacreur de Whitechapel, mégalomane, a inventé un type de provocation, écrivant des lettres à la police pour narguer les enquêteurs et se glorifier de ses actes, comme on le voit aujourd'hui fréquemment dans la mythologie des* « serial killers »*. Du moins de tels courriers – dont le fameux* « From hell » *– lui sont-ils attribués et, finalement, peu importe s'il en est le véritable auteur : le personnage de Jack l'Éventreur est presque autant façonné par une lame que par la plume.*

Le quartier dans lequel sévit, en 1888, le psychopathe, donne à son délire une couleur, une atmosphère. En France, Zola est une célébrité, il a publié L'Assommoir *en 1876,* Germinal *en 1885. La condition ouvrière intéresse. À Londres, l'East End pue le sang des abattoirs, la suie des usines, le poisson pourri des docks, la sueur des ouvriers exploités ; son pavé est gras, ses rues sont borgnes, le brouillard est l'habit poisseux de la misère ; la toponymie elle-même confère à la traque de Jack l'Éventreur des allures de légende, qu'on la suive depuis le sommet du clocher de Christ Church ou au ras du comptoir minable des Ten Bells, le pub où ses malheureuses proies s'enivrent de gin entre deux passes. Le dénuement des habitants du quartier est total, honteux. Avec* Retour à Whitechapel, *Michel Moatti ressuscite une part d'ombre de la société victorienne. Il raconte par exemple, dans un chapitre saisissant, la manifestation des employées d'une usine d'allumettes, au visage ravagé par le phosphore, un événement social qui, à première vue, n'a aucun rapport avec les méfaits de l'assassin. En réalité, les allumettières défigurées par l'industrie et les prostituées éviscérées par l'Inconnu sont toutes des victimes d'un siècle et d'un système de castes qui écrasent les pauvres gens, gomment leur identité. L'enquête sur Jack l'Éventreur n'a-t-elle pas été classée dès 1892 ? Les limiers de Scotland Yard n'auraient-ils pas fait preuve d'un zèle plus durable si le maniaque sans nom s'en était pris à des filles de lords ? Là aussi on pense par association d'idées à des dossiers contemporains, comme l'affaire des « disparues de l'Yonne », qui remonte à la France rurale des années 1970-1980 : des jeunes femmes handicapées mentales, originaires d'un milieu modeste, s'évaporent au nord de la Bourgogne. Il faudra attendre le début des années 2000 pour que leur assassin, Émile Louis, soit confondu et condamné.*

Retour à Whitechapel *recourt à la technique romanesque pour suivre les pas de Jack l'Éventreur. Un personnage de fiction, la fille de la dernière victime, Mary Jane Kelly – la plus sauvagement mutilée des cinq –, reprend l'enquête en 1941, alors que les bombardiers nazis dévastent l'East End et qu'elle découvre soudainement l'identité de sa mère. Comme le romancier James Ellroy, fils d'une femme assassinée, Mrs Pritlowe plonge dans les archives à la recherche de son dahlia noir, et tient un journal. Il n'est bien évidemment pas question de révéler ici la vérité sur laquelle elle débouche, qui n'est au demeurant qu'une des vérités plausibles, puisque aucune preuve de l'identité véritable de Jack l'Éventreur ne sera probablement jamais découverte. Dans les pas de cette infirmière qui soigne les blessés du Blitz et passe ses moments libres dans un club de « ripperologues », nous replongeons dans les recoins de Whitechapel, Commercial Road, Dorset Street, Miller's Court. La* nurse *finira par voir, littéralement, le tueur en action. La scène de crime est fidèle aux analyses des deux grands spécialistes français des tueurs en série, les docteurs Dubec et Zagury, qui font fi de la fascination malsaine qu'exercent souvent les criminels très productifs sur le public : sentiment de toute-puissance – les psychiatres parlent d'« élation » – de celui qui ôte la vie sans le moindre remords pour sa victime réduite à l'état de chose, d'objet nécessaire à l'accomplissement de son œuvre d'art morbide. L'indifférence est la caractéristique saillante de tous les tueurs en série, qu'ils agissent en solitaire ou en bandes, comme lors des génocides. C'est cette indifférence à l'autre qui doit nous retenir de les admirer.*

Cent vingt-quatre ans après les trois mois qui ont terrorisé Whitechapel, il est encore temps de se replonger dans le mystère, de chercher un épilogue à une enquête trop courte, classée sans autre forme de procès. De méditer un message révoltant : le pire des crimes est demeuré impuni alors que le coupable était sans nul doute à portée de main de Scotland Yard, sans oublier que toute époque engendre son Jack l'Éventreur et que, comme l'écrivait Shakespeare, « le passé est un prologue ».

Stéphane DURAND-SOUFFLAND,
chroniqueur judiciaire au *Figaro*.

❶ **Buck's Row (Durward Street) – 31 août 1888**
Mary Ann Nichols, dite « Polly »

❷ **Hanbury Street – 8 septembre 1888**
Annie Chapman

❸ **Berner Street (Dutfield Yard) – 30 septembre 1888**
Elizabeth Stride

❹ **Mitre Square – 30 septembre 1888**
Catherine Eddowes

❺ **Dorset Street (Miller's Court) – 9 novembre 1888**
Mary Jane Kelly

Première partie

L'ENNEMI DANS LE PASSÉ

Prélude : la lettre

Carnets de Mrs Pritlowe

Mercredi 24 septembre 1941, au soir

L'affaire qui a rendu compte des activités du criminel connu sous le nom fantaisiste de « Jack l'Éventreur » s'est achevée sur un silence et un mystère. C'est sans doute pour cela que cet épisode a laissé une telle trace dans l'imaginaire collectif occidental depuis plus de cinquante ans. La violence inouïe, la sauvagerie des actes perpétrés, le décor et l'environnement social dans lesquels ils ont pris place ne suffisent pas à expliquer la profonde fascination que l'épisode exerce encore.

Ce sont l'inconnu, les vides dans l'histoire et, sans doute, l'absence de dénouement visible qui rendent, plus que toute autre, la tragédie de Whitechapel réellement envoûtante pour le grand public.

À l'heure où j'écris ces lignes, une guerre terrible ravage le monde et nul ne sait quand ni comment elle s'achèvera. Des millions d'hommes sont déjà tombés partout en Europe ; des populations civiles sont en fuite sur les routes de France ; des enfants, des femmes meurent sous les bombardements et dans des camps de travail qui, dit-on, sont devenus, à l'est, des champs de mort et d'extermination massive. Ici, à Londres, chaque crépuscule est le prélude à une nuit de terreur et de souffrance pour des milliers d'entre nous. Des avions déferlent par vagues au-dessus de nos têtes et déversent des tonnes de bombes incendiaires qui transforment nos rues et nos foyers en ruines fumantes et en fosses communes, au fond desquelles personne ne retrouvera de corps.

Pourtant, en ce moment même, je sais que, bravant le froid, la nuit, le black-out *et les bombes, certains se réunissent pour parler de* lui. *Pour essayer de combler ces vides silencieux de l'histoire qu'a commencé à écrire celui qu'on appelle, depuis cinquante-deux années, « Jack ». Je sais qu'ils collectent et échangent des documents, qu'ils assemblent les pièces d'un puzzle immense et aux contours indistincts, dont ils espèrent que la complétude fermera la parenthèse de folie et de mort que cet homme a ouverte dans la nuit de Whitechapel le 31 août 1888, et oublié de verrouiller en quittant, dans la nuit du 8 au 9 novembre suivant, un misérable logement de Dorset Street.*

Dans ce sinistre studio de dix pieds sur douze, celui que l'on nomme Jack l'Éventreur a, cette nuit pluvieuse et froide d'automne, *entre minuit et quatre heures trente du matin, assassiné ma mère. Contrairement aux fois précédentes où il a tué d'autres femmes, il a pris son temps. Les experts de l'époque, comme ceux qui se sont penchés depuis sur ce meurtre, estiment qu'*il *a passé au moins deux heures dans le logement qu'occupait Mary Jane Kelly. Mais, selon toute probabilité, disent-ils, il semble bien qu'il soit resté entre trois et quatre heures dans Miller's Court, un exigu carré de taudis qui s'ouvrait sur Dorset Street, où ma mère vivait depuis plusieurs mois. Et que, durant tout ce temps, il se soit, pour reprendre l'expression d'un des légistes présents lors des premières constatations, « occupé » de maman. Ils sont restés ensemble deux, trois, peut-être quatre heures. Ma mère, vivante (combien de temps ?), et lui, dans une pièce minuscule, dans le silence relatif de l'East End, troublé par des cris d'ivrognes, le pas lourd des ouvriers du marché de Spitalfields, les pleurs et la toux des enfants, le grondement sourd des animaux menés de nuit en troupeaux aux abattoirs de Shoreditch et les miaulements des chats errants des toits de Dorset Street.*

Je vais essayer d'être précise et complète. Je suis quelqu'un qui cherche un chemin perdu, et il faut de la patience et de l'ordre. Je m'appelle Mary Amelia Pritlowe, je suis née en 1886, à Londres, dans la paroisse de Whitechapel. J'ai appris tout récemment que j'étais la fille de Mary Kelly. Mary Jeanette *Kelly, comme disaient les gens de son quartier et son dernier compagnon, Joe Barnett, en insistant sur sa coquetterie à en exiger la prononciation française. Quand mon père, Robert John Pritlowe, est mort, il m'a laissé une lettre qui expliquait qui j'étais.*

En général, on dit dans ce genre de situation : « est mort en lui laissant une longue lettre ». Sa lettre à lui n'était pas si longue. Il m'avouait que l'histoire officielle, celle avec laquelle je vivais depuis toujours, et selon laquelle ma mère avait succombé à une maladie pulmonaire alors que j'avais deux ans, n'était qu'une fable. Il écrivait que ma mère ne s'appelait pas Mary Davies Pritlowe, mais Mary Jane Kelly, et qu'elle avait été assassinée par Jack l'Éventreur. Il n'en disait guère plus, si ce n'est qu'il n'avait cessé de vivre dans les brumes de ce drame, que sa vie en avait été estropiée et qu'il avait pensé faire au mieux en me gardant, moi, à l'écart de cette terreur et de cette tragédie. Dès les premières semaines de leur rupture, il m'avait retirée de la proximité permanente de ma mère, racontait-il sans s'attarder, bien avant qu'elle ne s'installe dans Dorset Street. J'avais été confiée aux soins d'une nourrice, dans Tottenham Court Road, puis, très vite, à ses seuls soins.

Il expliquait enfin qu'il avait longtemps espéré que de « nouveaux éléments » surgiraient, qu'il n'avait au fond vécu que dans l'attente de ces nouveaux éléments, mais que depuis plusieurs années il avait renoncé et décidé que l'affaire était définitivement close.

Ainsi, Scotland Yard avait classé le « dossier Jack » en 1892 ; mon propre père venait de le classer à son tour, avant de mourir ce dimanche 14 septembre 1941. J'ai cinquante-cinq ans, je travaille comme infirmière au London Hospital. Je ne classe rien, moi. La haine vient d'envahir ma poitrine et fait frémir tous mes membres.

J'ai passé deux jours dans une sorte de stupeur, incapable de dormir, incapable de manger, ni de rien faire. J'ai griffonné un mot pour l'hôpital, afin qu'on me remplace, et je suis restée alitée, ne songeant qu'à la lettre de mon père et à ce qu'elle signifiait.

Au-dehors, les bombardiers allemands venaient chaque nuit sur Londres. L'East End était en feu. Nous étions des milliers à mourir entre le crépuscule et l'aube. Partout où la vue portait, on voyait de la fumée, des montagnes de briques, de plâtre et d'ardoises ; des tuyaux crevés, des femmes et des hommes casqués portant des morts et des blessés. Mon logement ne perdit même pas ses vitres ; ni l'eau ni l'électricité ne furent coupées. J'y lus une sorte de signe, ou plutôt d'appel, venant du fond de ma mémoire. Peut-être même d'avant que ma mémoire ne commence à fonctionner vraiment.

Le troisième jour, je quittai mon lit et décidai trois choses. La première avait un effet immédiat. J'achetai à l'angle de Turner Street cinq petits carnets à couverture grise et commençai ce journal. Ensuite, je traversai Whitechapel High Street et me rendis à la grande bibliothèque d'Aldgate East, où j'empruntai tout ce qu'elle possédait concernant Jack l'Éventreur et l'année 1888. Je demandai aussi à voir l'annuaire Collins des clubs londoniens, et y découvris l'existence de la Filebox Society. La troisième chose que je fis ce jour-là fut d'y demander mon adhésion. Hier, mardi, jour de réunion traditionnelle du club, j'ai parlé devant la Filebox Society.

Pour une femme, entrer dans ce genre de comité reste, en 1941, une sorte d'épreuve. La misogynie victorienne y survit encore avec force. Je dus, ce qu'on n'aurait jamais exigé d'un membre mâle, justifier sous huitaine dans un mémoire ce qui motivait mon désir de faire partie du club. Il me fallut le rédiger, puis répondre aux questions d'un jury mandaté pour m'écouter et juger de la pertinence de mes motifs. Je fis face à un aréopage de comptables en retraite, de sous-directeurs de la compagnie du gaz et de maîtres d'école désœuvrés, et même d'un pharmacien réformé, jouant les Sherlock Holmes, emplis d'importance et de satisfaction. Ils s'imaginaient tous que l'affaire était quelque chose comme une énigme intellectuelle, une sorte de jeu pour l'esprit, et que le simple fait de jouer était une fin en soi. Je mentis, je ne lâchai pas un seul mot sur Mary Kelly, sur Robert Pritlowe ou sur Miller's Court. J'arguais d'un intérêt profes-

sionnel pour la psychologie criminelle. Je fus acceptée, après quelques applaudissements polis.

Je savais que je cherchais sans doute une ombre ; au mieux, un mort. Mais comme Jack *l'avait écrit dans ses lettres aux journaux : « Je suis après les putains. »*

Maintenant, moi, j'étais après lui.

Plus tard, dans la nuit

Je repense aux premiers éléments que j'ai découverts à la bibliothèque d'Aldgate East. Une chose me frappe. Après le meurtre de maman, on dirait que Jack l'Éventreur se dissout, comme un sucre dans de l'eau. Passé ces heures au cours desquelles il *s'est « occupé » de ma mère, plus rien, ou presque. Comme lorsque le rideau tombe à la fin du dernier acte, tout était dit. Plus rien. Des auditions de témoins, des interrogatoires de suspects, écartés les uns après les autres. Des pistes, des suppositions, des hypothèses vite levées puis remplacées par de nouvelles.*

Il y a là-bas des dossiers sur les principaux personnages de l'affaire, ceux qu'il eût été bon de considérer comme coupables, ceux qui s'y prêtaient bien, et ceux qui enflammaient l'imagination du public et des journaux. Klosowski, le coiffeur polonais de Cable Street ; Aaron Kosminski, le Juif russe et psychotique de Sion Square ; Walter Richard Sickert, le peintre décadent de Camden Town ou William Withey Gull, le médecin personnel de la reine Victoria, pourtant âgé de plus de soixante-dix ans lors des crimes de l'Éventreur...

Des théories. Rien d'autre. Il a relevé les plis de son col, ajusté ses épaules dans l'amplitude de son manteau ; il a tiré la porte du numéro 13, dans Miller's Court. Il a gagné la rue. Là, il est redevenu un homme. Son pas s'est calé sur celui des quelques marcheurs qui filaient dans le brouillard, sa silhouette s'est confondue avec les autres. Il a peut-être tourné le dos à Commercial Street et glissé plein ouest, dans Crispin Street et Bishopsgate. Ou dévalé dans l'autre sens, vers Whitechapel. Peu importe. C'était fini.

Voici le genre de choses qui doivent me consoler désormais : des témoignages, des pièces de police, des rapports d'experts, des coupures de journaux, des traces gommées par les années et l'oubli. Toutes, brutalement ou plus insidieusement, disent l'épouvante de cette nuit d'automne.

Vendredi 10 octobre 1941, au soir

J'ai lu et relu l'article sur lequel mes yeux étaient tombés lors de mon tout premier soir à la Filebox Society, après mon exposé. Les titres, les relances de lecture et les accroches mises en place par le journaliste n'ont cessé de me hanter. Même si j'ai lu bien pire ensuite, si des détails bien plus précis et plus terribles sont venus compléter comme des briques le mur d'horreur que cet homme a bâti alors, je veux en exposer quelques extraits dans mes carnets. Ils doivent aussi peu à peu constituer ce reliquaire où je pourrai puiser pour trouver les fragments du martyre de ma mère et de ma déchirure. Il s'agit d'un tout petit filet au papier terriblement jauni, extrait de The Echo, *à la date du 9 novembre 1888, soit au soir même du meurtre de ma mère.*

Le titre en était sans nuances, dans la tonalité feuilletonesque de l'époque : « Encore un crime terrible ! Une femme découpée en morceaux ! » *Et les relances suivantes n'étaient guère plus subtiles, marquant les halètements d'émotion à grands coups de points d'exclamation :* « Le corps découvert ce matin ! Fièvre dans Whitechapel ! Hideuses mutilations du visage ! »

Le journal londonien évoquait l'épisode de Miller's Court d'une manière qui laissait entendre que les précédents crimes de l'Éventreur étaient d'ores et déjà à ranger au rayon des banalités anciennes et périmées. Le meurtre de Mary Kelly apparaissait, dès les premières heures, comme quelque chose de totalement inédit dans une histoire anglaise du fait divers pourtant abondamment pourvue en récits spectaculaires et macabres. Le journal y exposait la scène de crime avec un luxe de détails que même, d'une certaine manière, les rapports médicaux d'autopsie n'égaleraient pas. Et pour cause : certains détails étaient faux ou monstrueusement exagérés. Aussi, c'est dans une fièvre extrême que je lus que « la poitrine de la victime avait été arrachée ou découpée » ou que « la chair de ses jambes avait été débitée en lanières, la cuisse exposée jusqu'à l'os ». Je continuais à lire. Le journaliste, mal informé ou voulant à tout prix proposer un récit non seulement exclusif, mais supérieur en horreur à ceux que ses confrères pourraient publier le lendemain, en rajoutait sur le lugubre et l'épouvantable. Parmi d'autres détails fantaisistes et atroces, le rédacteur de The Echo *expliquait ainsi que « sa tête – nous a-t-on confirmé – était quasi séparée du corps. Quand la police est entrée dans la chambre, elle avait roulé au sol ! »*

The Echo *ignorait, au premier soir, l'identité de la victime et aucun nom ou prénom n'était mentionné. On la disait simplement « mariée ». Enfin, le journal ne suggérait aucun témoignage sur des suspects possibles ou des bruits ayant été entendus la nuit précédente.*

C'est également ce type de documents que traquent et compilent ceux dont je parlais plus haut, qui se réunissent aujourd'hui pour parler de cette fin d'année 1888, de lui *et de ses victimes. Ils essaient sans doute de soulever le rideau rouge pour révéler la scène brutalement vidée ce mois de novembre où ma mère est morte. Désormais je suis des leurs. Depuis deux semaines mainte-*

nant, je fréquente moi aussi la Filebox Society. J'écoute plus que je ne parle et personne là-bas ne sait que je suis la fille d'une des victimes de celui qu'ils traquent. Je ne tiens pas à ce qu'ils l'apprennent. Je veux faire mon chemin seule, dans le silence et le mystère qui ramènent à Miller's Court.

Je vais être juste avec ceux de la Filebox Society. La plupart des membres de ce cercle se consacrent quasi exclusivement à la « ripperologie », la science de l'Éventreur. Indices, documents, recensions, photographies d'époque, pièces originales de l'enquête, comme les procès-verbaux des jurys des quartiers de Whitechapel, de Spitalfields ou d'Aldgate. La Filebox Society a tout dupliqué, tout archivé. Ainsi, plusieurs pièces, disparues ou absentes des archives de la Metropolitan Police, ont été, par des voies obscures, photographiées ou recopiées manuellement par des membres qui souhaitent garder l'anonymat. Ces fac-similés restent disponibles ici. Les mêmes membres, ou d'autres, sont aussi capables de produire un flot de commentaires personnels sur tous les suspects possibles, de compiler une masse saisissante d'analyses de documents, d'énumérer les noms de tous les légistes et praticiens qui ont croisé l'affaire. Ils savent produire une accumulation stupéfiante de jugements sur la manière dont Scotland Yard a mené – ou non, c'est selon – l'enquête.

On y échange beaucoup d'avis sur les cir-

constances exactes des meurtres, sur le passé ou la biographie des victimes. On sait où chacune demeure désormais, dans quel cimetière, dans quelle allée et dans quel rang. J'ai ainsi appris que ma mère repose à Leytonstone, parcelle 10, tombe numéro 66.

On y écoute aussi des leçons d'histoire sur le Londres victorien et sur l'East End, sur les ruelles de Whitechapel et les conditions sociales de ses habitants. Les soirées et veilles de la Filebox Society proposent des exposés sur un nombre presque infini de résultats de recherche sur les horaires des rondes de policiers dans Mitre Square et Fashion Street, sur l'équipement des bobbies, *et même sur l'emplacement exact des réverbères à gaz autour des scènes de crime. Mieux, certains membres vont jusqu'à consacrer des soirées entières à commenter des tableaux sur les heures de coucher du soleil et les conditions météorologiques des nuits sanglantes des 31 août, 8 et 30 septembre, et 9 novembre 1888.*

L'amateur peut également trouver dans le fonds d'archives du club des reconstitutions « à l'échelle » de la chambre où vivait ma mère, établies à partir de l'estimation de la largeur d'une latte de lambris à l'époque victorienne. Ou encore des croquis qui retracent en couleurs, sur un plan de Londres, selon des codifications maniaques, les parcours effectués par différents témoins les soirs des meurtres, avec les horaires en regard. Et aussi le témoignage de son dernier compagnon, Joe Barnett.

Lundi 12 novembre 1888, neuf heures dix du matin. Jury d'enquête relatif à la mort de Mary Jeanette Kelly, Shoreditch

Joe Barnett était une sorte de gros garçon à l'allure pataude. Malgré ses trente ans révolus, des joues rondes, un poil jaune et des rouflaquettes de cocher peu fournies l'empêchaient d'avoir tout à fait l'air d'un homme adulte. Il gardait cet aspect d'adolescent attardé, que ses yeux bleus très clairs, presque transparents, renforçaient. Pourtant, ce regard, lorsqu'on le croisait, faisait frémir. On avait l'impression qu'il contenait un fonds inépuisable de rage qui ne demandait qu'à se libérer.

Ce matin du 12 novembre, Joe Barnett était justement plein de rage en se présentant devant le jury de Shoreditch, pour témoigner sur l'assassinat de sa dernière compagne, Mary Kelly. Il se vit soudain debout devant une assemblée d'hommes en gilets et redingotes, tous la mine très imprégnée de leur mission, fronçant également les sourcils pour mieux dévisager celui qui faisait figure, dès l'ouverture de cette audition, de suspect idéal. Joe Barnett sentit la culpabilité sourdre de lui comme le suc d'un fruit mûr à l'instant même où le coroner le regarda fixement.

Nom de Dieu, pensa-t-il, *ils vont me resservir cette histoire de carreau cassé, et l'une ou l'autre des putains de Miller's Court va se mettre à raconter qu'elle m'a entendu cent fois crier et menacer du monde dans Spitalfields.*

Son pas résonna comme un coup de fusil dans une cathédrale quand il approcha des jurés tapis près du coroner comme des canetons autour de leur mère.

Le contraste entre ce qu'il était et l'image que renvoyaient ces hommes aux allures de notaires et de chefs de service le frappa comme un coup de poing. L'odeur de poisson rance qui s'exhalait de son paletot sombre aux taches suspectes se fit plus forte. Joe Barnett jeta un regard sur ses brodequins ferrés, largement recouverts de la boue jaune des abords du fleuve. Il inspecta enfin ses pantalons de gros drap couleur mastic, dont les genoux déformés s'auréolaient de cambouis et de graisse. Il fut submergé non plus seulement par la rage, mais par une violente vague de haine.

J'suis un ouvrier, nom d'un chien, et me v'là devant toute une troupe de flandrins qui n'va pas m'rater... Joe Barnett fit quelques pas en direction de la grande estrade où le coroner le regardait avancer, à la manière d'un boa laissant venir à lui un minuscule rongeur. La honte, brutalement, s'empara de lui. Tout ce qu'il était lui sembla misérable. Même son petit chapeau *billicock*, dont il avait été si fier, lui semblait un accessoire grotesque, qui le transformait en clown. Son sentiment d'infériorité se réveilla. Les putains aussi le regardaient de la même manière : parfois, aux Ten Bells, les filles fixaient leurs regards sur lui en murmurant, avant de s'esclaffer. Combien de fois avait-il retrouvé Commercial Street avec cette aigreur et cette affliction ? Ces soirs-là, il lui fallait marcher, au-delà de Whitechapel High Street, et se perdre dans des *public houses* miteuses, dans Shadwell. Le sol était de terre battue, on y avait répandu de la sciure, comme dans les boucheries, et l'odeur de moisi donnait un goût de vase à la bière. Il buvait tout l'argent qu'il avait sur lui, et remontait ensuite, en vacillant, jusqu'à Bishopsgate ou dans Gray's Inn Road, pour dormir chez sa sœur.

— Joseph Barnett ? lança le coroner McDonald.

— Barnett, oui... C'est moi, m'sieur... Les gars m'appellent Joe, dans l'coin. Joe Barnett, m'sieur...

— Vous êtes poissonnier, Mr Barnett ?

— Poissonnier... Disons, m'sieur, que j'travaillais dans le poisson. J'étais porteur de poissons chez Evans & Hoare, m'sieur.

— Vous êtes aujourd'hui sans emploi ?

— Disons qu'maintenant j'suis ouvrier au jour le jour, et porteur de fruits ou d'poissons au marché de Billingsgate. Quand qu'y a d'l'ouvrage, m'sieur...

— Vous habitez dans Gray's Inn Road ?

— Jusqu'à samedi, j'habitais au 24, New Street, à Bishopsgate, et depuis j'vis chez ma sœur, 21, Portpool Lane, dans Gray's Inn Road.

— Mais, auparavant, vous viviez avec la victime ?

— La victime, m'sieur... Oui... J'ai habité avec la décédée un an et demi.

— Mr Barnett, vous avez habité combien de temps avec la victime dans Miller's Court ?

— J'ai vécu avec elle dans la chambre numéro 13,

dans Miller's Court, pendant huit mois. On s'est séparés le 30 octobre.

— Vous êtes sûr de l'identité de la victime, Mr Barnett ?

— Son identité, m'sieur ? Son nom était Mary Jeanette Kelly, mais on m'a dit qu'il fallait l'écrire avec la manière française. *Marie Kelly*, comme qui dirait. C'était son nom de jeune fille.

— Mr Barnett, vous avez vu le corps à la morgue de Shoreditch ?

— J'ai vu le corps, et je l'ai reconnue, grâce aux yeux et aux oreilles : c'est tout ce que je peux reconnaître. Mais j'suis sûr et formel, m'sieur : c'est bien la femme que j'connais et que j'vivais avec…

— Pourquoi l'avez-vous quittée, Mr Barnett ?

— J'l'ai quittée, m'sieur, parce qu'elle faisait venir une sale fille chez nous ! Une sale fille qu'elle s'était prise d'affection, et moi j'étais pas d'accord. C'est la seule raison.

— Quand avez-vous vu Mary Kelly pour la dernière fois ?

— J'l'ai vue vivante vers sept heures et demie ou huit heures moins le quart, jeudi soir, quand j'suis passé la voir. J'suis resté là-bas un quart d'heure, m'sieur.

Carnets de Mrs Pritlowe

Mardi 14 octobre 1941

Je rentre d'une séance de travail. Ma tête gronde de fatigue. Les journées à l'hôpital sont terribles, et pourtant je n'ai qu'une envie en sortant : me replonger dans ces dossiers, ces archives, ces documents qui sentent le papier et la poussière. Voilà désormais quinze jours que, chaque soir, je marche dans Whitechapel Road et que je remonte Commercial Street jusqu'à Spitalfields et Christ Church, jusqu'à Fournier Street et la Filebox Society.

J'entrevois mieux aujourd'hui le périmètre virtuel de ce monde parallèle qui évolue à la manière d'un cancer. Depuis plus de quarante ans, des dizaines d'affidés y thésaurisent des éléments de recherche qui vont finir par parler. De nouveaux enquêteurs y déposent leurs réflexions – leurs découvertes, aussi, au gré des hasards, des rencontres et des contingences de leurs vies. Chaque fois que quelque chose dans celles-ci croise la silhouette de l'Éventreur, même sous des formes extrêmement diffuses et atténuées, ils en font état. Par exemple, la découverte d'un emballage de thé Kearley & Tonge chez un antiquaire de Cambridge. Ce n'était pas la peine d'essayer de les convaincre qu'il n'y avait qu'un lointain rapport, somme toute, entre la firme Kearley & Tonge – importation et commercialisation de thés fins –, dont les entrepôts se retrouvent curieusement sur au moins deux des sites des meurtres de 1888, et ce modeste paquet de thé en carton paraffiné, datant d'un demi-siècle et plus... Ils participent ainsi à cette force arborescente qui, chaque jour, tire sur les sangles du filet qui se referme sur lui. *Ils collectent des données.*

À mon tour, je les ramasse et les classe. J'ai l'habitude de ce genre de travail. Trier, choisir, éliminer. Je fais ça dans tous mes travaux pratiques au London Hospital : proposer des éléments compliqués et parfois contradictoires à mes apprenties soignantes pour les amener à tirer de ce magma les décisions pertinentes. Des « pistes », comme je leur dis.

Séance après séance, j'apprends. Je découvre les strates de ce savoir singulier ; j'absorbe les codes, les protocoles et les usages de la Filebox Society. J'approfondis les nomenclatures des documents, je déchiffre les acronymes qui masquent lieux et personnages, et l'état d'évolution des hypothèses et des théories. Au fil des jours, je deviens une sorte d'experte des articles de presse de la fin de l'année 1888. Je suis membre de la Filebox Society depuis moins de trois semaines et déjà, du premier coup d'œil, je sais distinguer les reportages et entrefilets du Globe *de ceux de l'*East London Observer. *Je sais dans quel tiroir et dans quel meuble emprunter et remettre un dossier dont la tranche porte un sibyllin* [Kelly inquest papers – MJ/SPC, NE 1888, Box 3, Case paper 19] *sans hésitation ni embarras. Je suis devenue une véritable technicienne de la science concernant l'assassinat de ma propre mère.*

Cela, je le répète, je sais faire. Sélectionner, tamiser une masse d'informations pour n'en garder que le message essentiel, qui permettrait de choisir le geste médical adéquat, en éliminant émotion, précipitation et panique. Ne garder que ce qui sonne juste, comme les bois qu'un luthier sélectionne pour leur vibration exceptionnelle. Je suis cette sorte de luthier. Je vais faire sonner les bons bois, ceux qui conduiront à Jack *et à sa petite musique de nuit. Le filet va en se resserrant.*

Il *avait résisté aux témoignages des badauds et aux signalements des voisins, il avait échappé à la colère du comité de vigilance de Whitechapel. Il avait réussi à glisser entre les crocs de deux molosses (Barnaby et Burgho) spécialement dressés pour suivre les pistes « au sang » et à s'évanouir à travers les doigts des meilleurs limiers de Scotland Yard. Il avait poussé le méticuleux inspecteur Frederick Abberline à déclarer forfait. Mais il n'échapperait pas à la ténacité compilatoire de la Filebox Society ni à ma persévérance. Ces gens-là connaissent les archives du Yard comme leur poche ; ils possèdent des amitiés et des relais dans la plupart des fonds où s'empilent les notes et documents de l'époque. Eux-mêmes ont réuni dans l'appartement du numéro 3 de Fournier Street, qui donnait en plein sur Christ Church, des centaines de pièces. Il suffit, en plongeant dans ce puits de mine, dans cet immense vivier de ressources, d'extraire les bonnes données, de croiser les bonnes informations, et tout va ressortir. Aussi claire qu'une photographie de grand studio, éclairée au phosphore, son identité va s'exposer sous cette intense lumière scialytique. Et, si les centaines de documents déposés au siège de la Filebox Society ne suffisent pas, je suis résolue à aller bien plus loin et à essayer d'autres pistes. J'ai d'autres ressources. Cet homme-là n'a qu'à bien se tenir, je suis prête à autopsier le monde entier pour l'extraire de l'ombre.*

Je l'ai dit : je suis après lui, *voilà.*

Jeudi 16 octobre 1941

J'ai vu la tombe. Ce matin, je suis allée à Leytonstone et j'ai marché dans Langthorne Road. L'entrée du cimetière catholique Saint Patrick ressemble presque à celle d'un château. Je suis passée entre les deux murets de brique jaune ; devant moi, il y avait une petite église, de même matériau. On m'a guidée, et j'ai trouvé la tombe. Il y avait peu à lire : « MARIE JEANETTE KELLY, AGE 25, MURDERED Fri. Nov. 9 th 1888 ».

Je suis restée un long moment, simplement en proie à la tristesse : aucune pensée construite ne me venait.

Lundi 12 novembre 1888, dix heures du matin.

Jury d'enquête relatif à la mort de Mary Jeanette Kelly, Shoreditch

L'endroit lui-même était sans doute aux antipodes des décors dans lesquels s'était jouée la vie de Mary Kelly. Le Shoreditch Town Hall exposait toute sa luxuriance baroque de dorures et de pierres dans le crachin glacé de l'automne. Si l'on conçoit que ce bâtiment, fierté de l'Empire et vitrine de sa puissance, tout en piliers, clochetons, ogives et chapiteaux, n'était qu'à quelques centaines de mètres de Dorset Street et de ses misères, on comprend définitivement ce que Londres, en 1888, crachait au visage de tous : le monde est binaire. Aux uns les splendeurs éternelles du marbre et les hauteurs aériennes des symboles, comme ce « Plus de lumière, plus de pouvoir ! » qui servait de devise à l'édifice. Aux autres, la boue des caniveaux, toutes les pestes du malheur, et la mort.

Ce fut sous cette dualité que se présenta l'inspecteur Frederick Abberline. Il fut un des derniers à arriver. Il entra au pas de course dans la salle d'audience, sous le regard étonné du coroner, de ses collègues de la Metropolitan Police et des jurés. Thomas Bowyer se présentait alors pour déposer, à la suite de Joe Barnett.

— J'habite au 37, Dorset Street, et j'suis employé par Mr McCarthy. J'suis commis-vendeur dans sa boutique, au 27, Dorset Street. À onze heures moins le quart vendredi matin, Mr McCarthy m'a demandé de faire une p'tite visite à la chambre de Mary Jane, le numéro 13.

Le coroner le coupa :

— Vous voulez parler de la chambre occupée par Mary Kelly ?

— Je ne connaissais pas le nom de famille – Kelly – de la morte. J'suis allé lui réclamer son loyer, rapport au retard. C'est Mr McCarthy, l'propriétaire, c'est lui qui loue toutes les chambres dans le *court*...

Thomas Bowyer se tourna et désigna un homme en veston noir assis au banc des témoins.

— J'ai cogné à la porte, mais j'ai pas eu de réponse. Alors j'ai cogné encore, et encore un coup. Comme j'recevais pas de réponse, j'ai passé le coin du mur après la gouttière, là où que la fenêtre est cassée – c'est la plus petite des deux fenêtres.

À cet instant, Charles Ledger, un inspecteur de la Division G, se leva et proposa aux jurés et au coroner un plan des lieux. Bowyer s'approcha du plan et désigna la fenêtre, celle qui était la plus proche de la porte. Il continua :

— Y avait un rideau. J'ai passé ma main à travers le carreau cassé et j'ai soulevé le rideau. J'ai vu deux morceaux de chair posés sur la table.

— Où était la table ? demanda le coroner.

— Juste à côté du lit, tout contre. Quand j'ai regardé

une seconde fois, j'ai vu un corps sur le lit, et du sang par terre. J'suis allé voir Mr McCarthy. On était dans sa boutique et j'lui ai raconté c'que j'avais vu. Alors on est allés tous les deux à la police, mais avant on est retournés à la fenêtre et McCarthy a regardé aussi. On a raconté à l'inspecteur Dew, au poste de police de Commercial Street, ce qu'on avait vu. Personne d'autre était au courant. L'inspecteur est revenu avec nous.

— Confirmez-vous cela, inspecteur Dew ?

— Dans le moindre détail, docteur McDonald, dans le moindre détail… Bowyer a très précisément dit ceci, en arrivant : « Une autre ! Encore une autre ! Jack l'Éventreur… Horrible ! John McCarthy m'envoie… »

Le coroner émit un petit sifflement, étrangement incongru et qui résonna dans l'immensité du hall. Il reprit, à l'adresse de Bowyer :

— Vous aviez l'habitude de croiser la victime ?

— J'la voyais souvent. Et j'connais le témoin d'avant, Barnett.

— Vous avez déjà vu la victime prise de boisson ?

— Oui, j'l'ai vue ivre, une fois.

Un membre du jury, un grand homme au gosier de volaille dépassant d'un col trop large, leva la main pour parler. Il lança, après accord du coroner, d'une voix de fausset :

— Si je peux me permettre, Mr Bowman, quand…

— Mr Bowyer, rectifia l'homme de chez McCarthy. Thomas Harry Bowyer, sir !

— Bien, Mr Bowyer : quand l'aviez-vous vue vivante pour la dernière fois ?

— Mercredi après-midi, dans Miller's Court. J'lui ai parlé. C'était pas difficile de croiser Mary Jane : la boutique de Mr McCarthy est juste au coin de Miller's Court.

Carnets de Mrs Pritlowe

Vendredi 17 octobre 1941, au soir

Après la mort de Mary Jane Kelly, plusieurs témoins parleront d'un amant dans le West End, un aristocrate mystérieux qui l'aurait entretenue, de loin en loin. Joe Barnett, son dernier compagnon, décrira de manière plus que floue « un homme de la haute, qui l'avait emmenée en France ».

Il ne fait pas de doute pour moi que cet homme, resté presque invisible aux yeux des habitants du quartier de Spitalfields, était bien mon père, Robert Pritlowe. Vu de Whitechapel, un bourgeois de Tottenham Court Road se confond d'assez près avec un petit baronnet de Brompton Road ou de South Kensington.

Mon père n'était qu'un commerçant du quartier d'Oxford Street. Aujourd'hui, il aurait sans doute eu ces airs feutrés qu'affectionnent les traiteurs de produits un peu chic, qui, par mimétisme, finissent par ressembler à leurs propres clients. Ils en saisissent les manières, le vocabulaire et le style. Leur apparence même finit par se confondre avec celle des habitués qui fréquentent leur boutique. Si bien que, sortis du contexte de leur affaire, ils apparaissent facilement aux yeux des autres comme étant d'une condition supérieure à la leur. À l'époque de la reine Victoria, mon père flottait dans ce demi-monde des affaires et du commerce, presque invisible entre les lueurs phosphorescentes de l'aristocratie britannique et le tintamarre de la plèbe et du sous-prolétariat.

Je suis exclusivement devenue la fille de Robert Pritlowe ce soir du 9 novembre 1888. J'ai, dès cet instant, et aussi loin que mes souvenirs remontent, vécu une vie d'enfant dans Tottenham Court Road, dans une arrière-boutique pleine de casiers de bouteilles et de caisses de bois aux inscriptions françaises. Certains apprennent à lire dans Lewis Caroll ou Beatrix Potter. Moi, j'ai appris en lisant des étiquettes d'expédition, des listes de commandes et des rôles maritimes. À dix ans, je savais tout ou presque des différents degrés alcooliques, des conservateurs pour la préparation des aliments appertisés, des doses d'acide nécessaires à la bonne garde des fruits dans les boîtes étamées. Je hantais à longueur d'années un univers de fond de scène, dissimulée aux regards de la clientèle par un rideau de cotonnade verdâtre qui étouffait les sons et tapissait les paroles. Mon père s'occupait de moi dès que ses affaires lui en laissaient l'occasion. Finalement, nous nous voyions plus que la plupart des enfants d'aujourd'hui ne voient leur père. Et puis j'entendais sans cesse sa voix grave, derrière le rideau vert, qui répondait aux demandes et aux sollicitations des clients. Le dimanche, nous allions marcher dans Marylebone et Regent's Park ; nous regardions les oiseaux. Mon père m'intéressa à la vie animale, aux noms des arbres et des plantes, et à la manière dont ces espèces vivent et prospèrent. Nous n'avions aucune famille. Peu d'amis ou de familiers. Jamais nous ne recevions. Jamais nous n'allions dîner ou rendre visite à quelque proche ou connaissance. Nous n'allions pas plus au restaurant et mon père ne fréquentait guère les cafés. Mais nous allions souvent manger des scones ou des crêpes épaisses dans les gargotes d'Elephant & Castle, cet endroit sans charme ni attrait, mais que mon père fréquentait régulièrement parce qu'il y avait son coiffeur. Pourquoi si loin de Tottenham Court Road ? Je l'ignore. Mais nous en profitions pour nous installer aux tables rouges et ciel du Grim Parrot, d'où on nous chassait invariablement à la cloche de dix-huit heures, quand les enfants n'ont plus le droit de fréquenter les endroits où l'on sert de la bière, du rhum et du gin. C'était bien plus vrai à Elephant & Castle qu'à Whitechapel : sur Commercial Street, ce sont même souvent les enfants qui *vont chercher les cruches d'*ale *ou les pots de gin et les rapportent à domicile à leurs parents.*

Au Parrot, nous commandions des pancakes au sirop, des scones gonflés comme des éponges, des muffins au sucre roux et au beurre aigre que je trempais dans un grand bol de lait chauffé au poêle qui trônait au centre de l'immense salle. Celle-ci était perpétuellement baignée d'une lumière verte de sous-bois qui traversait les vitrages épais comme des fonds de bouteille. Mon père mangeait autant que moi, avec le même appétit, et nous riions ensemble, ces samedis-là, quand, dès midi, il tirait le rideau de fer dans Tottenham Court Road.

C'est au Grim Parrot que nous eûmes toutes nos conversations de père à fille. C'est là que je basculai de la fillette à l'adolescente, devant les mêmes sucreries et dans les mêmes rires. Ces années-là ont passé comme l'ombre des nuages sur un paysage d'été, dans une sorte de balayage furtif dont je ne garde finalement que quelques souvenirs, tous contenus dans les quelques lignes qui précèdent.

Au printemps de 1899, tout cela s'est arrêté. Nous avons fermé le store de Tottenham Court Road pour de bon. Mon père a vendu son affaire et décidé de partir pour la France. Je l'ignorais alors, mais, ce projet, il l'avait eu déjà plusieurs années plus tôt, lorsqu'il avait tenté de convaincre ma mère de le suivre là-bas. Cela n'avait pas marché entre eux, et ils étaient rentrés à Londres, lui pour continuer ses affaires au-delà d'Oxford Street, elle pour y mourir dans Spitalfields.

Peu après mes treize ans, nous sommes donc partis vivre en France. Nous allions changer de siècle. Robert Pritlowe croyait sans doute y déceler le présage d'un changement heureux et l'opportunité de finaliser ce qui le poursuivait depuis longtemps. S'établir à la campagne, loin de Londres. Vivre en France, dans un pays qu'il idéalisait sans cesse et qui lui semblait une sorte d'asile, ou au moins un endroit où, m'avait-il confié une fois, il se sentirait « à l'abri... ».

Je ne sais pas ce qu'il entendait par cet « abri ». Ni contre qui il devait nous garder. Nous ne vivions pas à Londres comme des fugitifs ni des personnes traquées, et rien dans notre quotidien n'avait des airs de menace. Je suis à peu près sûre que les inquiétudes de mon père n'avaient rien – positivement – à voir avec lui. *Peut-être voulait-il fuir le climat, l'atmosphère qui avait entouré ma mère dans Spitalfields, cette ombre devenue si épaisse qu'elle collait presque à la peau, comme une boue ou une vase.*

J'ai commencé à fréquenter le collège avec retard. J'étais inscrite dans un établissement religieux sur les hauteurs de Dieppe. Mon père me rappela à cette occasion que ma mère était irlandaise et catholique, et que, si elle avait été encore là, c'était idéalement ce type de collège qu'elle eût choisi pour moi. Sainte-Clotilde formait des jeunes filles à des humanités classiques mais synthétiques. Nous apprenions à bien écrire, à lire sans buter. Les sciences avaient un peu plus de consistance puisque Sainte-Clotilde fournissait essentiellement de futures infirmières aptes à abonder les nombreux hospices et sanatoriums qui se multipliaient alors sur la côte normande entre Dieppe et Rouen. Nous apprenions donc à panser et à piquer. À recoudre aussi des plaies ouvertes, à garrotter, à manier l'éther et les sulfamides, à maintenir des patients immobiles et à supporter la vue du sang et des chairs à vif. J'étais ainsi parfaitement préparée à apprendre comment ma mère était morte et quels avaient été ses derniers instants.

Dans la nuit, presque au matin

J'ai retrouvé une copie manuscrite du rapport d'examen post mortem, *établi sur les lieux du crime et rédigé par le docteur Thomas Bond, chirurgien de la division A de la Metropolitan Police, le 9 novembre 1888. Il était à sa place, comme le sont tous les documents de la Filebox Society, dans un dossier portant le sigle* [MJK – pièce originellement classée MEPO 3/3153 – statut : manquant].

Je suppose que le docteur Bond n'a jamais envisagé, en écrivant ce qui va suivre, que la fille de la jeune femme morte qu'il examinait aurait un jour à lire ses constatations.

La première partie s'intitule « Position du corps ». En voici la transcription que j'ai faite, le plus précisément possible.

Le docteur Bond note que le corps de ma

mère « reposait nu au milieu du lit, les épaules à plat, incliné vers le côté gauche du lit.

Sa tête était légèrement de biais, tournée vers l'extérieur. Son bras gauche restait presque collé au corps, l'avant-bras replié à angle droit, posé sur l'abdomen.

Son bras droit, légèrement écarté du corps, reposait sur le matelas, le coude plié et les doigts refermés. Ses jambes étaient larges ouvertes, la cuisse gauche à angle droit du tronc et la droite formant un angle obtus avec le pubis ».

Ensuite, après avoir posé le cadre, le docteur Bond en vient aux détails :

« Toute la surface de l'abdomen et des cuisses, expose-t-il, a été enlevée, et la cavité abdominale vidée de ses viscères. Les seins ont été coupés, les bras mutilés par plusieurs entailles, tandis que le visage a été comme haché et ne permet plus aucune distinction des traits. Les tissus du cou ont été sectionnés jusqu'à l'os. Les viscères ont été éparpillés dans la pièce. L'utérus et les reins, ainsi qu'un des deux seins, se trouvent sous la tête. L'autre sein est près du pied droit. Le foie se trouve entre les pieds, les intestins du côté droit du corps et la rate du côté gauche.

« Les morceaux de chair retirés de l'abdomen et des cuisses ont été empilés sur une table proche du lit. »

Puis Thomas Bond, le chirurgien de la police, décrit la scène de crime, telle qu'il l'a découverte le 9 novembre 1888 :

« Le dessus de lit du côté droit est saturé

de sang, et sur le sol, sous le lit, le sang s'est écoulé pour former une flaque d'environ soixante centimètres de large. Le mur, du côté droit du lit, à proximité du cou, est inondé de sang, en plusieurs éclaboussures distinctes. »

Vient la seconde partie du rapport, titrée « Examen post mortem *» :*

« Le visage a été lacéré dans tous les sens. Le nez, les joues, les paupières et les oreilles ont été partiellement enlevés. Les lèvres ont été sectionnées selon plusieurs incisions, orientées vers le menton. On note également de nombreuses coupures s'étalant de manière irrégulière sur tout le visage. »

Samedi 18 octobre 1941, au matin

N'ai-je pas dit tout à l'heure dans ces carnets que j'étais parfaitement préparée à apprendre ce genre de détails ? Je ne l'étais pas. J'ai reposé le dossier sur la table, brutalement. Quelques membres du club, alentour, ont esquissé des sourires rentrés. J'étais bien la femme qu'ils imaginaient. Faible, trop sensible pour se concentrer sur des questions aussi sévères que celles que traitait la Filebox Society. Ceux qui avaient émis des réserves à mon adhésion durent se sentir renforcés dans leurs convictions sur l'espèce féminine, et sans doute vexés de ne pas avoir été entendus. Mais je ne pensais pas à cela à cet instant. Je m'étais levée. J'avais à la main le dossier classé [MEPO 3/3153], *et je me dirigeai vers la grande bibliothèque pour le remettre à sa place. J'abandonnais. L'épreuve n'était pas pour moi. Je n'allais pas passer des heures et des nuits entières à déchiffrer ligne à ligne les différentes souffrances qu'avait traversées ma mère.*

Je n'allais pas le *laisser la tuer une seconde fois. Il fallait tout ranger, et oublier.*

En marchant, je jetai machinalement un regard par la grande fenêtre de Fournier Street. L'église de Spitalfields luisait de toutes ses blancheurs crayeuses, malgré le couvre-feu. Je restai un moment immobile, le dossier à la main, face à la vitre qui ruisselait de pluie. La flèche de Christ Church s'élevait dans la nuit, sévère, solide. Éternelle. Elle avait accompagné les journées et les veilles de maman, autrefois, quand elle marchait dans Commercial Street. Elle irradiait, en quelque sorte, du souvenir de toutes celles qui étaient mortes par sa *faute. Elle s'en faisait le fanion. C'est en tout cas ce que je vis, ce soir-là, en regardant Christ Church. À ce moment, son carillon se mit à battre et sonna dix coups. Ces cloches-là aussi avaient accompagné maman et les autres, en 1888. Peut-être avait-on refondu leur bronze, sans doute l'air alentour avait-il mille fois été chassé et brassé par les vents, mais l'atmosphère était intacte et vibrait non seulement des ondes sonores du carillon, mais de la mémoire morte des filles qu'*il *avait assassinées dans son périmètre immédiat. Le clocher m'incitait à poursuivre. Alors, oui, j'étais après lui. La chasse était ouverte.*

Lundi 5 novembre 1888, dix-neuf heures

Le groupe s'était formé dans Hyde Park, à hauteur de Stanhope Gate. Composé au départ de deux douzaines de braillards en bérets cramoisis, il se mit à grossir dans sa course, tel un fleuve en crue. Il ramassait tout ce que Charing Cross, Ludgate Hill, Saint Paul comptaient de vauriens, de désœuvrés et d'étudiants en goguette. La vague rafla tout ce que les collèges faisaient refluer après l'heure des études. On trouvait alors dans le tumulte de cette marée humaine, vociférant et ondulant vers l'est, des ouvriers, des commis de minoterie, des peintres, des coursiers des journaux de Fleet Street, des maçons, des plâtriers, des garçons d'imprimerie ; quelques étudiants en médecine avaient gonflé les rangs. On les remarquait aux poches de sang de veau ou d'urine – des vessies de porc gonflées de fluides – qu'ils faisaient tournoyer au-dessus de leurs calots piqués d'insignes. La plupart portaient un masque, représentant le même visage : un homme souriant, au bouc effilé et aux minces moustaches relevées en guidon. Ceux-là avaient un nœud de potence autour du cou et leurs acolytes les tiraient vers un gibet imaginaire.

Des garnements de dix ou onze ans marchaient au milieu de cette foule. Ils avaient ramassé de larges pelletées de crottin de cheval, qu'ils gardaient dans des cornets de journaux. Le bruit était indescriptible. Chacun avait trouvé le moyen d'assommer la ville de clameurs et de fracas. Ça sifflait, ça criait. On avait sorti les crécelles et les tambourins. Certains frappaient à l'aide de mailloches sur des demi-foudres qu'ils faisaient rouler au-devant d'eux ; d'autres cognaient sur des coquemars cabossés, en hurlant sur des modes suraigus. Sur les trottoirs, on se rangeait prudemment pour laisser passer l'engeance. La Nuit de Guy Fawkes commençait. L'air s'emplissait maintenant de saveurs sucrées. Au coin des rues, des marchands avaient poussé des étalages de fortune, proposant des gâteaux d'avoine recouverts de sucre glace. D'autres vendaient du thé chaud, des muffins au sirop ou des lanières de bacon rissolées.

Le charivari poursuivait vers l'est. On entendait quelques filles, au milieu des rangs, chanter l'air des Poudres[1] :

« Rappelle-toi, mon ami, rappelle-toi
Rappelle-toi le cinq du mois de novembre
Poudre, trahison et complot !

---

1. Le 5 novembre, depuis 1605, les Anglais commémorent le *Gunpowder Plot* – la Conspiration des poudres – au cours de laquelle des catholiques, emmenés par Guy Fawkes, tentèrent de prendre le Parlement et de déposer le roi Jacques Ier. La Conspiration des poudres échoua et les conjurés furent torturés et exécutés.

Je ne sais pas pourquoi
Je ne sais pas pourquoi
Jamais n'oubliera
Jamais ne pardonnera
Le cinq du mois de novembre ! »

Les rires fusaient de toutes les colonnes. Aux fenêtres, des bourgeois huaient, d'autres encourageaient. Beaucoup recevaient des boulettes de crottin, qui fusaient du cortège comme des fusées d'artifice.

Des mères essayaient de récupérer leurs marmailles, tentées par la pagaille et la joie que dégageait la mêlée. Le cortège prit la direction de Tower Bridge. Un changement s'opéra au niveau de Saint Botolph-without-Aldgate : devant l'église, la cohue marqua un temps d'arrêt. Les filles, rouges et décoiffées, montaient sur les épaules des manœuvres et des ouvriers des docks, qui les faisaient sauter comme des palets. Les chants reprirent :

« Holà les gars, holà les gars !
Faites sonner, faites sonner !
Je ne sais pas pourquoi
Je ne sais pas pourquoi
Jamais n'oubliera
Jamais ne pardonnera... »

Quelques *bobbies* commencèrent à escorter la foule. Il fallait la contenir à l'est de la City. Une scission commença à se produire. Une large moitié des participants fila plein sud, vers le fleuve et la Tour. L'autre partie remonta Aldgate et entra dans Whitechapel.

Devant les Ten Bells, deux solides gaillards faisaient une sorte de guet. William Blye, le tenancier, les avait loués pour la nuit. Blye connaissait les outrances et les débordements de la Nuit de Guy Fawkes. Il connaissait le prix du gin et le prix des carreaux. Il savait qu'une bande de salopiaux comme celle qui remontait présentement Commercial Street et qui arrivait sur lui pouvait faire pas mal de dégâts. Alors il avait embauché Stumpy et Loony. Ils étaient connus dans Spitalfields Market. On les chargeait de toutes les pires besognes du petit matin. Lever les quartiers de bétail mal équarris et trop lourds pour les porteurs ordinaires, déplacer les pièces de fonte des praticables et des travées, suspendre les balances à poisson aux poutrelles : c'était du bon ouvrage pour Stumpy et Loony. Personne ne viendrait casser du verre aux Ten Bells, ce soir.

À l'intérieur, la salle débordait de buveurs. Certains, qui étaient allés à la rencontre des noceurs, contaient leurs facéties. Un duo de rouliers, la casaque rougie de sang de veau, s'amusait de leur déboire.

— M'ont envoyé ça pleine poire, accusait le premier, pas plus rancunier que ça. M'a fait comme un vertige ! Nom de Dieu qu'ça pue !

— Fallait voir la bobine des gaillards quand qu'Lewis en a ramassé un par la peau d'son cul pour lui faire avaler sa poche de pisse, compléta son collègue. Jusqu'au fond qu'il a bu, l'cadet…

L'auditoire s'esclaffait à chaque nouveau détail. Mary Kelly, adossée au bar, riait avec les autres. Elle en était à son second *toddy* et peinait à se réchauffer. La rue l'avait transie. Elle avait fait un client derrière Christ Church et encore un autre dans un couloir de Fashion Street. À sa droite, on devinait que le gars en blouse grise, une sorte de quincaillier dégingandé, qui la prenait au cou, serait le prochain. Mary Kelly, comme elle en avait la réputation dans le quartier, faisait l'affectée. Elle voyait bien l'envie de l'homme et sa hâte de l'emmener dehors. Elle traînait à dessein.

— V'là les gars des Poudres ! cria quelqu'un de la porte. Y z'arrivent…

Des clients gagnèrent le corridor d'entrée, faisant battre les deux portes. Quelques-uns se hissèrent pour voir à travers les fenêtres de Church Street.

— Vont nous payer que'ques coups, les endiablés, fit une fille à une table, assise sur les genoux d'un des rouliers, sans s'effaroucher de la saleté de son paletot.

— Hé Mary Kelly, c'est qu't'es catholique, toi… Y vont t'mettre le feu au derrière, comme y f'saient aux papistes !

— Faudra voir. Là j'suis calée contre un bon bois de bar. Y a m'sieur Blye qui garde l'eau chaude pour les *toddies*, moi j'dis qu'y a le feu nulle part…

Les curieux qui étaient allés aux nouvelles reprirent leur place. Sur le seuil des Ten Bells, on distinguait les silhouettes massives de Stumpy et Loony qui bouchaient la vue sur Spitalfields Market. L'homme en blouse grise, près de Mary Kelly, essayait de flatter ses hanches. Mary Kelly le repoussa sans ménagement.

— Un temps pour tout, l'oisillon… Il est même pas dix heures du soir et v'là qu'tu t'enflammèches comme un apprenti ! La nuit est longue à Spitalfields…

Le patron Blye, aidé de ses commis et de la minuscule Bette Stall, emplissait des chopines et des gobelets à tour de bras. Les verres glissaient sur le dessus du bar, à la manière de pièces de fabrique sur un tapis mécanique. La porte s'ouvrit à nouveau. On vit un masque de Guy Fawkes se glisser dans l'entrebâillement. Il ne dissimulait presque rien du large mufle de Loony, qui ondulait en gloussant.

— J'l'a piqueté à un gosse qui faisait du grabuge en d'dehors… J'va faire d'l'effet demain dans l'marché.

La vision de l'énorme masse de Loony associée au frêle masque de carton bouilli semblait totalement grotesque. La salle entière explosa de rire. La fille du roulier se précipita sur Loony pour embrasser le masque. Mary Kelly, oubliant définitivement son entiché d'un soir, la rejoignit et, empruntant le masque, fit le tour de la salle, juchée sur les épaules du colosse, soudain maladroit et vacillant sous sa charge inhabituelle.

— Ho, mon gros, rugit Billy Blye de son comptoir, j'te paye pas pour faire danser Jeanette ! R'tourne donc à ton poste voir si y a d'l'ouvrage !

Au-dehors, le tumulte s'éloignait. Les carnavals avaient bifurqué vers Brick Lane. Plusieurs clients se levèrent en soupirant. John McCarthy, qui buvait avec un de ses amis dans le coin du bar tenu par Bette Stall, traversa la salle vers la porte. Au passage, le propriétaire des meublés de Miller's Court fit un geste sans équivoque vers Mary Kelly, qui avait cessé de rire. Il frotta avec insistance son gros pouce contre l'intérieur de son index, et lança :

— Faudra voir à pas m'oublier, Mary Kelly…

Il fendit les buveurs assemblés dans l'entrée et quitta les Ten Bells.

Samedi 10 novembre 1888, morgue de Whitechapel Parish.
Autopsie de Mary Jeanette Kelly

Le docteur Thomas Bond avait ce qu'on nomme très généralement une grande expérience de la mort. Il avait servi dans l'armée. Il avait vu les blessures terribles des boulets et des baïonnettes, opérées à même la boue des champs de bataille. Il connaissait les amputations sans anesthésie, les hurlements d'agonie, les hoquets de souffrances impossibles à contenir. Il avait été intégré dans la Division A de la Metropolitan Police plus de vingt années auparavant. Au début de cette même année, il avait été appelé sur les lieux de la découverte de ce que la presse avait désigné du nom sinistre d'« affaire du torse de Whitehall ».

Arrivé sur la scène de la macabre découverte, il avait été confronté à un torse de femme en état de décomposition très avancée, qu'il avait fait désinfecter et plonger dans de l'alcool avant de l'examiner. L'expérience, confia-t-il à ses proches et à quelques collaborateurs de la police, avait été, selon ses dires,

« excessive ». Le docteur Bond était un spécialiste de la mort et de ses formes extrêmes, en particulier violentes. Mais il eut un brusque mouvement d'arrêt lorsque, le samedi 10 novembre 1888, il assista le docteur Bagster Phillips pour l'examen *post mortem* du corps de Mary Jane Kelly, dans une salle de la morgue contiguë à l'église paroissiale de Whitechapel.

Il n'y a pas d'antécédents historiques à ceci, pensa-t-il en retrouvant le cadavre absolument déchiqueté de la femme qu'il avait déjà examinée dans sa chambre infecte, et qui reposait à présent sur une table de bois noir. *Personne n'a jamais fait ça. Même les monstrueux rituels aztèques dont parlent les ouvrages de voyage, ni les tortures que la Sainte Inquisition faisait subir aux hérétiques, n'avaient cette dimension. Celui qui a fait ça recherche le néant. Ce n'est pas une punition, ni une vengeance, c'est l'anéantissement qui est écrit sur ce corps.*

Le docteur George Bagster Phillips s'approcha du visage et indiqua à ses confrères la terrible blessure qui courait sous le menton :

— Voyez… Le cou est tranché à travers la peau et les autres tissus, jusqu'aux vertèbres. Celles-ci sont très entamées par la lame… Les cinquième et sixième présentent de profondes incisions.

Bond s'approcha à son tour. Il fit effectuer à la tête un mouvement latéral. Il compléta l'analyse de Phillips :

— La peau sur le devant du cou présente également d'autres ecchymoses. Le bas du larynx a été tranché à travers le cartilage cricoïde. On imagine facilement la force et la violence du coup qui a été porté…

Un troisième praticien, le docteur Duke, qui exerçait dans Spitalfields, prenait des notes. Un quatrième, le docteur Gordon Brown, de la City, se penchait sur le bas du corps et examinait des tissus extrêmement lacérés.

— Nom de Dieu, messieurs, celui qui a fait ça est un monstre de la pire espèce ! Regardez ceci : les deux seins ont été enlevés par des incisions circulaires, presque médicales…

— Médicales ? Je m'oppose formellement à cette idée ridicule, coupa le docteur Bond. Un médecin serait-il capable de cette… folie ?

— Cependant…, insista Brown.

— Allons, messieurs, poursuivons, intervint le docteur Bagster Phillips. Notez, Duke, que les muscles costaux restent attachés aux seins. L'espace intercostal entre les quatrième, cinquième et sixième côtes a été découpé et le contenu du thorax est visible à travers cet orifice.

Brown se pencha et eut un haut-le-cœur. Bond le regarda avec mépris.

— C'est autre chose que de soigner des varices aux vieilles femmes de Ludgate Hill, hein !

Brown allait répondre, mais Bagster Phillips coupa court :

— Allons, messieurs, messieurs… Avec tout l'ouvrage qui nous attend !

L'examen *post mortem* se prolongea, plusieurs heures, dans le silence et l'humidité de la morgue de Whitechapel. Au loin, on entendait de l'eau couler, sans interruption, comme si quelque chose fuyait dans le vieux bâtiment. Les médecins examinèrent le bas-ventre, les chairs de l'abdomen, les organes féminins.

Bond, qui n'en avait pas fini avec Gordon Brown, toucha du bout d'une réglette de métal le genou de la morte, en déclamant, sur le ton détaché d'une comptine :

— La cuisse droite a été pelée jusqu'à l'os... Les organes de reproduction et une partie de la fesse gauche sont littéralement mis en bouillie... La peau et les chairs de la cuisse gauche sont lacérées jusqu'au niveau du genou ; comme si on les avait passées à la moulinette... Voilà du bon travail chirurgical ! On vous a appris à procéder de la sorte, à la faculté de médecine, docteur Brown ?

— Dieu tout puissant, docteur Bond, je vous en prie !

Bagster Phillips perdait patience. Brown se replia dans un coin de la table, embusqué derrière Duke, qui continuait sa prise de note. Mais Bond n'entendait pas lâcher si facilement sa proie. Il voyait le désarroi du docteur Brown et décida de porter une sorte d'estocade :

— Voyons ceci... Les deux bras et avant-bras sont déchiquetés. De belle manière médicale... À l'ouverture du thorax, nous pouvons noter que le poumon droit est encore en place, mais que le lobe inférieur est arraché et manquant. Docteur Phillips, dites à notre confrère de Ludgate Hill que même un boucher juif de l'East End s'en sortirait mieux que notre « chirurgien » de Dorset Street ! Ceci est l'œuvre d'un malade mental au dernier degré de la folie et du scandale ! Ceci est l'œuvre d'un monstre qui n'a, et je pourrai l'affirmer devant n'importe quel jury, rien à faire ni à voir avec la médecine !

Bagster Phillips avait renoncé, tout comme Brown. Duke terminait d'écrire.

— Pouvons-nous, messieurs, osa-t-il simplement pour dire quelque chose, confirmer que cette femme avait mangé avant son trépas de la nourriture qui ressemble à des pommes de terre, ou quelque recette à base de farine ?

Le docteur Bond examina un instant la masse opaline des viscères. Il jeta, marchant déjà vers la sortie :

— Pommes de terre, en effet docteur Duke. Et du poisson blanc. Ne me demandez pas de quelle espèce. Marquez aussi que je fixe l'heure probable du décès entre une et deux heures du matin, dans la nuit de vendredi.

Carnets de Mrs Pritlowe

Samedi 18 octobre 1941, plus tard

Monstre... Pourriture. J'irai gratter au fond de ta tombe avec mes ongles... Je vais te trouver, où que tu sois sous la terre... Je vais te trouver et te brûler les yeux. Je vais casser ce qui reste de tes os... Je descendrai dans ta fosse avec un maillet de bois et je frapperai jusqu'à faire éclater ton crâne...

Lundi 12 novembre 1888, onze heures cinq.

Jury d'enquête relatif à la mort de Mary Jeanette Kelly, Shoreditch

Le docteur George Bagster Phillips, chirurgien divisionnaire de la Metropolitan Police, s'avança vers le coroner, qui écrivait sur un large registre aux feuilles chamois. Celui-ci leva un œil, et lança :

— Docteur Bagster Phillips ?

— En effet, docteur McDonald. J'ai dirigé les recherches médicales concernant le crime dont vous êtes en charge. J'étais à Miller's Court vendredi et à l'examen *post mortem* avant-hier, avec le docteur Bond et deux autres confrères.

— Docteur Bagster Phillips, quand avez-vous découvert le lieu du crime ?

— Je viens de l'indiquer, docteur McDonald : j'ai été appelé le vendredi matin, à onze heures. M'étant rendu à Miller's Court, où je suis arrivé à onze heures et quart, j'ai découvert la chambre au bout du couloir qui s'ouvre au 26, Dorset Street. Enfin, la topographie des lieux est… étrange, singulière… Enfin, peu banale.

Le coroner regarda mieux le chirurgien de la division H de la Metropolitan Police. Devant lui se tenait une sorte de Mr Scrooge assagi, tout en rondeurs et aux poses de dandy. Bagster Phillips avait néanmoins dépassé l'âge des manières excessives et s'affirmait, dès le premier abord, comme un conservateur convaincu. Il portait une redingote noisette, avec un large nœud formant une martingale, et une chemise lavande à col brisé. Il avait déposé un chapeau montant de soie taupe sur le banc à ses côtés, dans lequel il avait rangé ses gants couleur beurre frais. Bagster Phillips se racla la gorge de manière discrète, et continua ainsi :

— On voit bien les lieux sur les photographies que j'ai produites ici...

Un greffier se précipita pour apporter des photographies rangées dans des enveloppes de papier cristal. Le coroner McDonald s'en saisit et les regarda négligemment.

— Vous remarquez, docteur McDonald, poursuivit Bagster Phillips, que la chambre possède deux fenêtres qui donnent sur le *court*. Deux carreaux de la petite fenêtre étaient brisés. La porte était fermée, et j'ai dû regarder par la fenêtre pour évaluer la situation.

— N'avez-vous pas songé à intervenir, disons... rapidement et de manière médicale, docteur Phillips ?

— Monsieur, j'ai compris que le corps férocement mutilé, que je voyais distinctement allongé sur le lit, n'avait pas besoin... de mes soins immédiats, si j'ose dire... J'ai souvent vu...

— Restons-en aux faits, s'il vous plaît, docteur Phillips, se renfrogna le coroner, visiblement vexé de la repartie du chirurgien.

— Bien. J'en suis venu à la conclusion qu'il n'y

avait personne d'autre sur le lit, ou dans la chambre, à qui j'aurais pu apporter, disons… quelque assistance professionnelle.

Cette fois, le coroner s'emporta un peu et répliqua, sur un ton sévère :

— Docteur !

— J'en viens aux faits, docteur McDonald… J'ai pensé que… comme il ne semblait pas raisonnable de penser que… probablement, il n'était guère possible d'essayer de pénétrer dans cette chambre immédiatement, j'ai…

Le coroner perdit patience et devint pourpre ; il tapotait sur le bureau avec la paume de sa main.

— J'ai pensé que, sans aucun doute, la probabilité positive de constater quoi que ce soit avant que…

— Docteur Bagster Phillips, je vous demande une dernière fois de bien vouloir raconter simplement ce que vous avez vu !

— Eh bien, Mr McDonald…

Bagster Phillips avait manifestement décidé d'abandonner le « docteur » à l'intention du coroner McDonald ; il poussa un profond soupir avant de poursuivre.

— … j'ai attendu. Nous étions quelques-uns, avec l'inspecteur Abberline et le technicien de photographie, à attendre. Nous nous sommes installés dans le recoin de Miller's Court, là où se trouve la pompe à eau. Nous sommes restés pour ainsi dire en veille jusqu'à une heure trente de l'après-midi.

— Vous n'avez rien fait avant cette heure-ci ? Personne n'est entré dans la chambre ?

— Non, monsieur. C'est à cette heure-ci que le propriétaire, McCarthy, a reçu du superintendant Arnold l'ordre de fracturer la porte.

— Vous êtes entré le premier dans la pièce du drame ?

— Monsieur… oui. Enfin, pour être tout à fait exact et si c'est bien le sens précis de votre question, le propriétaire McCarthy, qui frappait sur la porte avec une sorte de pioche, a fait quelques pas dans la chambre, en repoussant la porte. Mais je suis positivement certain que le crime avait déjà eu lieu et que personne n'a pu à cet instant assassiner cette femme !

Le coroner bondit de son siège comme un ressort et, furieux, lança à l'intention du praticien de la police :

— Docteur Bagster Phillips, le jury n'est pas convoqué ce matin pour rire de vos mots d'esprit. Et, que je sache, le crime que nous avons à établir ne se prête guère à votre… humour. Je vous incite à déposer !

— Alors voici, Mr McDonald : lorsque la porte s'est ouverte, elle a buté sur une table qui se trouvait juste derrière, à la gauche de la tête de lit. Lui-même se trouvait tout contre la cloison de bois.

— Qu'avez-vous vu dans la chambre, une fois que vous y aviez pénétré ?

— Le corps mutilé d'une femme gisait sur le lit, tourné vers le bord, du côté de la porte. La morte ne portait qu'une chemise de nuit en lin, largement relevée. Elle n'était donc pas formellement nue, contrairement à ce que mon confrère le docteur Bond de la division A a cru apercevoir et à ce qu'il a écrit dans son rapport.

Le docteur Bond, qui se tenait assis avec d'autres officiels de la police à droite du Hall, voulut se lever pour répondre. Il se ravisa, blême.

— Mais la lumière était pauvre…, reprit Bagster Phillips en retenant un sourire. Et l'émotion… Enfin… Après un examen soigneux, je suis sûr que le corps a été déplacé *post mortem*, ou en tout état de cause après l'administration des blessures qui ont causé la mort ! Mort que je fixerais pour ma part plus près de quatre heures du matin que des deux heures estimées par mon honorable confrère le docteur Bond. Je peux l'affirmer de la plus formelle des manières.

— Comment a-t-il été déplacé ? relança le coroner, sans s'arrêter sur cette nouvelle pique.

De son côté, Thomas Bond s'était avancé d'un pas et l'on voyait ses mâchoires se crisper sous la chair mince de ses joues.

— Je suppose qu'il a été déplacé du côté du lit proche de la cloison vers l'autre bord du lit, expliqua, en dissimulant mal son plaisir, le docteur Phillips. L'importante quantité de sang sur le sommier, la saturation du matelas, de l'oreiller et des draps dans le coin supérieur droit côté cloison me poussent à conclure...

Le coroner émit un long reniflement d'impatience qui fut repris, dans une sorte de mimétisme, par plusieurs membres du jury.

— ... que la section de l'artère carotide dans sa partie droite, qui a été la cause immédiate de la mort, reprit Bagster Phillips, a été infligée alors que la victime était allongée sur le côté droit du lit, et que sa tête ainsi que son cou se trouvaient dans le coin supérieur droit du lit.

Quelqu'un de la salle lança avec un terrible accent de voyou des faubourgs du fleuve :

— Ce qui veut dire, *doc*, que la victime, son cou et sa tête étaient tous allongés dans le même lit ?

Des rires fusèrent dans la salle.

— Silence ! intima le coroner.

— Mr McDonald, *vox populi*... On ne saurait mieux résumer ce que j'ai vu dans cette chambre...

Le docteur Bagster Phillips se pencha pour récupérer son chapeau et ses gants, l'œil brillant de malice.

Carnets de Mrs Pritlowe

Dimanche 19 octobre 1941

Mes journées à Sainte-Clotilde avaient les allures immobiles des vies répétitives. Nous nous levions aux aurores, dans des chambrées glacées. Nous déjeunions dans un réfectoire aux échos de cloître et nous nous rendions aux cours et aux pratiques.

Nos amitiés n'avaient guère de profondeur ; nous n'échangions que des sentiments de surface, construits dans la timidité et la pesanteur sociale. Nos complicités se jouaient tout entières dans les fausses confessions de nos premiers émois amoureux. Moi qui n'en connaissais pas – et ne faisais pas semblant d'en connaître –, je ne prenais qu'une part médiocre dans ces murmures de jeunes filles et ces rires contenus. Au fond, j'étais toujours derrière le rideau vert, à épier la vie extérieure.

J'ai vu arriver le nouveau siècle à travers

les carreaux en ogive de Sainte-Clotilde. La mer grise battait comme un cœur ralenti, dans l'alternance des marées et des saisons. Au loin, invisible, l'Angleterre, qui ne me manquait pas et où je ne pensais pas revenir. J'apprenais le métier d'infirmière, un peu de français, un peu de médecine et de psychologie, et finalement rien d'autre. Je suis entrée à dix-sept ans dans un de ces établissements où nous basculions toutes, dans la ville d'Eu, plus au nord et un peu dans les terres. Je travaillais dans les dépendances de la collégiale, où nous partagions avec les sœurs du Bon Secours la partie des soins et des cures. Je suis restée là onze années, qui gardent pour moi le goût exact de celles que j'avais déjà passées à Sainte-Clotilde. Il y avait là les mêmes arches gothiques, les mêmes silhouettes grises et sévères, la même torpeur. Partout où nous posions le pied, dans chaque pièce où nous entrions, l'air était empli d'un voile subtil d'iodures, de camphre et de purulence.

Je suis devenue une femme dans cette ville humide, brumeuse, comme suspendue entre les falaises de la côte et les grandes forêts de hêtres et de chênes, sombres et froides. J'aurais dû comprendre que quelque chose attendait de surgir. Ces attentes-là laissent toujours planer l'imminence d'un changement. Pour moi, ce ne fut pas l'arrivée bruyante et chaleureuse d'un homme dans ma vie. Je n'y pensais même plus depuis les vagues romantismes chuchotés dans les dortoirs des « demoiselles », à Dieppe.

J'avais un physique qu'on qualifie d'ingrat, sans être laide, ni franchement vilaine. Simplement, les hommes ne s'arrêtaient pas sur moi. Leur regard balayait la place que j'occupais sans s'y poser. Dans la compagnie des hommes, j'avais le sentiment d'être une sorte de fantôme, un espace vide.

Encore une fois, je restais derrière le rideau vert. J'épiais des voix, ces voix disaient des choses, échangeaient des avis, exprimaient des sentiments ; aucun ne m'était destiné.

Le changement fut pour moi l'entrée en guerre de l'Europe, et d'abord de la France. On allait avoir besoin de soldats, de beaucoup de soldats, et immédiatement aussi de milliers d'infirmières, de médecins et de soignants. À l'automne de 1914, nous fûmes seize femmes de la collégiale à embarquer dans des trains pour l'est de la Somme, où nous attendaient les mourants. Je venais d'avoir vingt-huit ans.

Commençons par le vrai commencement. Je l'ai dit, c'est comme cela que je sais faire et je vais m'en tenir, face à cette masse hirsute de matériaux, à des pratiques sûres. Rappeler les faits. Synthétiser les documents pour en dégager une narration. Isoler la véritable information de chaque proposition et partir de là, en écartant les données parasites et les scories que le temps et la multiplication des témoignages – de moins en moins de première main – ont accumulées. Me voilà comme cet Howard Carter dont parlent les journaux : je dois franchir les portes successives des salles funéraires. Moi aussi je fouille dans la vallée des Morts. Je dois ouvrir les sarcophages emboîtés qui cachent les mystères.

Cela se passa la nuit. Je l'ai déjà dit. Les nuits des 31 août, 8 et 30 septembre, et 9 novembre 1888. Quatre nuits, cinq victimes officielles, dites « canoniques » dans les discours des « ripperologues ».

Quatre nuits et cinq victimes, puisque la nuit du 30 septembre est baptisée par les spécialistes de l'automne 1888 « nuit du Double Event *», au cours de laquelle deux meurtres ont été commis dans l'East End. Ils peuvent être attribués l'un comme l'autre à l'Éventreur. L'on suppose – mais cela aussi reste soumis aux appréciations des membres de la Filebox Society – que* Jack *s'est vu dérangé lors de son premier meurtre et a récidivé quelques dizaines de minutes plus tard, ce dernier jour de septembre 1888. C'est pourquoi il faut considérer que Catherine Eddowes, sauvagement mutilée dans Mitre Square, a payé pour la frustration générée par l'égorgement inachevé de la grande Elizabeth Stride, dans Dutfield's Yard, une courette à vocation de remise à charrettes et à fiacres qui s'ouvrait alors dans Berner Street.*

Certains, lors de nos réunions du mardi soir, s'obstinent à affirmer que ce ne peut être un hasard si Liz Stride et Kate Eddowes habitaient la même rue – Flower and Dean Street, dans Spitalfields –, baptisée (mais c'est aussi le cas pour dix autres rues du quartier) « la rue la plus dangereuse de la métropole ». Ils ont peut-être raison, sans que cela nous mène quelque part. Mille ou cinq mille personnes ont pu les croiser dans Flower and Dean Street, ou ailleurs dans Spitalfields. Et mille ou cinq mille autres filles, avec des profils comparables aux leurs, hantaient aussi ces rues, en même temps qu'elles et que leur assassin.

Mais je ne fais pas ce que j'avais dit. Je vais trop vite. Je vois bien où je veux en arriver. Le temps, la patience, la lenteur dans la manière dont je vais disposer tout cela devant moi sont mes garanties. Se précipiter, et tout s'écroulera une nouvelle fois. Il va glisser dans l'ombre, s'évanouir, comme il a disparu en refermant la porte du numéro 13, sur le regard absent de ma mère.

Il faut revenir au début.

La lune d'été disparaissait dans ses tout derniers quartiers quand Polly Nichols, la première victime, fut égorgée au milieu de Buck's Row, juste au nord du London Hospital, le 31 août 1888. Elle allait laisser place à d'autres obscures floraisons. Jusqu'à la nouvelle lune de novembre, à peine naissante, qui laissa le quartier de Spitalfields dans la brume et les ombres d'un automne dessiné à la houille sur un tableau noir.

Oui, il faut que je parle d'abord de Polly et de l'incendie des docks.

1 – Lune d'été

« The summer moon
Gave way to autumn's dusky bloom. »
Nitin Sawhney

Vendredi 31 août 1888

Le cortège s'avançait dans Bow, impressionnant. On eût dit une révolte d'indigents en plein Moyen Âge. En fond, le beffroi lugubre des usines Bryant & May, chef-d'œuvre d'architecture industrielle, rajoutait une touche médiévale à l'épisode. Malgré ses briques rouges et ses dimensions improbables, il avait des airs de donjon dans une ville assiégée.

Le plus surprenant, c'était l'immense suprématie de femmes dans les rangs du défilé. Plus de neuf marcheurs sur dix étaient des femmes, toutes en cheveux, le bras levé. Mais, le plus terrifiant, c'était le premier rang de la procession, qui coulait à présent vers Mile End Road à la manière d'un torrent. Les dix ou douze filles qui ouvraient la marche ne criaient pas comme leurs voisines des rangs arrière. Elles ne levaient pas le poing vers le ciel, harpies criant vengeance. Elles avançaient, sans un mot, aussi rigides que des automates, tanguant par instants, comme des mâts de navires. Elles avaient toutes un foulard blanc sur le bas du visage, parfois remonté jusqu'aux yeux, et attaché derrière les oreilles.

On entendait des slogans, scandés d'une même voix : « La fin de la grève n'est pas la fin de la misère ! », « Justice pour nos enfants ! », « Libérez Molly Hugg ! », « Bryant & May doit payer ! », « Travailler pour vivre, pas travailler pour mourir ! »

Arrivées dans Mile End, face aux premières ruelles de Stepney, elles se retrouvèrent face à une vingtaine d'hommes en civil et à pied, tenant de lourds bâtons en travers de leurs épaules, qui dressaient une sorte de barrage. Derrière eux, des policiers à cheval fermaient la vue vers Redman's Road. Les chevaux piétinaient en hennissant ; les hommes sans uniforme se tenaient par les bras, sur deux rangs compacts et solides.

Alors les femmes du premier rang se détachèrent du cortège. Les filles de l'arrière, trois cents ou trois cent cinquante, les laissèrent prendre quatre, puis six, puis dix mètres, et aller au contact des hommes de la police et des officiels qui exigeaient la marche arrière et la dispersion du cortège.

Le sergent Edward Mull, qui commandait le détachement de la Metropolitan Police, division H, brigade de Stepney, hurla en direction des trois ou quatre *gentlemen* en habits qui se trouvaient derrière le cordon :

— Nom de Dieu, Barley, dites à vos contremaîtres de lâcher leurs bâtons ! On va droit au carnage…

Philip Barley, un des directeurs de production de Bryant & May, qu'on présentait comme l'homme de confiance de William Bryant, haussa les épaules et regarda Mull droit dans les yeux :

— Vous voulez qu'on laisse le pavé à ces galeuses ? Bon sang, sergent, non… Mes gars vont leur cogner l'échine, je vous le dis. Soit elles reculent et retournent aux machines, soit…

— Soit quoi, Barley ? Vous aller donner l'ordre à vos contremaîtres de taper sur des gamines ? Vous allez donner cet ordre, Barley ?

— Sacré nom d'un chien que oui ! Et on ramènera celles qui sont encore debout devant leur poste à courroie !

— Nom de D… !

Le sergent Mull allait répondre à l'envoyé de la direction lorsque la scène changea brutalement.

Dans un mouvement synchronisé, qu'aucun maître de ballet, aucun chorégraphe jamais ne saura reproduire, les dix ou douze filles arrachèrent le mouchoir qui leur masquait les traits et, toujours ensemble, levèrent le bras qui le tenait. Dix ou douze bannières tournoyèrent dans l'air vibrant de Mile End. C'était toujours le Moyen Âge, mais, cette fois, la scène représentait une bataille rangée de chevalerie où chaque camp agitait ses fanions. Et douze visages d'horreur firent face aux hommes de la police et aux mandataires des fabriques. Douze visages mangés par l'acide, décomposés par le cancer, ravagés par la maladie du phosphore. Les mâchoires de certaines apparaissaient à travers la chair nécrosée des joues, révélant l'émail jauni de dents putréfiées. D'autres n'avaient plus de lèvres, et des gencives gonflées, boursouflées, rouges comme des sections fraîches de betterave, pointaient vers l'avant, à la manière de monstrueuses figures de proue. L'une d'entre elles, qui tenait le centre du rang, avait un œil exsangue, déplacé vers le milieu du visage, empiétant sur un nez absent et sur l'orbite voisine. Sa lèvre relevée ne laissait pas, comme d'autres, deviner des dents pourries ou des chairs nécrosées. Elle n'avait plus rien dans la cavité buccale, juste une langue grise, comme celle des animaux que l'on vend aux étals du marché de Spitalfields, qui tournait dans sa bouche morte. Elle s'avança encore. Arrivée à moins de deux pas des contremaîtres, en bras de chemise, dont on voyait les nuques frémir de tension, elle se figea. On sentit chez les hommes flotter les prémices du doute. Certains, qui n'avaient pas quitté depuis de longues minutes le cortège des yeux, estimant les forces et faiblesses d'un adversaire insolite, se regardèrent, avec embarras et hésitation. Le doute gagnait parmi les deux rangées de solides gaillards, un instant auparavant prêts à en découdre avec n'importe quelle armée.

L'un d'eux, un bûcheron de près de six pieds, en tablier grisâtre, rompit soudain le rang et serra son bâton dans une boucle de sa ceinture. Il fit un pas de côté et murmura en direction de ses compères :

— J'en suis pu… J'va me rentrer.

Ses plus proches compagnons le regardaient passer d'un pied sur l'autre, hésitant encore à renoncer tout à fait. Un, puis deux hommes l'imitèrent et remisèrent leurs gourdins. Ils s'éloignèrent en direction de Mile End Road, d'une démarche chaloupée comme en ont les matelots. D'autres les suivirent, sans se retourner. Bientôt, devant les *policemen*, il ne resta plus que cinq ou six irréductibles, qui tournaient le cou en direction du chef Barley, attendant une consigne qui ne venait pas.

Philip Barley ne bougea pas d'un pouce pendant que ses contremaîtres quittaient la place. On voyait son visage devenir de plus en plus pâle, faisant ressortir le roux de sa moustache.

Du côté du cortège, plusieurs dizaines de voix reprirent : « Bryant & May doit payer ! »

Et celles du premier rang, dans une colère de bruits de bouche : « Regardez nos visages, regardez votre honte ! Bryant & May doit payer ! Justice pour nos enfants ! »

Polly Nichols, qui venait de boire plusieurs *toddies* dans Mile End, croisa le cortège à cet instant. Elle vint se joindre aux rangs extérieurs, en titubant. Le visage pivoine, les cheveux en bataille, elle prit l'affaire à son compte en criant : « Affameurs, rendez l'argent ! » et les filles autour d'elles la regardèrent, vaguement amusées. Contente de son effet, Polly reprit de plus belle et se mit à faire tourner ses bras comme une nageuse, alternativement, en beuglant :

— Mangeurs de larmes, affameurs !

Et elle se tournait du côté des filles pour rire avec elles de ses insolences.

On sentait dans l'atmosphère de l'après-midi une électricité particulière. Au loin, vers Shadwell et les docks, le ciel se chargeait de nuages. Il n'était pas dix-huit heures et l'horizon semblait celui du crépuscule, entre les orangés et l'outremer des soirs d'orage. Le vent se levait par bourrasques, remuant l'air lourd de la fin d'été. Les derniers chefs d'équipe de Bryant & May renoncèrent à leur tour. Il n'y eut bientôt plus que la foule des jeunes ouvrières, avec leur avant-garde de furies silencieuses, dont les visages absents se creusaient plus encore dans les ombres de l'ouragan qui gonflait, et, face à elles, les *policemen* à cheval, qui semblaient déjà se dissoudre dans l'air électrique.

Mull clôtura l'affaire d'un signe. Les chevaux refluèrent en deux rangs vers Stepney Green. Le sergent s'avança vers les lignes de manifestantes. Il hésitait à s'adresser à la fille qui s'était avancée, n'osant affronter son visage en ruine.

— Qui commande, ici ? osa-t-il enfin.

Personne ne lui répondit. Mull cherchait à croiser un regard, mais aucun ne retint le sien. Le silence s'était fait dans Redman's Road. Plus de slogans, plus de cris de vengeance. Edward Mull sentit que l'affaire basculait vers autre chose. Que ni la crainte de la police, ni la violence des contremaîtres, ni même la peur de mourir n'arrêteraient ces filles désormais en marche et en ordre de bataille. Les petites allumettières avaient fait reculer la direction de Bryant & May depuis deux semaines, elles avaient obtenu ce qu'aucun syndicat puissamment organisé n'avait su obtenir, sans négocier ni même écouter les propositions du London Trade Council. Elles avaient obtenu la réintégration de celles des leurs qui avaient été licenciées aux premières heures du conflit. Elles avaient obtenu d'être payées en « bon argent ayant cours public », et non plus en denrées périmées, que les contremaîtres distribuaient chaque semaine en guise de salaire. Plus des trois quarts de leur rémunération avaient alors cessé d'être versés en lard rance, en harengs moisis, en farines avariées ou coupées à la poussière d'argile. Elles avaient arraché la promesse de leur direction de ne plus recevoir des pommes de terre en lieu et place de leur argent, en quantité supérieure à leurs besoins et à ceux de leurs familles, et les obligeaient à en céder une partie au-dessous du prix du détail. Elles avaient enfin réussi à se concilier les bonnes grâces de la presse, y compris de certains journaux conservateurs dont les reporters avaient été saisis d'horreur en découvrant la réalité des conditions de travail de ces filles, pour une bonne part à peine adolescentes, qui manipulaient le phosphore blanc quatorze heures par jour, six jours et demi par semaine. Leurs lecteurs avaient à leur tour été épouvantés d'apprendre que la plupart de ces *match-girls* souffraient au bout de quelques mois d'atelier de nécrose phosphorée, cette terrible maladie de contact qui faisait mourir par contamination les muqueuses du nez, de la bouche, des gencives et des sinus. Que, en quelques semaines encore, tous ces tissus étaient comme brûlés par les vapeurs de phosphore, que leurs mâchoires se couvraient d'abcès purulents, de crevasses. Du nez, il ne restait bientôt que deux trous bordés d'humeurs au milieu du visage. Leurs dents bougeaient puis tombaient, toutes ensemble, n'étant plus retenues par des gencives dilatées et spongieuses, dont les tissus imbibés de phosphore *brillaient* la nuit. Elles n'avaient plus rien à perdre, et bien pire, depuis que Molly Hugg, une de celles qui avaient lancé la grève, immédiatement limogée, avait craché au visage de Philip Barley, plus rien à demander.

Mull parla, à personne et à toutes.

— Mes hommes… mes hommes et moi, nous allons prendre sur la droite, dans Jamaica Street. Nous allons à Stepney…

Personne ne répondait. L'air craquait, comme traversé de décharges statiques. Quelques gouttes de pluie se mirent à tomber. Mull continua :

— Je n'ai pas d'ordres pour faire usage de la force

contre vous. Mais rien ne vous autorise à occuper les rues comme vous le faites. Les autorités y veilleront. Je vous recommande de vous disperser vers Whitechapel ou vers Limehouse et les docks…

Les quelques officiels du Trade Council, accompagnés par un Mr Barley toujours aussi pâle, trottinaient au côté des chevaux qui s'engageaient dans Redman's Road. Ils abandonnaient le terrain. Le cortège restait immobile ; les douze filles de l'avant remirent leur foulard par-dessus leur visage. Puis, lentement, la procession glissa d'un coup vers le sud et les docks.

Polly marchait avec les filles de Bryant & May. Elle n'avait rien d'autre à faire finalement, ce vendredi d'orage. Elle n'avait pas un sou, et elle devait trouver une partie des quatre pence de la chambre dans White House, sur Flower and Dean. Plus ce qu'elle boirait au Queen's Head, avant de s'effondrer. Plus tard, il faudrait trouver des clients. Plusieurs. Elle avait confiance. Son nouveau petit chapeau, propret et coquet, attirait l'œil. À la nuit, les hommes ne remarquaient pas ses cinq dents absentes, ni sa peau fanée. Dans l'ombre de Whitechapel, ce soir comme les autres soirs, Mary Ann Nichols redeviendrait *Polly*, la généreuse. Elle n'aurait plus quarante-trois ans, mais bien dix ou douze de moins, si elle savait jouer des malices de l'éclairage au gaz.

Alors elle marcha avec les filles. Elles suivirent Stepney, et puis elle se mêla à un groupe qui s'était détaché du cortège et descendait vers la Tamise. Polly marcha dans Cable Street, le long des bassins d'activités, des entrepôts de tabac, des fabriques de mâts et de coques, des montagnes de fûts et des kilomètres de câbles enroulés. Elle était aux premières loges quand elle aperçut l'incendie sur les *dry docks*. Les flammes apparurent d'abord au-dessus des toits des réserves, autour des bassins de Shadwell. Avec deux ou trois autres, elles glapissaient et beuglaient toute leur haine et toute leur souffrance, tandis que des tonnes de soies, de thé, de fruits secs et de riz partaient en fumée. Les barriques de blanc de baleine et des piles de tonneaux de brandy s'enflammaient mieux que le feu grégeois. Les toits perçaient en mille endroits. L'air se chargeait de tous ces effluves ; le secteur des docks sentait comme une immense cuisine.

Jusqu'au soir, jusqu'à la nuit, elles restèrent assises sur une pile de filins, à regarder brûler les cales sèches et les factoreries. Polly et les filles des fabriques se levaient par instants et dansaient, soûles d'excitation et de fièvre, dans l'air qui charriait des escarbilles. Les hommes des brigades des pompiers de Rotherhithe et de Juniper Street ne remarquèrent même pas leur égarement, tant le feu gagnait sans cesse en intensité et en périmètre. Elles firent une ronde de folie autour des hommes en sueur qui cherchaient à amorcer des pompes tout autour des bassins. La pluie vint, transformant les papillotes de carbone en une brume de suie qui collait au visage.

Polly remonta vers Whitechapel aux alentours de onze heures. Elle réussit à convaincre un homme de la suivre dans une haie du London Hospital, y gagna trois pence qu'elle dépensa en oignons frits et dans une demi-mesure de gin. Plus tard, dans un *court* de Brick Lane, elle réussit à gagner six nouveaux pence qu'elle transforma en une pleine mesure de gin dans la *public house* de Thrawl Street. On la vit tituber vers Whitechapel Road, dans une ellipse absurde, repassant devant les mêmes façades et les mêmes taudis.

Polly Nichols tomba sur Emmy Holland, avec laquelle elle partageait une chambre une ou deux semaines plus tôt, dans Spitalfields. Elle la reconnut à peine, chavirant et roulant dans son ivresse.

— Tu d'vrais rentrer, Polly, y a plus rien de bon pour nous cette nuit…

— Je r'cherche juste un homme pour partager une paillasse, ma bonne… J'cherche un pompier, un grand pompier costaud de Rotherhithe, ou un gaillard de l'Arsenal, ou même un pt'it bout de gars d'marin qu'oublierait pour une nuit sa régulière et ses mioches… J'crois bien qu'au fond, non, j'cherche même plus… j'sais même plus…

— Tu d'vrais rentrer, Polly, répéta Emmy Holland.

— J'ai d'jà bu trois fois l'prix d'ma chambre depuis c'midi, alors non, j'va pas rentrer tout de suite.

Elle vacilla dans Whitechapel Road. Emily Holland la vit disparaître sur le trottoir des synagogues, en face du London Hospital. Polly Nichols s'engouffra dans Vallance Road. Les rues étaient sombres, mais les lueurs des incendies, au sud, teintaient encore le ciel de rouge et donnaient des reliefs aux ruelles dans lesquelles elle s'avançait à présent. Elle vit, en contre-jour d'une lampe au gaz, un homme venir vers elle, dans le silence de Buck's Row. Elle s'approcha, tenta une dernière séduction.

Il la laissa venir sur lui. Polly ne tenait plus debout. La lame partit comme la tête d'un serpent, traversa d'un seul tenant son pardessus de toile cirée, sa robe et son chemisier de flanelle couleur chocolat. Le tranchant découpa la chair, fouilla droit devant lui. Polly sentit un froid immense la gagner. Elle porta les deux mains à son bas-ventre déchiré, en vacillant. Déjà, la lame se relevait et frappait au cou, sous l'oreille gauche. Polly Nichols s'aperçut qu'elle glissait au sol, tandis que l'homme la retenait et frappait une nouvelle fois dans son ventre. Il se penchait sur elle, pesant de tout son poids sur le manche de son arme. Une bourrasque de l'orage venu des docks souleva ses cheveux, qui volèrent dans le visage de l'homme. Une mèche, presque grise, se posa sur ses lèvres. L'homme la recracha comme on le fait d'un insecte avalé par mégarde, en sifflant de dégoût. Polly glissait à nouveau. Il avait ressorti sa lame. Elle comprit que le froid allait la paralyser définitivement. Ses yeux ne voyaient plus. L'homme murmura quelques mots – une moquerie, semblait-il – et, dans une dernière étincelle de lucidité, au-delà de la souffrance, elle devina qu'il venait de renfoncer une troisième fois son couteau dans sa plaie au ventre. Au loin, tout au bout du monde, dans une autre vie, le bec de gaz de Buck's Row scintillait en veilleuse. Polly bascula dans le néant.

Carnets de Mrs Pritlowe

Dimanche 19 octobre 1941, toujours

J'ai devant moi l'inventaire des vêtements trouvés sur Mary Ann Nichols, dite Polly, *dressé par l'inspecteur John Thomas Spratling, de la division J (Bethnal Green), alors que son corps venait d'être amené à l'Old Montague Street Mortuary. Il est codé* [Mary Ann Nichols n° 370 – Buck's Row] *et figure sous ce titre dans les archives de la Filebox Society. Il me semble que cette liste dit d'une voix silencieuse, mieux que tous les savants qui racontent l'époque, la misère presque absolue de toutes ces filles qui vivaient dans la proximité de ma mère. La voici :*

« – Un bonnet de paille noire avec parure de velours noir ;

– un pardessus imperméable orné de sept

boutons de cuivre, gravés du dessin d'une amazone accompagnée d'un cavalier ;

– une robe de lin ;

– une chemise de flanelle brune ;

– des bas de laine noire ajourés ;

– deux jupons, l'un de laine grise, l'autre de flanelle. Les deux portant inscrit sur un ruban "Hospice de Lambeth" ;

– un corset brun ;

– une culotte de flanelle ;

– des bottines d'homme, avec élastique sur le côté. Dessus découpé, fer aux talons.

Biens en possession de la décédée :

– un peigne ;

– un mouchoir blanc ;

– un morceau brisé de miroir. »

Lundi 20 octobre 1941

Je consulte une carte démographique de Whitechapel, éditée en 1902 à la suite du recensement de l'année précédente. Les moindres détails y sont fidèlement reproduits et, en remontant mon doigt le long de Dorset Street, je trouve l'entaille de Miller's Court. On y remarque le renfoncement au coin de la chambre numéro 13, là où s'ouvraient les deux fenêtres. Le magasin de McCarthy, de même que la pièce où mourut ma mère, ne représente que quelques millimètres sur cette cartographie immense de la vie de Londres. Quelques millimètres que le géomètre a décidé de hachu-

rer, comme il le fit pour tous les immeubles d'habitation, et dans lesquels toute ma vie me semble parfois enfermée.

Elle a vécu là. Dans ces quelques millimètres enclos sur la carte. Pendant dix mois, dont huit avec Joe Barnett. Elle aurait pu aller s'installer en France, avec mon père, et nous aurions vécu une autre vie. Elle est restée dans Miller's Court ; elle a accepté de payer chaque semaine à McCarthy quatre shillings et six pence pour conserver sa chambre. Elle n'est pas toujours parvenue à verser régulièrement la somme. Puis elle l'a fait entrer, et c'est arrivé.

Je reste souvent de longues minutes à contempler cet emplacement minuscule. Il me semble parfois que mon esprit se met à glisser, presque à la manière d'un liquide, vers le plan, et qu'il se répand et essaie d'en visiter les zones grisées. J'en constate évidemment très vite le ridicule ; je ne vois rien de plus en essayant de me réduire à l'échelle de la carte de recensement de la paroisse civile de Shoreditch. La nuit du 8 novembre demeure la même énigme. L'autre *reste masqué. Les rayures ne sont qu'un écran de plus, derrière lequel il se dissimule.*

Lundi 12 novembre 1888, midi vingt.

Jury d'enquête relatif à la mort de Mary Jeanette Kelly, Shoreditch

Le coroner McDonald semblait de très mauvaise humeur. Il feuilletait ses registres avec violence, arrachant presque les feuilles au passage de sa main fiévreuse. Il avait faim. L'affaire prenait trop de temps. Les témoins ratiocinaient sur le moindre détail, corrigeant ce qu'il appelait des « chiffres loin après la virgule ». Il appela le propriétaire de Mary Kelly à déposer, l'homme qui louait l'ensemble des chambres dans Miller's Court. À l'appel de son nom, John McCarthy, un homme massif, dans la quarantaine, au cheveu noir, habillé aussi chichement que les autres témoins, étriqué dans son paletot de laine, se leva et se présenta, raide, devant le coroner.

— Je suis John McCarthy ; je suis négociant et propriétaire de meublés. J'habite au 27, Dorset Street.

Le docteur McDonald posa un regard dur sur l'homme, manifestant toute la réprobation qu'il avait à l'égard des marchands de sommeil de l'East Side. Il grogna :

— Négociant ? Que vendez-vous donc au 27, Dorset Street, Mr McCarthy ?

— De la petite épicerie. Des bougies. Toutes sortes de chandelles. Du suif, de l'huile, de la glycérine… Des mèches pour lampes à flotteur, des…

— C'est assez. Cela est sans intérêt pour l'enquête. Racontez au jury ce que vous avez vu dans votre *court*, monsieur…

— Vendredi matin, vers onze heures moins le quart, j'ai envoyé mon gars, Bowyer, à la chambre numéro 13, pour réclamer le loyer. Il est revenu cinq minutes plus tard, en disant : « M'sieur, j'ai frappé à la porte, et j'ai pas eu de réponse ; j'ai regardé par la fenêtre et j'ai vu pas mal de sang. »

— Qu'avez-vous fait, alors ?

— Monsieur ! Je suis retourné avec lui et j'ai regardé à mon tour. J'ai bien vu le sang, et la fille. J'ai dit à Bowyer : « Tu ferais mieux d'aller chercher la police. » Je connaissais la victime, du nom de Mary Jane Kelly, et je n'ai eu aucun doute sur l'identité de la fille que je voyais.

— Vous êtes allé vous assurer qu'elle était bien morte ?

— Monsieur, elle était pour ainsi dire en pièces ! J'ai suivi Bowyer au poste de police de Commercial Street, où j'ai vu l'inspecteur Beck. J'avais demandé d'abord à voir l'inspecteur Reid, que je connais. L'inspecteur Beck est revenu avec moi à Dorset Street.

— Combien de temps la décédée a-t-elle habité la chambre ?

— Dix mois, monsieur.

— Et elle vous louait la chambre numéro 13 entièrement meublée ?

— La literie, le linge, la table, enfin tous les meubles du numéro 13 m'appartiennent.

— Quel était le loyer de cette chambre ?

— C'était normalement quatre shillings six pence la semaine. Monsieur... la victime me devait vingt-neuf shillings d'arriérés. Je devais être payé chaque semaine. Les retards doivent être payés autant que faire se peut...

— Cette Mary Kelly buvait-elle, à votre connaissance ?

— J'ai souvent vu la victime complètement ivre... Quand elle ne buvait pas, elle était la meilleure des filles. Mais quand elle picolait, là... y'en aurait à dire ! Enfin elle pouvait s'en sortir, elle n'était pas, disons, sans ressources...

— Justement, Mr McCarthy : cette femme, Mary *Jeanette* Kelly, comme elle se faisait appeler, vivait-elle seule ces derniers jours ?

— Elle logeait avec Barnett jusqu'à y a pas longtemps. Je ne sais pas s'ils étaient mariés ou non. Ça allait bien entre eux, mais y a eu cette histoire, ils se sont disputés, c'est le jour où la vitre a été cassée.

— Vous avez assisté à cette scène ?

— Non, monsieur. Mais tout le *court* en a parlé...

Mercredi 5 septembre 1888

Joe Barnett ne se contenait plus. Il s'exprimait avec des trémolos dans la voix. Il agitait ses mains et les rentrait précipitamment dans ses poches, comme le font les hommes violents qui savent qu'à tout moment ils peuvent commettre un geste irréparable. Face à lui, la jeune femme aux cheveux châtain clair ramenés en chignon volumineux le regardait s'agiter en pinçant les lèvres. Son visage était livide et ressemblait à celui des figures de cire qu'on exhibe dans les foires.

— Je ne veux plus voir cette espèce de petite garce par ici... De c'que j'dis, c'est elle, ou moi ! C'est elle ici et moi dehors ! Mais moi dedans, alors tu te débarrasses de ce tas de linge puant... Tu t'en débarrasses !

— C'est elle, vieux Joe, répondit calmement Mary Kelly. Y a pas l'ombre d'un doute, comme qui dirait. C'est toi dehors.

— Garce ! Vous êtes bien pareilles. Sans un homme, tu vas tomber tout droit, Jeanette. Tout au fond d'la boue de Londres, dans Flower and Dean Street, avec les vieilles loques. Sans moi, t'es morte.

Mary Kelly faisait face. Elle avait adopté sa posture d'effrontée, celle qu'elle utilisait dès qu'elle mettait le nez dehors. Ceux du Britannia, du Queen's Head ou des Ten Bells ne la connaissaient que sous ce visage. Barnett répéta, d'une voix vacillante :

— T'es morte...

— T'as même plus quatre shillings pour payer ton lit, vieux Joe, et tu me menaces ? Des gars comme toi, j'peux en ramasser cinq chaque matin dans Spitalfields Market... Et avec plus de...

Joe Barnett se baissa, se saisit d'une bottine rangée contre le foyer et l'envoya sur Mary Jane Kelly. La botte passa à vingt centimètres de son visage et défonça le carreau du bas de la fenêtre qui donnait sur le *court*.

Barnett était blanc comme un linge ; sa main aux ongles noircis qui venait de lancer la botte s'agitait dans un mouvement compulsif qu'il ne pouvait plus calmer. Il posa son avant-bras sur le manteau de la cheminée, et le bouton de laiton qui fermait sa manche battit sur le bois, en saccades. On eût dit le bruit d'un chien se grattant frénétiquement contre le battant d'une armoire.

Barnett traversa la pièce en deux pas ; il resta figé devant Mary Jane Kelly, toujours immobile entre les deux fenêtres. Ils étaient aussi blêmes l'un que l'autre. Aucun ne baissa les yeux. Joseph Barnett ouvrit la porte d'un geste, glissa dans Miller's Court sans un mot. Il relâcha violemment la porte du numéro 13, qui battit contre le montant, se rouvrit encore et rebondit, dans un monstrueux claquement.

Le *court* était vide ; on entendait juste une ivrogne crier des mots absurdes et un enfant pleurer.

2 – Annie dans la nuit

Samedi 8 septembre 1888, vingt-trois heures trente-cinq

« J'serai pas longue, Brummy », avait-elle glissé à Johnny Evans, le gardien de nuit du galetas de Dorset Street, appartenant à William Crossingham et tenu par son régisseur Tim Donovan, dans lequel s'entassaient des dizaines d'ouvrières, de filles des rues, de tâcherons et de chômeurs. Annie essaya de se glisser dans la cuisine, peut-être même de s'y faire oublier quelques minutes pour profiter de la chaleur et, qui sait, d'un peu de la nourriture que les autres préparaient. Deux ou trois filles de Mile End, avec lesquelles elle avait bu dans l'après-midi, cuisaient des patates dans une large cocotte de fer-blanc. Annie Chapman se rapprocha du feu et frotta ses mains dans le filet de vapeur. Elle se mit à tousser avec force. Les filles la regardèrent avec compassion. De toutes ces miséreuses, Annie semblait la plus mal en point. Son teint n'était même plus blafard : il était gris, de ce gris de cendre, presque vert, qui donne cette singulière tonalité aux noyés.

— Tu vas croquer un morceau avec nous, fit Milly

Rodman, une régulière du Britannia, le pub au coin de Dorset Street. C'est pas une heure pour aller gagner sa soupe…

Annie accepta de profiter d'un sursis dans le *lodging house* de Donovan. Les filles commencèrent à peler puis à manger quelques pommes de terre, en plaisantant. Annie Chapman, tout en ingurgitant la chair jaune, ne cessait de tousser. À plusieurs reprises, la nourriture rejaillit de sa bouche et fusa devant elle, à la manière d'un halo. Les filles se regardèrent, écœurées, mais, sentant la détresse de leur compagne, n'osèrent pas rire. Minuit sonna au clocher de Christ Church, et Willie Stevens entra dans la cuisine, avec un cruchon de bière. En remarquant l'état d'Annie Chapman, il lui proposa de boire un peu de sa *lager*.

— C'est frais, *Darkie*, tu verras, ça n'te fera pas du mal comme ton rhum.

Annie se laissa facilement convaincre. La bière fraîche coulait dans son gosier, et elle eut pendant quelques instants, comme chaque fois, l'impression que tout allait s'arranger. Son corps n'avait plus cette inertie qui lui donnait l'impression que des baleines d'acier lui serraient les côtes en permanence. Il n'avait plus cette langueur qui rendait chaque pas aussi bridé que celui d'un prisonnier enchaîné à une pièce de fonte. Elle se sentait la plupart du temps aussi gauche qu'un nageur pris dans un remous, qui tente des mouvements inutiles et ralentis, mais ne cesse de s'enfoncer plus profondément sous les eaux. Mais la toux finit par revenir, malgré la bière de Willie Stevens, qui ne cessait de la regarder, navré et maladroit. Annie Chapman sentit l'air crisser dans ses poumons, qui lui semblèrent à cet instant faits de tôle. Rigides, froids, rouillés.

Elle expulsa encore quelques fragments blanchâtres, en tenant ses mains de chaque côté de sa poitrine, qui sifflait sur un mode suraigu. Elle tira de sous ses étoffes une boîte de pilules. Sa main tremblait terriblement. La boîte lui échappa et roula sur le sol, en s'ouvrant. Des dragées blanches se répandirent sur les carreaux crasseux. Annie se baissa et ramassa ce qu'elle put. Ses yeux lui faisaient mal ; dans sa tête, il y avait un voile de gaze qui rendait la cuisine incertaine et mouvante. Le mal de tête fondit sur elle, en hurlant. Elle se leva et quitta la cuisine, sans un mot.

Dorset Street était comme à son habitude. Noire et sale. Malgré l'heure tardive, des gamins traînaient encore au bord des trottoirs, en suçant des mouchoirs. D'autres jouaient avec des débris de bois et des ressorts de matelas hors d'usage. Des hommes passaient en grognant, ahuris de fatigue. Ceux-là ne donneraient pas un penny pour autre chose qu'un endroit où dormir. Les filles du Britannia chahutaient des flâneurs aux regards fous, qui faisaient mine de se désintéresser de leurs invitations. Elles étaient pour la plupart bien plus jeunes qu'Annie. Elles avaient les yeux vifs et cachaient mieux leur infortune. Même leurs traits, viciés par la fatigue, l'alcool, la maladie, la misère, semblaient pétillants en comparaison avec l'anéantissement qu'était devenu le visage d'Annie Chapman. Elle marcha dans Commercial Street. Le sol, suant d'ordures, glissait. Il y avait dans l'air une puissante odeur de poisson putréfié, de combustion, de houille. L'entaille de Fashion Street s'ouvrait dans l'ombre ; au loin, Brick Lane luisait comme une fête foraine. Des silhouettes semblaient danser sur fond de lampions et de cuivres. Annie s'y engagea. Mais la promesse de cruelles concurrences la retint. Elle rebroussa chemin. Là-bas, il y aurait encore plus de jolies filles que devant les Ten Bells ou le Britannia. Et de plus effrontées donc. La foule des noceurs les rendait plus audacieuses. Elles offraient des poitrines et des reins mieux que les boutiquiers de Whitechapel High Street n'exposent leur marchandise. Annie retourna dans Commercial Street et remonta vers le nord. Devant Christ Church, une petite assemblée s'était réunie face à un homme qui s'agitait derrière une table misérable couverte de choses brunes. Elle reconnut Harry le Colporteur, comme on l'appelait dans Spitalfields, un camelot minable qui essayait de vendre des demi-harengs fumés, au parfum de goudron, et des tranches de pain bis.

— Holà, *Darkie*, lui lança l'ambulant, un petit filet pour la route ? C'est Harry qui offre les *relishes* !

L'homme affichait des airs de traîne-savate, sorte de bouffon de théâtre aux lèvres exagérées de clown et aux yeux tombants. Son air doux semblait cacher un fond sournois et ses mains s'agitaient dans l'air sans jamais se poser ni se figer. On eût dit des oiseaux malades, pris de panique dans un espace confiné. Son aire de chalandise s'étirait du London Hospital à Spitalfields Market ; le matin, on trouvait Harry le Colporteur dans Petticoat Lane ou dans Aldgate, traînant sa marchandise au sillage de marée. Le soir, il remontait aux abords de Christ Church, confiant par instants son étal à quelque gamin de Dorset Street, qui le volait d'un sou ou deux pendant que lui-même buvait les quelques pence précédemment gagnés.

— Pas ce soir, Harry, répondit Annie Chapman.

J'ai plus besoin d'un lit que d'un poisson gluant. Et c'est pas l'odeur de ta marchandise qui va m'amener des clients…

Elle repéra un groupe de commissionnaires en goguette, qui parlaient haut et fort devant l'entrée des Ten Bells. Les trois hommes en vestons voyants et chapeaux *billicock* buvaient à même de grands cruchons et observaient le va-et-vient des filles entrant et sortant du pub. Annie croyait entendre les pièces d'argent tinter dans les poches de leurs gilets rayés. Elle s'avança et essaya de se faire une place parmi eux, jouant l'enthousiasme et l'insouciance des filles de Whitechapel que les hommes, sans doute, recherchaient cette nuit-là. Les négociants ne virent approcher qu'un spectre blême, à la peau livide, aux joues grêlées et flasques. Dans les yeux de la femme, ils lurent moins la détresse que la déchéance, la ruine et l'abandon. Ils sentirent sa sueur aigre ; ils sentirent le rance qui imprégnait son manteau noir.

— Écarte-toi, l'encrassée ! lui jeta l'un d'eux en évitant le bras qu'elle cherchait à enlacer au sien.

Le second ne fit que rire de dégoût en détournant le regard. Le troisième lui lança une chiquenaude sous l'œil qui lui fit un mal de chien. Elle sentit des larmes gonfler sa paupière, et des lueurs rouges et orange défiler au fond de sa tête.

— Saleté, malpropre ! Rentre donc dans ta souille…

Et il cracha sur son visage, levant encore une main pleine de menaces.

— Holà, *gov'ner* ! Tout doux avec la dame…

L'homme suspendit son geste, tournant vers celui qui venait de l'interrompre un museau rougeâtre. Harry le Colporteur se tenait devant lui, faisant pirouetter un gourdin au pommeau plombé, dont le sifflement annonçait la puissance. Le museau recula d'un pas, jaugeant son adversaire. Ses deux compagnons ne semblaient guère plus fiers. Ils avaient reflué vers les portes des Ten Bells, les yeux bas.

— Faudrait voir à nettoyer c'te limace, *gov'ner*...

Le gourdin fit un arc dans l'air. Il désignait le crachat qui, coulant du menton d'Annie, avait glissé sur son col de bure noire.

— C'est pas correct pour une dame de Spitalfields c'que vous avez fait là...

L'homme grogna quelques mots indistincts. Harry s'avança. Nouveau mouvement du gourdin. L'homme au *billicock* se pencha et commença à essuyer le col du manteau d'Annie Chapman. En s'approchant, il vit mieux les traits de la femme. Il en parlerait plus tard à ses amis, dans des circonstances plus rassurantes.

« Une morte, nom de Dieu ! raconta-t-il plus tard. Cette bonne femme avait des yeux de morte. Et une peau de macchabée, flasque et grise, avec des veinures en d'dans comme du Blue Vinney, nom de Dieu ! »

Pour l'heure, il était occupé à poser son regard loin au-delà du visage de la femme. De son ample mouchoir de coton, il s'appliquait à nettoyer le filet de salive qui imprégnait l'étoffe. Annie Chapman ne chercha pas à tirer un parti excessif de cette situation nouvelle.

— C'est bon, Harry. Laisse filer...

Le Colporteur s'écarta, indiquant sur sa gauche Commercial Street.

— Allez, *gentlemen*, comme a dit la dame, filez ! Shoreditch, c'est tout droit...

Il se rapprocha vivement de l'homme qui avait frappé Annie. D'un geste furtif, il souleva le *billicock* et, tirant de sous sa vareuse une peau de hareng, irisée et puante, il la posa sur le crâne du négociant, puis reposa le feutre. L'autre le regarda par en dessous avec une rage contenue. La peur suffisait juste à l'empêcher de répliquer. Tout juste. Il eut un début de geste vers le Colporteur, mais se contint.

Le gourdin pointait vers le nord, telle une boussole menaçante. Les trois hommes en vestons et chapeaux ronds se mirent en route, l'air penaud, marchant presque en file indienne, leurs silhouettes se détachant sur les lumières de Spitalfields Market.

— Merci, Harry, dit simplement Annie Chapman.

Sa tête recommençait à la serrer ; on eût dit qu'elle l'avait prise dans un étau de fonte et que les mâchoires se refermaient sur ses tempes. Ses yeux lui faisaient mal, au fond des orbites. *Doit y avoir quelque chose de fichu, là-dessous, se dit-elle. J'dois avoir la cervelle qui part en compote. Bon sang de vacherie...* Elle s'était mise à marcher sans vraiment s'en rendre compte, suivant instinctivement la trace des hommes que Harry venait de chasser. Ce dernier la regarda passer devant lui, tel un automate pitoyable, exhalant des vapeurs de camphre et de sueur. Il secoua la tête, traversa Church Street et retourna à son miteux commerce. Il la vit disparaître au coin de Lamb Street. Elle semblait courbée vers le sol, comme cherchant quelque chose tombé à terre. L'aube émergeait, sinistre et pluvieuse.

Annie Chapman était arrivée à l'angle d'Hanbury Street et de Lamb Street. Les derniers portefaix de Spitalfields Market se déchargeaient dans la nuit, laissant les rues vides et pleines d'échos. Elle fut soudainement prise d'une terrible nausée. Un reflux d'alcool lui brûla le gosier. Elle rendit sur le trottoir les deux pommes de terre avalées tout à l'heure dans Dorset Street. Elle se remit en route, au hasard, dans Londres. Elle s'engagea dans Hanbury Street en direction de Brick Lane. Finalement, ces rondes-là étaient toujours les mêmes. Ses poumons reprirent leur froissement de machine mécanique.

Bon sang d'vacherie, se répéta-t-elle, courbée et percluse de fatigue, tremblant de froid et de cette fièvre fugace qu'impose la nausée. Elle sentit l'humidité de la rue percer ses chaussures ravagées. Ses bas de coton rayés se saturaient d'eau, presque jusqu'aux genoux. L'homme arriva sur elle, sans qu'elle s'en aperçoive. Il posa une main sur son épaule, la fit se retourner, surprise et inquiète.

— Un peu d'aide, *m'lady* ? On dirait bien que ça ne va pas tout à fait comme y faudrait…

Annie Chapman sentit tout au fond d'elle comme un signal d'alarme. L'homme ne parlait pas comme il aurait dû. Son timbre, les mots même qu'il employait sonnaient faux. On sentait qu'il était en représentation. Annie le comprit presque instinctivement. Il n'entrait dans aucune des catégories qu'elle connaissait. Aucun des hommes qu'elle abordait dans Whitechapel ne parlait comme ça. Non pas qu'il avait un accent particulier. Ni qu'il utilisait des mots de bourgeois, comme certains des gars qu'elle croisait parfois au Britannia ou au Queen's Head et qui descendaient dans Spitalfields pour y ramener des filles. Des jeunes, des jolies. Enfin, aussi jeunes et jolies qu'on pouvait en trouver dans les quartiers de l'Est. Non, l'homme parlait pour lui, jouait les modulations d'un rôle qu'il s'était confié et auquel peut-être il croyait. C'est cela qu'elle se dit, sans vraiment réussir à le formuler avec des mots précis.

Elle se détourna un instant pour essuyer sa bouche. Sa manche emporta les dernières traces de l'ordure qu'elle venait de rendre. Elle fit face. L'autre lui demanda, presque à l'oreille, dans une confidence absurde face au vide de la rue :

— Un coin tranquille, bien sombre, sans personne. Dix minutes ?

Annie hocha la tête.

— Dix minutes… Tu le ferais ?

— Oui, souffla Annie.

Une pauvresse apparut, sortant sans doute de Wilkes Street. Elle passa à côté d'eux, sans un mot. Annie et la femme se dévisagèrent un instant à travers le brouillard. Puis la silhouette glissa vers Commercial Street. *Oui*, Annie en connaissait plusieurs, des endroits comme celui que recherchait son nouveau client. Elle en connaissait au moins deux ou trois dans toutes les rues entre Commercial Street et le vieux cimetière juif de Brady Street.

Sa tête lui faisait moins mal. Comme plusieurs heures plus tôt, dans la cuisine de Donovan, l'impression que tout allait s'arranger la traversa comme une onde. Déjà, les quelques pence de son lit, elle les aurait dans dix minutes. Elle rentrerait directement à Dorset Street. Surtout ne pas se laisser tenter par les lueurs dorées des *public houses* sur le chemin. Regagner Dorset Street. Le lit, et dormir, longtemps, sans la fêlure dans sa tête ni le papier crissant de ses bronches pleines de sable. Demain, enfin, ce matin, elle n'ouvrirait pas l'œil avant midi. Peut-être même deux heures. La journée serait longue. Tout restait possible.

Elle poussa une porte vermoulue. Elle connaissait la maison dans Hanbury Street. Elle y avait déjà emmené des hommes. Elle connaissait le chemin. Elle savait manier la clenche de la porte. Il y avait deux marches de pierre tendre. La plus basse était quasi mangée par l'usure. À gauche, une clôture de planches séparait la cour dans laquelle ils venaient d'entrer d'une cour voisine, identique. Le jour se levait, mais le *yard* était encore plein de pénombre. Annie recula contre la palissade de bois. Une odeur d'humus montait de la courette, derrière elle. L'homme vint sur elle, une main fouilla sous sa jupe, remontant plusieurs épaisseurs de jupons. Sa main pesait sur son ventre, froide contre sa peau. Elle entendait le souffle de l'homme gagner en intensité. Peut-être, se dit-elle, que ça ne durera même pas dix minutes. En effet. L'homme frappa sous la joue gauche, le long de la mâchoire. Le coup porta avec violence. Annie Chapman crut qu'on allait encore la battre. Elle eut la sensation d'une immense arrivée liquide, une vague, qui s'engouffrait dans ses poumons. Elle émit une sorte de gloussement ridicule, qu'elle n'entendit pas. Elle avait glissé dans sa nuit. L'homme maintenait toujours son corps appuyé contre la palissade. Une main pressait contre la poitrine, tandis que l'autre, armée d'un petit couteau à la lame effilée, allait et venait dans le cou d'Annie. Son souffle ne diminuait pas.

Carnets de Mrs Pritlowe

Mardi 21 octobre 1941

Le Daily News *et l'*Evening Standard *du 15 septembre 1888 ont rendu compte de manière assez précise des funérailles d'Annie Chapman.*

Elles eurent lieu tôt le matin du 14 septembre. Le plus grand secret avait été gardé sur leur organisation, et seuls le croque-mort d'Hanbury Street, Mr Smith, ainsi que des membres de la police et quelques proches en avaient eu connaissance. Peu après sept heures du matin, le corbillard s'était arrêté devant la morgue de Montague Street et le corps fut prestement enlevé, en direction du cimetière de Manor Park, dans Forest Gate. Aucun convoi ne suivait, comme s'il avait été prévu de ne pas attirer l'attention du public. Les conditions de l'assassinat d'Annie Chapman avaient énormément ému. En particulier les mutilations, qui sonnaient déjà comme une alarme dans le vacarme de Whitechapel. La police commençait à sentir que l'affaire dépassait le cadre des faits divers habituels de l'East End et que, lentement, une silhouette terrifiante surgissait du brouillard.

Mr Fountain Smith, le frère de la victime, et quelques autres proches accompagnèrent le corps d'Annie Chapman vers sa dernière demeure. Le cercueil était recouvert d'un drap noir marqué des mots suivants : « Annie Chapman, morte le 8 septembre 1888, âgée de 48 ans ».

À neuf heures du matin, l'affaire était finie. Les quelques proches d'Annie se dispersèrent sous une pluie battante, tandis que Mr Smith et son confrère Mr Hawes, le croque-mort de Spitalfields, replaçaient à grandes pelletées la terre qui avait été levée.

J'en viens au Double Event, *qui reste un élément singulier du « savoir ripperien » : le même soir, à quelques dizaines de minutes d'intervalle, Jack l'Éventreur a frappé deux fois, et tué deux femmes. Dont la seconde dans des conditions atroces et inconcevables pour un esprit moderne. D'abord Elizabeth Stride, rapidement, dans un recoin de Berner Street, puis Catherine Eddowes, dans Aldgate, beaucoup plus posément.*

Mais le plus important sans doute dans l'épisode nocturne au cours duquel Long Liz *a été égorgée dans Dutfield's Yard, sous les fenêtres de l'International Working Men's Educational Club – en vérité une sorte de café politique fréquenté surtout par des Juifs d'Europe centrale et des socialistes –, c'est que* Jack était là, *coincé au-devant des roues de la carriole de Louis Diemschutz, un commerçant qui remisait son attelage. On pourrait y réfléchir longuement, reconstruire cent fois le déroulement de ces quelques minutes, mais, indiscutablement,* il était là. Il était coincé, *quand Diemschutz s'est engouffré dans Dutfield's Yard et qu'*il *était penché sur Elizabeth Stride pour la traiter comme il allait traiter bientôt Kate Eddowes ; il a vu que le chemin de Berner Street lui était coupé. Et que son seul refuge était le fond du* yard, *plein de ténèbres. Et* il *s'y est tenu, tandis que Louis Diemschutz montait au Working Men's Educational Club pour hurler son horreur d'une nouvelle égorgée et chercher de l'aide. Alors* il *est parti, tranquillement, gagnant la rue, comme si de rien n'était, et modifiant pas après pas son allure et son style, recouvrant en quelques instants son aspect civilisé.*

Ou bien encore, il ne s'est pas enfui et, comme le yard *s'emplissait de monde et de badauds, agités et fébriles, éclairant essentiellement le corps de* Long Liz, *il s'est simplement glissé parmi eux ; il a commenté, comme eux, ce nouveau meurtre, s'est peut-être même étonné à la fois de sa violence – une femme égorgée – et de sa retenue, en comparaison avec ce que « Mister Jack » avait fait subir les* *semaines précédentes à Polly Nichols et à Dark Annie. Pas de coups de couteau dans le ventre, pas de lacérations, pas de vol d'organes, pas de tentative de décapitation... Peut-être qu'*il *était là pour en causer avec d'autres* gentlemen *de l'East End, aussi agités que lui. Puis* il *a fini par partir, en direction de la City, vers Aldgate et Mitre Square, où il avait un autre rendez-vous.*

« D'accord », a alors répondu Catherine Eddowes à l'homme dans Church Passage, et elle a ri en sourdine, presque complice. Elle devenait sans le savoir le second élément du Double Event. *L'homme n'a rien dit sur le moment, mais, quatre ou cinq minutes après, il l'a balayée d'un coup de scalpel ou de lame rigide, en répétant :*

— Tu te rends compte à quel point tu es de la merde ?

Et Kate Eddowes ne pouvait rien lui répondre, bien sûr.

Voilà comme il faut lire le Double Event.

3 – Long Liz

Samedi 29 septembre 1888, dix-sept heures dix

Liz sentait que ce serait une sale journée. D'abord, ce temps de chien, cette flotte qui ne cessait pas de tomber, et puis le vent, soufflant par bourrasques, qui forçait la pluie sous les vêtements, gorgeant la laine et les étoffes, les rendant lourdes et poisseuses. Tout devenait glacé en quelques minutes. Ses bottes à élastique perçaient de la semelle, et le bout, largement éventré, charriait la gadoue du ruisseau au litre.

La seule bonne chose, c'était les six pence. Ceux-là, elle les avait bien gagnés. Deux dortoirs puants, à décaper du sol au plafond. Des paillasses imbibées d'urine à lessiver ; des parquets pleins d'échardes à récurer. Liz avait du savon noir incrusté sous tous les ongles. Elle sentait le savon noir à six pas. Mais elle avait les six pence. En plus, la vieille Tanner lui avait payé deux *Holland* au Queen's Head. Le gin chauffait ses tempes. Liz se sentait des ailes quand elle quitta la *public house*.

— R'garde donc ça, fit-elle à Catherine Lane, une voisine avec qui elle buvait parfois : six pence, les mieux gagnés de Londres !

Mais l'alcool n'avait pas résisté longtemps au froid humide. La nuit n'était pas complètement tombée qu'elle était transie. Alors elle avait marché, vers le sud. C'était curieux, cette habitude qu'elle avait prise, depuis qu'elle s'était mise à fréquenter Kidney, son homme des docks : dès que les choses partaient en vrille, elle filait vers le fleuve. Comme certains animaux qui fuient toujours vers le même point magnétique. Liz Stride, elle, fuyait vers la Tamise. Elle avait filé dans Brick Lane, où la pluie battante avait chassé d'éventuels clients. Il n'y avait là que des miséreux, accroupis au ras des seuils, la regardant passer d'un œil à demi mort. Deux hommes se disputaient un *ulster* huilé, aux manches arrachées. Ils poussaient des cris de brutes, avinés. L'un d'eux sortit un canif rouillé et en menaça son collègue, qui s'éloigna en jurant. L'autre grogna, la vit, la jaugea et se recula sous un porche, enfilant le ciré miteux qu'il venait de gagner. Au croisement d'Old Montague Street, elle vit les tentations lumineuses de la pâtisserie Tartling's. Des fillettes se collaient aux vitrines, le nez à quelques pouces des rangées de *black buns*, des piles de *bannocks* et de *sponge cakes*. L'envie la prit d'acheter quelque friandise sucrée, une de ces gourmandises dont elle avait presque oublié le goût.

Les gamines l'entourèrent. Sa mine et son allure ne laissaient guère d'espoir, mais elle était pour l'heure la seule passante, aussi loin qu'on regardait dans Brick Lane. La plus âgée des morveuses s'avança :

— Ma'ame, une pièce de cuivre, pour des enfants qu'ont faim…

Liz repoussa l'assaut. Elle aussi avait faim. Elle aussi était une enfant des rues. Elle émit une sorte de grognement qui lui rappela l'homme à l'*ulster*. Sa bouche ouverte révéla une gencive anéantie : toute une rangée de dents du bas était manquante. Trois incisives jaunes surgissaient brutalement à l'avant, comme les dernières planches d'une palissade en ruine. Les fillettes refluèrent dans l'ombre. Elle continua sa route vers Whitechapel Road. Les échoppes du marché abritaient une faune aux cheveux ruisselants, aux habits luisants comme des dos de poissons. Elle ne s'attarda pas. Ceux-là travaillaient, n'avaient pas d'argent à perdre avec des filles. Liz Stride décida de pousser jusqu'au Bricklayer's Arms, dans Commercial Road. Elle savait que les gars du fleuve y venaient, souvent en bandes. Des gars dangereux, comme Kidney, mais souvent capables de laisser filer une pièce.

Elle les vit déboucher de l'entaille de Plumber's Row. Liz sentit immédiatement que ces silhouettes n'annonçaient rien de bon. Deux hommes. À trente mètres. Les épaules tombantes d'arsouilles, les paletots, presque identiques, trop chers pour avoir été achetés par des gars de cette espèce. Donc volés au coin d'une rue, sans doute sous la menace d'une lame ou d'une serpette de marinier. Et puis cette manière de marcher côte à côte, presque à touchette, comme pour se garder mutuellement. Liz Stride savait que ces silhouettes-là étaient source d'ennuis. Voire pire que des ennuis. Elle jeta un regard par-dessus son épaule, vit Whitechapel Road sombre et déserte. Devant elle, Fieldgate s'enfonçait dans la nuit, inaccessible, à moins de courir, immédiatement. Elle ne s'en sentit pas la force. Les deux formes étaient sur elle. Un instant, elle crut qu'ils allaient passer, presque sans la voir. Comme si des affaires plus sérieuses les appelaient au loin. Elle eut le courage de lever les yeux, de regarder les leurs. Elle vit deux visages pâles, maladifs, aux poils blonds mangeant des joues crayeuses. Des frères, peut-être, eut-elle le temps de penser. L'un des hommes la contourna, passa derrière elle, comme font certains chiens qui cherchent à mordre par l'arrière. Dans son dos, elle l'entendit ricaner :

— Alors, la putain, on cherche du monde dans Whitechapel ?

L'un avait déjà levé la main et l'avait crochetée à l'épaule. Elle sentait ses doigts lui écraser l'omoplate. L'autre par l'arrière lui brutalisa les seins.

— T'as d'l'argent, putain ? C'est nous qu'on encaisse…

Celui qui lui faisait face sortit un coutelas de marin, à manche épais et à lame courbée, que les gens de mer utilisent pour tout faire : éviscérer le poisson ou trancher des filins. Il le promena devant son visage. Liz Stride repensa à la querelle de Brick Lane et au geste identique de l'homme à l'*ulster*. Cette fois, c'était elle qui était devant la lame. Et celle-ci n'était pas tenue par un ivrogne, mais par une vraie fripouille du fleuve. Ceux-là tuaient, sans remords. Sans y penser, même.

— T'entends ? File ton argent avant qu'j'me fâche.

Son acolyte fouillait dans les poches de son manteau de drap, encore trempé de pluie. Il sentit les pièces roulées dans un mouchoir, les six pence de Mrs Tanner. Il ricana une nouvelle fois.

— Six pence, putain ? C'est toute ta besogne ?

Liz ne répondait rien. Elle restait droite, la tête en arrière, avec la lame recourbée du coutelas qui frôlait son cou.

— T'es vraiment d'la charogne…

L'homme dans son dos lui envoya une bourrade

qui la fit plonger en avant. Celui qui tenait le couteau s'écarta d'un pas et, en tendant la jambe, la crocheta aux chevilles. Elle tomba sur le pavé, essayant d'amortir sa chute en lançant ses deux mains en avant. Son poignet gauche lui fit mal. Son cœur battait la chamade. Elle était fatiguée. Elle avait peur. Elle sentait les deux hommes derrière elle. Ils avaient son argent, mais ne partaient pas. Elle décida de se relever et de faire face. Elle mourrait debout, si c'était ce qu'ils avaient décidé. Pas recroquevillée au sol, comme une pocharde évanouie dans son ordure. Elle se mit à genoux. Les deux hommes la regardaient faire, sans un mot. Elle se remit debout, reprit ses appuis. Liz Stride leur faisait face. Elle vit les deux visages crispés de colère. Ils n'aimaient pas qu'elle se soit relevée. Ils le prenaient comme une provocation. Celui qui l'avait poussée dans le dos s'approcha et lui lança un formidable coup de pied dans l'entrejambe.

— Tiens, putain, prends-toi ça dans ton moule à mioches !

L'autre éclata de rire. Les deux rirent. Liz Stride hésitait à s'évanouir. La douleur était immense, lui remontant dans les hanches, transportée par mille nerfs jusqu'au ventre et dégringolant dans ses cuisses. Elle résista. Elle continuait à regarder les deux crapules dans les yeux, en tenant à deux mains son ventre en fusion. Finalement, les deux hommes lui tournèrent le dos et, en riant toujours, s'enfoncèrent dans Fieldgate, en direction de Charlotte Street.

Liz Stride restait courbée en deux, les fesses en appui contre la devanture d'un commerce de draps. Elle demeura là peut-être vingt minutes. Les larmes avaient empli ses yeux, elle laissait la douleur lentement se résorber. Personne ne passa. Personne ne la vit, dans Plumber's Row.

La sale journée filait vers son terme, mais n'était pas finie. Liz Stride entendit dix heures sonner à l'église d'Union Street. Alors elle se remit en marche. Toujours vers le sud. Au carrefour, elle vit les lumières du Bricklayer's Arms, toutes proches. Là, elle entra dans la grande salle, violemment éclairée. Il fallait jouer des coudes pour gagner le comptoir. Des filles virevoltaient en gloussant, des chopines à la main. De la racaille de Millwall et d'Isle of Dogs encombrait tout l'horizon. Des durs. Des garçons qui auraient mis en purée, d'une seule main, les deux vermines de Plumber's Row. Pourtant, Liz repéra de suite un petit bonhomme qui pourrait bien faire son affaire. Rond comme un hérisson, un torse bombé monté sur des jambes courtes, une bouille de pépère, le tout engoncé dans un mignon costume de notaire, marron glacé. Le bonhomme buvait près du bar, dans un verre à grog, à petites gorgées, comme le font les oiseaux. Un habitué, jugea Liz à son allure placide. Il naviguait sans appréhension au milieu de tous ces gibiers de potence. Elle s'approcha. L'homme tourna vivement la tête lorsqu'elle lui toucha l'épaule.

— On payerait pas une liqueur à une femme qui crève de froid, *gov'ner* ? Y reste t'y pas un gentleman dans tout Stepney ?

Le hérisson passa un doigt dans sa moustache, en chassa les gouttes et les morceaux de sucre cristallisé qui y adhéraient et inclina lentement le menton, dans une préciosité saugrenue pour le lieu.

— Sans doute, sans doute…

Il estima un instant sa cavalière, qui le dépassait

d'une demi-tête. Liz savait juger les hommes. Elle avait affaire à un bon client. Elle se dit que la soirée pouvait encore changer de registre. L'homme apostropha une des souillons qui gesticulaient derrière le bar et demanda :

— Un verre de kummel au citron, comme moi, pour la libellule !

Liz Stride avala en quelques gorgées la liqueur brûlante. Elle sentit la chaleur se répandre en elle, comme une médecine. Son poignet la faisait souffrir et son ventre se contractait par saccades, en écho au terrible coup qu'elle avait reçu. Elle sourit encore au boniface endimanché qui avait entrepris de frotter sa moustache dans son cou.

Elle le laissait faire. L'atmosphère du Bricklayer's Arms était douce. Les deux salamandres de fonte jetaient une bonne chaleur dans la grande salle ; les clients étaient gais, l'alcool réchauffait les corps et apaisait l'âme. Elle buvait son troisième grog au cumin. L'alcool mélangé à l'eau chaude, au sucre et au citron lui faisait tourner la tête.

Tout allait bien, au fond, se dit-elle. Son chaland venait de lui proposer de remplacer les six pence perdus contre une gâterie, à l'écart, dans une venelle abritée. Liz n'avait pas dit non. Simplement, elle voulait manger d'abord. L'amateur de grogs commanda le *special* du soir, et Liz Stride vit que la souillon déposait devant elle une grande tranche de pain, ensevelie sous une large part de patates écrasées et recouvertes de cheddar fondu. Elle engloutit le tout en quelques minutes. Tout en mangeant, elle se prit à raconter à l'homme généreux son agression de Plumber's Row.

— Des vraies saloperies, crois-moi mon chou. Si

mon homme Stride avait été encore dans le circuit, il te les aurait découpés en lanières !

— Tu es mariée, ma libellule ? s'inquiéta un instant l'homme au complet de notaire.

— J'suis veuve, camarade… Mon homme, il a coulé dans l'fleuve y a dix ans, avec la *Princess Alice* et mes deux gamines… On n'a jamais r'trouvé leurs pauv' corps…

L'homme fit mine de compatir à ce malheur passé. Il continuait à fouiller dans son cou, se risquait même à embrasser une épaule en lui écartant sa chemise de coton blanc.

— Et si on allait à notre petite affaire ? finit-il par lancer.

Liz opina. Elle se dirigea vers la porte, son cavalier sur les talons. Ils disparurent dans la nuit.

Ils traversèrent Commercial Road. En face, des appentis et des remises, en piteux état, faisaient de remarquables abris. L'homme connaissait l'endroit. Il y avait déjà emmené des femmes. Ils se glissèrent dans une sorte de ruelle, entourée de murs de briquettes noires. Quelques minutes plus tard, l'homme ressortait. D'un pas vif, il se mit en route en direction du London Hospital. Liz Stride se rajusta dans l'ombre. L'affaire n'avait pas traîné. Elle savait manier les hommes de ce calibre. Quelques années plus tôt, elle pouvait en traiter plusieurs à la demi-heure. Bien sûr, la demande n'était plus la même aujourd'hui. Mais quand même. Elle fit tinter les pièces dans sa main. Pas question de se refaire voler cette nuit. Elle mit quatre pence de côté dans un mouchoir, qu'elle plia dans le contrefort de sa botte. Les deux restants, elle descendit les boire dans Berner Street. Elle ne resta que le temps d'avaler son gin au Nelson. La salle puait le vomi ; des vauriens complètement ivres la chahutèrent. Elle ressortit, suivie par l'un d'eux qui lui demandait des excuses « sous peine de mort ». Elizabeth Stride le repoussa dans le caboulot. Elle fit quelques pas, entendit qu'on marchait derrière elle. Un homme l'avait suivie depuis le Nelson. Elle fit volte-face, toujours sous le choc de sa mésaventure du début de soirée. Mais l'alcool avait amorti ses mécanismes de défense. Et puis, cette fois, l'homme ne semblait pas dangereux. Il était de taille moyenne, habillé comme un marinier. Il lui parla d'un ton rude, mais pas effrayant :

— Ta nuit est finie, ou bien tu as encore un peu de temps pour moi, *misty* ?

Elle essaya de le regarder mieux. Un vide. Il n'y avait rien à voir chez cet homme, il ressemblait... à un tableau noir. Ou à une pile de briques. Des épaules carrées, une sorte de force qui émanait de lui. Une voix qu'on sentait prompte à commander. Soudain, elle eut peur. Cet homme était plus dangereux que les deux gars de Plumber's Row. Bien plus dangereux. Elle fit un pas en arrière. Elle entendait de la musique, au-dessus d'elle. Il y avait une soirée dansante, ou une sorte de fête. On entendait des rires, des hommes s'apostropher dans des langues étrangères. Des lumières à l'étage d'où venaient les éclats de rire et la musique. L'homme l'avait rattrapée. Il la saisit par l'arrière des cheveux et tira vers lui. Elle se débattait, mais l'homme ne lâchait pas. Elle cria. L'homme lui assena un coup de poing sur la bouche et, au même instant, laissa échapper un cri de douleur. Elle-même sentit une douleur aiguë dans ses dents.

— Putain de merde...

L'homme l'avait lâchée, une seconde. Elle devina qu'il suçait le dos de sa main, qu'elle avait sans doute ouvert. Liz Stride se retourna vers la rue et vit un homme qui marchait sur le trottoir opposé. Il regardait la scène, mais ne semblait pas décidé à traverser ni à l'aider. Elle comprit qu'il avait peur, lui aussi. Elle essaya de crier, mais n'émit qu'une sorte de rauquement affaibli.

L'homme la reprit aux cheveux. Il la poussa contre le mur, mais il n'y avait plus de mur. Une courette s'ouvrait là, plongée dans les ténèbres. Elle sentit une odeur de paille, une odeur de chevaux, d'écurie. Elle tâta dans son dos et sentit son poignet douloureux. L'homme la coinçait contre un mur visqueux, couvert de mousse. La musique était juste au-dessus d'elle, à deux mètres peut-être. Elle comprit. Là-haut, c'était la vie, qui continuait sans elle. Elle aperçut l'éclair de la lame qui lui frappa la gorge. Elle cria, mais c'était déjà bien trop tard. La musique s'arrêta.

Il relâcha Liz Stride. Cela n'avait duré qu'un instant. La putain glissait encore contre le mur humide. Il la retenait à peine, mais elle glissait comme ralentie par l'épaisseur d'une ouate, ou comme si elle s'enfonçait dans l'eau. Dans la pénombre, il essayait de regarder la fille. Les cheveux blond filasse étaient tout ce qu'il pouvait en distinguer dans le noir presque total de la courette.

Le temps ne durait jamais assez, dans ces moments-là, pensa-t-il. *L'autre putain, dans Hanbury Street, il avait commencé... Cette fois, il allait vraiment...*

Il sursauta. Un cheval hennissait dans son dos, à quelques mètres. Il se retourna et, déjà, le cheval entrait dans la cour. *Nom de Dieu de merde*. Il y avait une carriole, une sorte de dog-cart à grandes roues, qui venait sur lui. Une des roues le frôla, d'un pouce à peine. Il se tassa contre le mur, marcha sur la fille pour esquiver la voiture. Le cheval se cabra. L'animal avait dû le sentir, et avait peur. Ou bien il sentait le sang, et l'odeur le mettait en alerte. Il entrevit, dans le contre-jour de la rue, une ombre juchée sur la voiture, armée d'un grand fouet de cocher. L'homme de la carriole jura. Il avait failli être précipité au bas de son siège lors du soubresaut de son cheval.

C'est à ce moment que lui-même s'aperçut qu'il était coincé. Le dog-cart s'était mis de biais et la grande roue du côté droit, en travers du passage, le bloquait entre le mur et l'attelage. *Il était coincé, nom de Dieu de merde, avec la fille qui bougeait encore un peu, à ses pieds.* L'homme du dog-cart sauta à bas de son marchepied et s'adressa à sa bourrique :

— *Nisht guit nick*, sale bête. Qu'est-ce qui ne va pas dans ta tête de culbuter comme ça ?

Un Juif ! Le type était un de ces Juifs de Whitechapel, un de ces socialistes qui venaient du fond de l'Europe pour voler les gens et tout encrasser, en plein Londres ! Il se tassa encore. Le Juif contourna le dog-cart par l'avant, frappa sur le nez de son cheval et revint droit sur lui. Il était à moins d'un mètre de lui. On ne voyait rien, mais il entendait son souffle rauque de fumeur. L'homme du dog-cart toucha la fille du pied. Il jura encore.

— *Oi, gevald ! Man harget...*

Sa main se crispa sur le manche de l'arme qui venait de frapper. Une lueur jaune fusa, à trois pieds devant lui. Il discerna l'homme qui s'accroupissait, de trois quarts dos. L'allumette éclaira une seconde le visage de la fille, avant d'être soufflée par une rafale de vent qui balaya le *yard*.

— *Nisht guit !* Holà !

L'homme se relevait en criant.

— Holà ! Descendez ! Une femme, une femme morte dans Dutfield's Yard ! Descendez. Un meurtre ! Encore un meurtre !

Le type se rua dans un escalier qui grimpait vers la pièce d'où sortaient de la musique. On entendit parler en yiddish.

— *A Weip ! Man harget a Weip ! Gewald !*

— *A Weip ? A Kurweh, yo*[1] *!*

L'homme dans le *yard* profita de cet instant. Il essaya de se glisser le long de l'attelage du dog-cart pour sortir de cette ratière dans laquelle il s'était fourré. Le cheval le sentait et remuait, aux lisières de la panique. S'il lui prenait de se cabrer ou d'avancer vers le mur, il allait l'écraser entre les briques et le châssis. Il décida de faire comme l'autre et de contourner les brancards pour filer par l'avant. Il passa devant le mufle de l'animal, qui soufflait, effrayé.

L'homme gagna enfin la rue. Il s'aperçut qu'il tenait encore le couteau avec lequel il venait d'égorger Liz Stride. En quelques secondes, il avait rejoint le Nelson. Personne ne le remarqua entrer. Il commanda une cruche de *bitter*, qu'il but à petites gorgées, près du comptoir. Au-dehors, on entendit bientôt la course des agents de police, qui passèrent en lançant des coups de sifflet. Plusieurs hommes du bar sortirent. Tous se dirigeaient vers le *yard*, à quinze pas. Il se mêla un instant à eux, mais partit à l'opposé de Dutfield's Yard.

1. En yiddish, à peu près ceci : « Une femme ! On assassine une femme ! Horreur ! – Une femme ? Tu veux dire une putain, oui ! »

Carnets de Mrs Pritlowe

Mardi 21 octobre 1941, plus tard

Mr Buir, le pharmacien de la Filebox Society, est aussi passionné que moi par ces recherches. Bien entendu, son implication n'a rien à voir avec la mienne. Mais il est rigoureux et discret. Lui et moi avons passé une partie de la soirée à lire attentivement les extraits des témoignages du jury d'enquête relatif à la mort d'Elizabeth Stride.

Celui-ci s'est réuni le lundi 1er octobre 1888, au Vestry Hall dans Cable Street, paroisse de Saint George-in-the-East. Le coroner en était Mr Wynne E. Baxter, un homme sévère et méticuleux, qui rappelait souvent plusieurs fois les témoins, pour vérifier chaque détail de leur déposition. J'ai remarqué qu'il avait ainsi essayé de démontrer que les fréquentes assertions de Liz Stride concernant la mort de ses enfants et de son mari dans le naufrage du navire la Princess Alice *étaient de simples mensonges. Il aura ainsi passé beaucoup de temps à chercher ailleurs que là où se dissimulait le meurtrier. Je reproduis ci-dessous quelques échanges qui, selon moi, illustrent formidablement la manière dont la justice victorienne a laissé filer celui qu'on appelle Jack l'Éventreur. J'imagine parfaitement comment tout s'est déroulé ce jour-là dans Cable Street. Le coroner s'est levé et a commencé à parler...*

— La décédée était anglaise ?

Elizabeth Tanner, gérante de l'hôtel garni au 32, Flower and Dean Street, a répondu :

— Elle disait qu'elle était suédoise. Elle ne m'a jamais dit d'où qu'elle est née. Elle m'a dit qu'elle avait été mariée et que son mari et ses enfants s'étaient noyés dans le naufrage de la Princess Alice.

Le coroner, d'un ton doucereux, à un autre témoin :

— Est-ce qu'elle vous avait dit qu'elle était mariée ?

Charles Preston, barbier, vivant au 32, Flower and Dean Street, a semblé ennuyé :

— Oui. Et que son mari et ses gosses avaient coulé avec la Princess Alice *; qu'elle avait été sauvée et qu'eux étaient morts.*

Michael Kidney, compagnon de la victime, déposa à son tour :

— J'habite au numéro 38 dans Dorset Street, Spitalfields, et je suis ouvrier aux docks. J'ai vu le corps de Miss Stride à la morgue.

Le coroner, toujours aussi suave :

— Est-ce celui de la femme avec qui vous viviez ?

— Oui.

— Avait-elle des parents en Angleterre ?

— Quand je l'ai rencontrée, elle m'a dit qu'elle était veuve et que son mari avait été charpentier à Sheerness.

— Est-ce qu'elle vous a expliqué comment il est mort ?

— Elle m'a raconté qu'il s'était noyé dans la Princess Alice.

Un certain Mr Sven Ollsen s'approcha à son tour :

— J'habite au 23, Prince's Square, dans Saint George-in-the-East. Je suis employé à l'église suédoise.

— Savez-vous quand la victime s'était mariée à Stride ?

— Je crois que c'était en 1869.

— Vous savez quand il est mort ?

— Elle m'a parlé de l'époque du naufrage de la Princess Alice, *que son mari avait péri noyé dans le désastre.*

— Elle avait de quoi vivre ?

— Elle était très pauvre.

Le coroner, plus sournois que jamais :

— Est-ce que vous vous souvenez qu'il y a eu une souscription pour venir en aide aux familles des victimes de la Princess Alice *?*

— Non.

— Eh bien, moi, je peux vous dire qu'il y en a eu une et je peux vous dire autre chose :

jamais personne du nom de Stride n'a déposé de demande pour obtenir une aide...

Pour expliquer à quel point les archives de la Filebox Society sont précieuses, j'y ai retrouvé une coupure de presse qui résume assez bien le terrible fait divers de 1878 :

« 3 septembre 1878 – News report

Épouvantable catastrophe sur la Tamise. Plus de cinq cents morts. (Woolwich, mardi minuit. Par voie télégraphique, de notre correspondant.)

L'une des pires catastrophes des temps modernes a eu lieu ce soir sur la Tamise à Woolwich. La Princess Alice, *l'un des plus grands paquebots à aubes de la London Steamboat Company, avec six ou sept cents âmes à bord, a quitté Londres vers dix heures ce matin. En vue de l'Arsenal Royal de Woolwich, vers huit heures ce soir, le navire a été éperonné par un bateau à vapeur, le* Bywell Castle, *qui venait en sens inverse. La* Princess Alice *s'est enfoncée immédiatement, et, moins de cinq minutes après la collision fatale, elle avait disparu dans les eaux profondes. »*

On y a joint la liste des passagers du navire. Tout est soigneusement conservé dans le dossier [Stride/Princess Alice].

Cette liste a été établie par le Times *et publiée dans l'édition du 5 septembre 1878. On y trouve les noms des noyés, des disparus et des survivants.*

Le nom de Stride n'apparaît ni sur la liste des victimes, ni sur celle des passagers recueillis par les secours. On apprend également, à la lecture de plusieurs documents, qu'Elizabeth et John Stride ont été recensés en 1881 comme habitant au 37, Usher Road, dans le quartier de Bow.

L'idée qu'une femme comme Liz Stride ait pu mentir et s'inventer une pareille tragédie comme curriculum vitæ *m'a touchée. Cette femme, immensément pauvre, comme la décrivait Mr Ollsen, l'employé de l'église suédoise, vivait de surcroît dans une douleur fictive. La mort tragique et accidentelle de sa famille, en partie imaginaire elle-aussi, puisqu'elle n'a jamais eu d'enfants, avait peut-être fini par revêtir une forme de réalité chez elle. Manifestement, elle s'en servait non pas pour appeler la compassion de son environnement, mais sans doute pour justifier, autant à ses yeux qu'à ceux des autres, sa propre déchéance. Sa ruine était le résultat d'un naufrage, en somme.*

Mercredi 22 octobre 1941

Ce mardi, je suis restée en arrêt devant une nouvelle carte de Spitalfields et de l'East London, datée de 1889. Elle est l'œuvre du philanthrope Charles Booth, qui entreprit, en pleine époque victorienne, de cartographier la misère et d'en mesurer les relations avec le crime. Booth a dressé, pendant plusieurs années, un état stupéfiant de Whitechapel et de Spitalfields. J'ai cet instrument sous les yeux. C'est un plan de rues, organisé selon plusieurs niveaux de couleurs. Chaque rue y possède sa tonalité. L'arc-en-ciel part du jaune profond, presque doré, pour signaler les zones d'habitation des classes supérieures, « opulentes ou riches », dit Booth. Puis le nuancier se décline, d'abord en rouge : classes moyennes, « cossues », note Charles Booth. Puis en rose, « assez confortable ; bons et réguliers revenus ». Le violet qui suit signale des zones d'habitat « mixte », des foyers « à l'aise, d'autres plutôt pauvres ». Ensuite viennent les grades de bleu : ciel pour les « pauvres, aux revenus tout juste suffisants pour une famille » ; bleu foncé, pour les « très pauvres, vivant d'expédients. En état de manque chronique », établit Booth. Enfin, le noir, qui dessine sur la carte de sinistres parcelles, abritant « la plus basse des classes. Dépravée. Semi-criminelle ».

« Cette classe, écrit le démographe, est de la plus basse espèce. On y trouve des ouvriers occasionnels, des colporteurs de rue, des oisifs de toutes sortes, des criminels et des semi-criminels, vivant tous dans la plus extrême précarité, et dont le seul luxe est la boisson... »

À la Filebox Society, le travail de Booth est classé dans un vaste dossier, laconiquement marqué : [Londres : carte criminelle]. *Tout le secteur de Flower and Dean, de Brick Lane et de Thrawl Street disparaît dans le noir ; à l'inverse, tout l'ouest du quartier de Spitalfields est rose ou rouge. À l'exception de Dorset Street et de l'enclave de Miller's Court, entièrement badigeonnés d'encre noire. Voilà où vivait ma mère les dix mois qui ont précédé sa mort.*

J'avais croisé en France, sur le front, plusieurs médecins qui avaient connu Charles Booth à Liverpool. J'avais été impressionnée par l'image qu'ils gardaient de lui et par la persévérance qu'il semblait avoir eue dans sa lutte pour aider les miséreux et les enfants des rues. Je ne savais pas alors que la trajectoire de cet homme avait peut-être croisé celle de ma propre mère et que sa main avait balisé les quelques hectomètres qui constituaient sans doute ses allées et venues quotidiennes.

En détaillant les documents indexés dans le dossier, j'ai également appris que presque tout le secteur appartenait à John McCarthy, et qu'il avait réussi à établir une sorte de monopole sur les lodging houses *de Dorset Street. Dans les années 1880, McCarthy possédait, en sus des 26 – l'entrée de Miller's Court – et 27, Dorset Street (sa boutique de bougies), les numéros 28, 29 et 30. Tout ce pâté d'immeubles, aussi insalubres les uns que les autres, avait adopté le surnom de «* McCarthy's Rents *», « Le Fermage McCarthy », dont ma mère et d'autres filles de Spitalfields constituaient les vaches à lait.*

4 – « Rien »

Dimanche 30 septembre 1888, une heure vingt-cinq

Elle arrivait. Par Camomille Street, puis Bury Street. Le pas hésitait. L'alcool, tout cet alcool qu'elle avait bu depuis trois heures de l'après-midi, continuait à lui défaire l'esprit. Elle repensa à ce qu'elle avait dit aux policiers de Bishopsgate :

— Rien. Je suis rien. Voilà. Mon nom, c'est ça : « Rien »…

Les deux agents l'avaient regardée comme on regarde les folles. *Toujours ça de pris*, s'était-elle dit, *en v'là deux qui me prennent pas pour une poissarde d'ivrogne qui va s'allonger sur le trottoir pour y vomir son rhum. « Rien », c'est mieux que rien...* Elle se remit à rire, dans un spasme saccadé qui lui faisait mal aux deux côtés des épaules. Le rire la secoua jusqu'à Saint James Place. Il y avait encore un ou deux *gin houses* ouverts, avec des silhouettes de buveurs, en contre-jour sur les lumières du bar. L'atmosphère avait de loin des airs de fête, de chaleur. Les cuivres étincelaient là-dedans avec une farouche bienveillance. On voyait les émaux des pompes à *lager* qui dépassaient de l'acajou des comptoirs, le vert phosphorescent des abat-jour de verre au-dessus des têtes. Mais elle n'avait plus un penny. Elle se détourna et reprit sa route dans Saint James Place. Kate Eddowes repensa encore aux deux policiers. L'un d'eux s'était montré grossier avec elle, l'avait poussée violemment par les épaules pour l'asseoir de force dans le réduit des ivrognes, dans le poste de police de Bishopsgate.

— On d'vrait pas perdre autant de temps avec des traînées comme ça, avait-il dit en refermant la porte de chêne grillagée sur elle. On d'vrait prendre un tombereau et aller verser tout ça dans les brûleries de carcasses des abattoirs derrière Brady Street, en d'ssous d'l'ancien cimetière des Juifs.

— T'es pas chrétien, Hutt, j'te dis. T'es même pas humain quand tu parles comme ça, avait répondu son collègue, le sergent Byfield. On d'vrait plutôt leur donner un peu d'ouvrage et d'quoi s'payer un toit... Enfin, c'est c'que je dis.

— D'quoi s'payer à boire, oui. Quand on boit du matin au soir, y a pas d'ouvrage qui tienne, reprit Hutt. Ces garces-là ont même plus la tête à donner d'quoi manger à leurs mioches.

Kate Eddowes écoutait sans émotion ce discours dont elle constituait l'épicentre. Elle donnait intérieurement raison autant à l'un qu'à l'autre. Elle songea que le bonheur, finalement, aurait été d'avoir de quoi se payer du papier et de quoi écrire pour envoyer un dernier baiser à ses trois petits, de quoi aussi se payer quelques verres au Queen's Head, puis de les laisser l'emmener dormir dans les braises de Brady Street. S'écrouler sur les carcasses de chevaux et de bœufs, sur cette masse de sang noir et de fragments d'ossements, se nicher dans cette vermine et cette puanteur que les journaliers pelletaient par brouettes entières vers les fours à chaux.

Elle commença à se diriger vers Duke's Street, dans l'idée de filer plein nord et de rejoindre Spitalfields par Wentworth Street. L'entaille de Saint James Passage attira son attention. Il y avait, au-delà du mince boyau, une place et un bec de gaz qui luisait comme un appel. Pas à la manière des belles lampes chaudes des *gin houses* qu'elle venait de délaisser, mais comme une sorte de phare qui guide dans la nuit. Elle pensa qu'elle pourrait faire une dernière rencontre, du côté de la lueur bleutée. Un dernier homme, quatre pence pour payer son lit de cette nuit dans Flower and Dean, peut-être même le lit de demain.

Elle s'engouffra dans la minuscule venelle et déboucha dans Mitre Square. Il y avait bien un homme, qui venait sur sa droite. Il ne l'avait pas vue encore et marchait tout droit vers le haut de la place. Elle coupa son chemin à l'entrée de Church Passage.

— Oh oh, on va vite matelot… Les bateaux ne quittent pas Aldgate avant l'aube… Enfin, tant qu'y aura pas d'bateaux à Aldgate, *sail away*, matelot !

Les pensées avaient décidément du mal à s'imposer, ce soir, dans l'esprit de Kate Eddowes. Elle sentait que ce serait de plus en plus dur de parler. Même de se faire simplement entendre.

L'homme ralentit son pas. En effet, il avait des allures de marin, avec sa blouse de laine foncée, sa casquette de drap et son foulard noué sur l'arrière.

Il jeta un bref regard dans Church Passage, avant de balayer Mitre Square des yeux.

Kate Eddowes se méprit sur le sens de cette inspection fugitive.

— Oh, on n'nous verra pas, cap'taine, suffit de s'mettre pas trop près de c'te lune à gaz et on f'ra not' affaire au chaud dans l'noir. Tiens, par là.

Elle désignait l'angle opposé de la petite place, dans l'encoignure qui bordait Mitre Street. L'ombre y était si profonde qu'on aurait pu y dissimuler deux douzaines de putains et leurs clients, dut se dire l'homme au foulard. Il n'avait toujours pas prononcé un mot. La femme roulait d'une jambe sur l'autre, se rapprochant de lui, presque au contact à présent. Il sentit son odeur. De rhum, de sueur, de glycérine. Son châle puait le chien mouillé. *Sale putain, sale putain de merde*... Il essaya fugitivement de la dévisager. Il vit deux joues rondes, des yeux sombres et enfoncés. Une mèche de cheveux noirs retombait d'un ridicule bonnet, de feutre ou de laine, sur le front. L'odeur de chien montait de là aussi.

À cet instant, trois silhouettes apparurent au fond de Church Passage. Elles approchèrent, sans cesser leur conversation ni baisser la voix. L'homme fit un demi-pas en arrière. *Des Juifs,* pensa-t-il, *des Juifs qui rentrent chez eux en bavardant. J'aurai passé ma nuit à éviter des Juifs*...

Il baissa les yeux, tourna la tête. Les trois hommes passèrent derrière lui, aucun n'avait pu le voir de face. Aucun ne le reconnaîtrait. Ils glissèrent dans Mitre Street et disparurent au-delà du mur de Williams & Co, dans le halo du second bec de gaz.

— Par là ? s'enquit l'homme en veste de marin, comme si le temps s'était suspendu. Pourquoi pas ? Pourquoi pas, ma toute belle ?

Kate Eddowes se rapprocha de lui. Sa maigre poitrine se colla à celle de l'homme. Il ne refusa pas le contact, cette fois. Il prit la femme par le bras et l'emmena dans l'ombre.

Il se releva. Brusquement. D'abord, le chien, ce chien jaune des rues de Londres, qui était venu flairer et s'était emparé en jappant d'un bout d'étoffe ensanglanté, avec lequel il s'était enfui. Maintenant, les pas approchaient ; leur vibration se déplaçait sur les façades de Williams & Co, sur les façades de Kearley & Tonge, sur les murs de Mitre Square qui semblaient devenus les parois d'une caisse de résonance monstrueuse. La femme ne bougeait plus depuis plusieurs minutes, évidemment. Il hésitait. L'acoustique de la place était inhabituelle, voire baroque. Le silence de la nuit exagérait les sons, en général. Le moindre frôlement devenait un vacarme. Mais, ici, dans Mitre Square, il avait l'impression que les ondes circulaient en sourdine, mais de façon répétitive, à la manière d'un écho. Et il reconnaissait entre mille ce pas à la cadence militaire. Seuls les *policemen* avancent avec cette régularité et cette constance dans l'intervalle des foulées. Leurs souliers ont aussi un son particulier, plus lourd que celui des portefaix, plus souple que celui des ouvriers, plus sournois que celui des laquais.

Le bec de gaz de la rue par laquelle les Juifs avaient disparu tout à l'heure projetait déjà son ombre sur les pavés du square. L'ombre s'étirait à présent à l'angle de la première maison, à moins de douze mètres du coin où il se tenait. Dans quelques secondes le policier entrerait dans Mitre Square, et il y serait enfermé comme dans une nasse. Il se demanda un instant s'il fallait courir et tenter sa chance vers Church Passage. L'autre n'aurait qu'à siffler en se jetant derrière lui dans le boyau, et toute la police de la City serait en quelques instants à ses trousses.

Deux fois en un peu plus d'une heure ! Après le piège de Dutfield's Yard, la nasse de Mitre Square. Cela avait été bien plus facile avec l'autre putain, le mois dernier, au fond de Whitechapel. Il avait eu l'impression d'être seul au monde, seul avec la putain. Le couteau était parti tout seul, entaillant dans le manteau, fouillant dans des chairs molles. Et le silence, la nuit. Juste ce grand soupir qu'elle avait poussé, comme si elle se débarrassait de quelque chose. De sa vie, oui. Quant à la poissarde d'Hanbury Street, ce n'était même pas la peine d'en parler. Il avait eu tout ce qu'il en attendait, et pas l'ombre d'une alerte. Au fond d'une cour, avec un seul accès possible. Mais il pouvait avoir mieux. C'était ça qu'il fallait trouver. Le calme. L'ordre nécessaire. Un logement. Une fille, dans un lieu fermé, au beau milieu de la nuit. Pas ce tapage de Mitre Square. Et pas non plus ce traquenard de Berner Street, avec toute cette pouillerie de Russes, de Juifs et d'Allemands qui déboulaient de tous leurs trous. Quoi ! Il lui fallait du temps, il lui fallait de l'attention.

Il entendit un grincement, juste derrière lui, là où reposait la tête sans vie de la fille. Dans la pénombre, il eut la sensation que le mur se dérobait. Mais oui… le mur glissait.

— Ici, sans bruit, vite, ou vous êtes perdu !

Il s'approcha, aux lisières de la panique. Il vit que ce qui avait bougé n'était pas un mur, mais une haute barrière de bois gris, une double porte de planches clouées ensemble, formant une sorte de porche. Dans un entrebâillement, il vit une silhouette, plus noire que la nuit.

— Vite, répéta la silhouette.

Le *policeman* entrait dans Mitre Square alors qu'il se glissait dans l'espace gardé par la barrière de bois. Il sentit qu'en enjambant la fille morte il avait marché sur elle. Qu'il prenait appui sur son ventre ou ses seins pour franchir l'obstacle. C'était flasque. Cela avait à la fois le moelleux et la résistance d'un sac de farine. Il crut un instant que les chairs de la fille allaient se refermer sur sa cheville, l'engloutir. *Pouah !* Il entra dans une arrière-cour, qui sentait la moisissure et la rouille.

L'homme qui lui avait offert l'asile refermait sans bruit la double porte, y colla ses épaules. Alors, dans Mitre Square, ils entendirent le PC Watkins s'exclamer :

— Nom d'un chien de Dieu ! Qu'est-ce que… Au meurtre ! Quelqu'un, au meurtre !

Le PC Watkins sifflait à présent, à longs coups stridents. Il entreprit de tambouriner aux portes des premières maisons du square, tout en continuant de siffler. L'homme repensa à l'exclamation du policier : « Nom d'un chien de Dieu ! » *C'est pas mal trouvé, au fond, pour la surprise que je lui ai laissée. Mais quand il en verra plus à la lumière de sa lampe-tempête*... Puis il sembla se rappeler qu'il n'était pas seul dans l'enclos que cachait la porte de bois gris. Il fouilla l'ombre, s'y habituait doucement. Il y avait à ses côtés, adossé comme lui à la clôture, un homme d'à peu près sa taille. Habillé comme un bourgeois, à ce qu'il en devinait dans l'obscurité froide des reflets de l'éclairage au gaz. Un visage glabre, qui faisait une tache fantomatique juste à hauteur du sien.

— Qui… qui êtes-vous ?

— Sshh… Plus tard. Silence.

L'homme au visage rasé se retourna lentement. Il se colla aux lambris et, par une fente d'un demi-pouce, regarda dans Mitre Square. Son compagnon aux allures de marin fit comme lui, chercha à tâtons une fissure, un nœud dans le bois. Ils regardaient à présent tous deux l'endroit même qu'il venait de quitter. Le *policeman* éclairait un corps allongé sur le sol. Alentour, du sang coulait vers le ruisseau, en une nappe épaisse et noire comme du goudron. Les coups de sifflet avaient attiré du monde. Ils virent un vieillard, en habit de nuit, qui tenait une chandelle dans une cage de verre accrochée à un anneau. D'autres policiers arrivaient par Church Passage, porteurs de lanternes sourdes. L'odeur d'huile brûlée devint écœurante. Les agents de police avaient posé leurs lampes à quelques dizaines de centimètres de la palissade derrière laquelle ils se tenaient. Il regarda encore à travers la fissure. Il vit ce qu'il avait fait à la fille. Il y avait du sang, et des matières blanchâtres, des choses rosées et opalines. La fumée des lanternes devenait vraiment insoutenable. Il se recula vers l'intérieur de l'enclos et eut un spasme.

L'homme au visage glabre quitta son poste d'observation pour le rejoindre.

— Un bruit et vous êtes foutu, mon vieux. Et moi avec vous. Venez !

Ils marchèrent vers la maison, silencieusement, comme deux ombres. Plus exactement, comme deux vieux amis qui venaient de se retrouver et avaient bien l'intention de fêter ça.

Carnets de Mrs Pritlowe

Jeudi 23 octobre 1941

Les quatre premières victimes de Jack l'Éventreur ont été assassinées dans les rues de Londres. Je sais maintenant quelles étaient leurs conditions de vie et les difficultés quotidiennes qu'elles rencontraient. Toutes (y compris ma mère, qui avait en quelque sorte, malgré tout, « sa » chambre, à la différence des autres, qui semblaient changer d'asile chaque fin de journée) ne possédaient quasi rien à elles.

Tout leur « capital » était transporté en permanence lors de leurs déplacements quotidiens. Quelqu'un, à la Filebox Society, a utilisé l'expression de « magasin ambulant » pour parler de Catherine Eddowes. Qu'on en juge... J'ai reporté ci-dessous les éléments de l'inventaire dressé au poste de Broad Street, conservé dans nos archives à la Filebox

Society sous le code suivant : [1888 – Décès n° 258, City of London, Catherine Eddowes (connue aussi sous le nom de Conway)].

Kate Eddowes portait sur elle, lorsqu'elle a trouvé la mort dans Mitre Square, l'ensemble des vêtements suivants :

« – un bonnet de paille noire, avec bandeau de velours vert et noir, garniture de perles noires. Cordon noir, porté noué autour de la tête ;

– une veste de drap noir, avec garnitures en fausse fourrure au col et aux poignets. Tresse de soie noire autour des poches ;

– une jupe de chintz vert foncé à volants, avec boutons marron à la ceinture. Le tissu de la jupe est imprimé de motifs de marguerites et de lys dorés ;

– un gilet blanc d'homme, boutons assortis sur le devant ;

– un corsage de lin marron, avec col de velours noir et boutons bruns sur le devant ;

– un jupon gris avec ceinture blanche ;

– une jupe d'alpaga verte, très défraîchie (portée comme sous-vêtement) ;

– une jupe de tissu, très défraîchie, bleue avec volants rouges (portée comme sous-vêtement) ;

– une chemise de coton blanc ; (pas de caleçon ni de corset)

– une paire de bottes d'homme, à lacets. Pied droit réparé au fil rouge ;

– un morceau de gaze rouge, porté à la manière d'un foulard ;

– un grand mouchoir blanc ;
– deux mouchoirs de coton écru, surpiqués ;
– une pochette en toile à matelas ;
– des bas marron ajourés, reprisés aux pieds avec du fil de coton blanc. »

Kate Eddowes avait en outre en sa possession tout ce qui suit :

« – deux petits sacs en toile à matelas ;
– deux courtes pipes de terre cuite ;
– une boîte en fer-blanc contenant du thé ;
– une boîte en fer-blanc contenant du sucre ;
– une boîte d'allumettes, vide ;
– douze chiffons de coton blanc, certains légèrement tachés de sang ;
– un morceau de toile brute, blanche ;
– un morceau de toile, bleu et blanc ;
– un morceau de flanelle rouge, piqué d'épingles et d'aiguilles ;
– six morceaux de savon ;
– un peigne ;
– une petite cuillère en métal ;
– un couteau de table, manche blanc ;
– un étui à cigarettes en cuir rouge, avec ornements métalliques ;
– une bobine de fil ;
– un vieux tablier blanc reprisé ;
– des boutons ;
– un dé à coudre ;
– une boîte de moutarde vide, en fer-blanc, contenant deux tickets de gage. Un au nom d'Emily Birrell, 52, White's Row, daté du 31 août, 9 pence pour une chemise d'homme en flanelle. L'autre au nom de Jane Kelly, 6,

Dorset Street, daté du 28 septembre, deux shillings pour une paire de bottes d'homme. Les deux adresses sont fausses.

– un prospectus ;

– une carte de visite au nom de Frank Carter, 305, Bethnal Green Road, London ;

– un gant rouge. »

30 septembre 1888, deux heures vingt-cinq

Il regardait l'homme de Mitre Square droit dans les yeux. Il se sentait confiant, presque rassuré. L'homme n'avait aucune intention de le livrer à la police. Il l'aurait déjà fait : il n'aurait eu qu'un mot à dire tout à l'heure derrière la palissade de bois, et toute la police de la City lui serait tombée dessus. À cette heure, il serait aux mains des experts de la division H, ou dans celles de ces types dont il se moquait encore le matin même, les flics du Département d'investigations criminelles, comme cet Abberline qui rôdait dans Whitechapel depuis l'affaire dans Hanbury Street, en posant des questions tordues. Non, l'homme de Mitre Square ne voulait pas sa perte.

Pour l'heure, personne ne disait mot. Ils étaient installés dans une sorte de grand hall, un peu malpropre, qui sentait les solvants et le tabac de cigare. L'homme portait un veston d'intérieur en cachemire couleur prune, un peu défraîchi, avec un blason du Wimbledon College sur la poitrine, des pantalons d'ouvrier en épaisse cotonnade tachés de peinture et des chaussures de marche. Il avait désigné deux fauteuils de cuir brun, largement avachis. Ils s'étaient assis face à face. Depuis, ils se regardaient.

Soudain, l'homme de Mitre Square se leva, marcha vers la fenêtre et jeta un bref regard par une embrasure du rideau. Il rompit enfin le silence.

— Vous voulez jeter un œil sur le square ? Ça grouille de monde ! Il y a des flics qui prennent des mesures, des flics qui prennent des notes, des flics qui bayent aux corneilles ! Enfin, le travail habituel… Vous voulez voir ?

Avant que l'autre ne réponde, l'homme au veston blasonné se dirigea vers la porte, disparut un instant à l'intérieur de la maison. Il avait dû baisser le gaz, car la pièce s'emplit d'ombre. Il revint aussitôt et marcha vers la fenêtre par laquelle il venait de jeter un coup d'œil, dont il écarta lentement le rideau. Mitre Square s'étirait, deux étages plus bas. Les *policemen* avaient apporté des lampes militaires qui éclairaient d'une lueur rousse le coin devant la maison qu'ils occupaient.

Ils avaient enlevé le corps de la fille. On ne voyait plus qu'une vaste tache noire, dans laquelle tous avaient marché. Des empreintes de chaussures, du même noir, partaient dans toutes les directions, avec toutefois une préférence pour Mitre Street. On avait l'impression que tout un régiment était passé par là. Il balaya le *square* du regard, tandis que l'autre restait assis. Des agents de police gardaient chaque entrée de la petite place. Deux juste sous leurs fenêtres, devant Mitre Street, deux à l'autre bout, bloquant l'entrée de Saint James Passage, et deux encore, tout à fait sur leur droite, à l'embouchure de Church Passage. Dans les bureaux de Kearley & Tonge, on avait aussi allumé toutes les lumières. Les fenêtres luisaient comme les vitrines de Regent Street. Des silhouettes s'y profilaient par instants, en proie, semblait-il, à une grande agitation. L'homme de Mitre Square rompit le silence en décrivant du bras un large mouvement tournant, qui embrassait l'endroit où ils se tenaient :

— Cette maison m'appartient, dit-il brutalement. Ça tombe plutôt bien, non ?

L'autre se décida enfin à parler.

— Qu'est-ce que vous voulez ? De l'argent ? Je n'ai pas l'impression que vous soyez un type à faire du chantage.

— Gagné. Mr... Mais non. Inutile de faire des présentations officielles, hein ! On n'est pas dans Pall Mall, pas vrai ? On est...

Il regarda encore un peu en soulevant le voilage.

— ... ah, oui, dans Mitre Square... Sale endroit. Allons, détendez-vous, je m'amuse un peu, voilà tout...

— Monsieur : qu'est-ce que vous voulez ? Je suis comme qui dirait entre vos mains. Pour...

Il hésitait. Il ne trouvait aucun mot qui convienne vraiment. Il désigna du menton la fenêtre.

— ... pour ça, vous savez.

— Disons... que je suis une sorte de... reporter. Voilà, c'est ça, juste ça. Je suis – comme qui dirait – (l'homme en veston cligna de l'œil pour indiquer qu'il reprenait à dessein l'expression de son interlocuteur) un reporter de nuit ! J'adore regarder la nuit.

L'autre hésitait. La situation n'avait rien de stable. L'homme au veston blasonné reprit :

— Sincèrement, voilà, très sincèrement : je n'ai pas

beaucoup de sympathie pour le monde que nous vend aux Communes notre bon Lord Salisbury[1]. Moi, je suis un artiste, je crois. Et Salisbury est en train de nous servir un monde de quincailliers ! Je vous le dis du fond du cœur : moi, j'aime la nuit et ses habitants. Ses… drôles d'habitants.

La pièce restait dans l'ombre. Une vague lueur montait du *square*, esquissant leurs silhouettes de pantomimes. L'homme qui habitait là s'approcha et posa une main sur l'épaule de son invité, qui se leva et se tint immobile au centre de la pièce, insolite, avec sa vareuse de marin et sa casquette de drap foncé.

— Et vous, monsieur, vous êtes précisément le genre d'habitants qui m'intéresse tout particulièrement.

Il resta silencieux. Il ne comprenait toujours pas. Un journaliste ? Le type n'en avait pas les airs. Il était trop calme, trop indirect. Il ressemblait plutôt à un aristo sur la mauvaise pente. Peut-être un aristo en train de glisser dans l'alcool, ou l'opium. Il en connaissait quelques-uns qui venaient s'anéantir dans Whitechapel, pour des filles ou des pipes de narcotiques. Il connaissait leurs visages jaunis, leurs lèvres tremblantes. Il connaissait les adresses où ils se réfugiaient, alors que la pluie vrombissait dans la nuit de Whitechapel. Il les croisait souvent.

— Je ne crois pas que vous soyez un journaliste, sir…

— Je n'ai pas dit cela, *ami*… Je suis un reporter, un reporter sans journal, sans lecteurs. Disons que je croque la réalité. Vous me montreriez le couteau ?

Il avait prononcé cette dernière phrase comme s'il

1. Premier Ministre britannique.

se jetait à la mer. On sentait que tout son prologue n'avait servi finalement qu'à l'aider à en arriver là. Il voulait voir l'arme.

L'homme à la vareuse de marin le regarda encore. Il se leva et se tint debout tout près de lui ; les deux hommes avaient la même taille, à une mèche de cheveux près. Il fouilla dans la poche intérieure de sa vareuse et en sortit une gaine de cuir fauve. Il n'y avait pas un couteau, mais deux, dont les manches de corne noire polie, rivetés de laiton, dépassaient de la couture. Il tendit la gaine à son hôte. Celui-ci hésita un instant. Il eut un geste nerveux, alors que la première des lames glissait en révélant un tranchant poissé de viscosités brunes.

L'homme de Mitre Square se décida. Il maniait à présent les deux armes, successivement. Les comparant, les humant presque. L'autre observait. Il comprenait. Il savait. L'homme qui habitait là dit alors :

— Je veux voir. Je veux aller avec vous. Je veux y être la prochaine fois.

— Pourquoi ?

— Je vous l'ai dit. Je suis un reporter, je suis un homme qui plonge dans la réalité. Je l'observe, je la peins… Je m'appelle Walter Richard Sickert, je suis peintre. On me connaît dans Londres.

Carnets de Mrs Pritlowe

Vendredi 24 octobre 1941

Autant le dire puisque ce détail joue, à sa façon, un tout petit rôle dans l'histoire. Lorsque je suis revenue de France, j'ai participé à un étrange concours de littérature féminine organisé par le Lady's Dispatch. *La solitude et l'ennui aidant, j'avais, au cours des premières semaines de mon retour à Londres, jeté sur le papier des bribes d'un conte qui nous tenait en veille, lors de nos services de nuit en Champagne. Je crois que le véritable auteur de ce feuilleton est Madeleine Lyss, une infirmière française avec qui je doublonnais sur Fort Trentin. Nous avions – elle ou moi, je n'en sais honnêtement rien –, au départ, imaginé un petit argument autour d'un personnage pittoresque qui hantait nos travées. C'était un ancien instituteur retraité – les Français appelaient ces membres du personnel des « territoriaux », ni vraiment soldats, ni vraiment civils. Celui-ci donnait un coup de main aux dortoirs et aux cuisines. Il se passionnait de déduction et, souvent, pour piquer notre curiosité, imaginait à l'égard des blessés et des inconscients des détails insolites sur leur vie qui, parfois, tombaient juste. L'homme n'était pas sans rondeur et ses facéties, tout à fait imprévues, égayaient nos quotidiens de sang et de souffrances.*

Je le baptisai – ou est-ce Madeleine ? – Mr Pirouette. Il finit par apprendre son singulier surnom et s'en amusa autant que nous. Mais, le soir, en soignant les gazés, nous imaginions des séquences au cours desquelles Mr Pirouette déjouait mille et une énigmes, aux allures de bluettes ou d'intrigues de gare. Nous en inventions presque une par soir, qui nous maintenait éveillées et, surtout, de bonne humeur. Il y avait Mr Pirouette et l'habit de vicaire, Mr Pirouette et le crime du bosquet, Mr Pirouette et le faux médecin, *et d'autres encore.*

Lorsque, plusieurs mois après tout cela, le Dispatch *proposa un prix de cinquante livres pour « la meilleure histoire de mystère écrite par une femme », je repensai à Mr Pirouette. Je jetai sur le papier quelques souvenirs de nos veilles à Fort Trentin et, ma foi, ne trouvai pas le résultat si médiocre. Je me forçai à poursuivre, puis à finir l'histoire entamée. Je tapai tout cela à la machine à écrire à la bibliothèque populaire de Wentworth Street et le mis sous enveloppe. Et, par une sorte de miracle, je gagnai.* La mariée lève le voile *emporta le premier prix. Mais ce que l'histoire ne retint pas (mais moi, si !) c'est que la seconde lauréate de ce concours fut une jeune femme, elle aussi infirmière de guerre au rencard, qui allait devenir moins d'une année plus tard la romancière Agatha Christie. Nous ne nous rencontrâmes pas lors des cérémonies du* Dispatch *et nos routes ne se sont jamais recroisées. Mais, qu'on le veuille ou non, j'ai fait un, et elle deux.*

J'ai su bien plus tard, alors que Mrs Christie était devenue une véritable vedette des lettres, qu'elle avait publié en 1934 une nouvelle dans le Times, *qui s'intitulait* Mister Pirouette Did It Again, *et qu'elle l'avait dédiée « à la discrète lauréate de 1919, (sa) challenger respectueuse ».*

Au fond, cela ne changea rien dans ma vie. La littérature ne prit aucune place dans mon existence et Mr Pirouette regagna l'ombre d'où je l'avais furtivement tiré. Toutefois, mon nom fut un temps cité dans quelques revues et sans doute ce minuscule succès mondain me valut-il d'être choisie parmi des dizaines d'autres pour le poste d'infirmière de première classe au London Hospital, auquel je m'étais portée candidate au début de 1919. Je n'étais pas devenue une romancière à la mode, ni même une romancière tout court, mais j'avais trouvé un emploi. Surtout, j'étais de retour à Whitechapel. Comme si un aimant m'y avait rappelée.

Carnets de Mrs Pritlowe

Dimanche 26 octobre 1941

Ce matin, il y a eu une courte cérémonie dans le hall à la mémoire d'Edith Cavell, l'infirmière du London Hospital qui avait été fusillée pour espionnage par les Allemands en 1915, sur le front belge. Nous étions plusieurs dizaines de nurses, *rassemblées et silencieuses. La vision de ce bataillon de silhouettes blanches, en bonnets et tabliers à manches bouffantes, m'a terriblement marquée. Finalement, nous avions nous aussi l'air d'une armée, prête à l'action, déterminée. Je suis retournée dans l'aile Walpole ragaillardie, malgré les chuintements de douleur qui y régnaient.*

L'odeur de la teinture d'iode était terrible. Nous badigeonnions largement les plaies affreuses que nous découvrions chaque matin, pour éviter les épisodes de gangrène, pourtant inévitables au vu des conditions d'hygiène des blessés. Nous avions à traiter des plaies comparables à celles que j'avais connues en France, sur le front. Des chairs en bouillie, largement contaminées par la saleté des rues, des décombres, la boue, des débris de toutes sortes.

Plusieurs femmes de la défense civile tentaient de nous épauler ; elles étaient pleines de bonne volonté, mais elles perdaient pour la plupart tout moyen face à la violence des images qu'elles devaient affronter.

Nous essayions de les reléguer vers les salles où s'agglutinaient les blessés légers et nous leur distribuions des trousses de premiers soins pour les occuper : pansements stériles, comprimés d'acide tannique, paquets de coton, flacons de solution d'alcool iodé, attelles, taffetas, garrots, épingles de sûreté.

Vers midi, la surpopulation diminuait ; le calme revenait. Les garçons de salle enlevaient les morts de la nuit et de la matinée. Les moins touchés repartaient vers d'autres services. Nous nous retrouvions dans l'occupation de la veille, attendant la nuit, les nouveaux raids et la prochaine livraison.

J'ai quelques instants avant de tomber dans le sommeil. Je veux que ces carnets consignent le plus souvent possible l'état de ma recherche.

Ceux qui se sont intéressés à l'affaire de Jack l'Éventreur connaissent les sites « canoniques » des crimes mieux que leur propre appartement. On dit même que certains d'entre eux vivent à mi-temps dans l'univers suspendu de 1888. « J'habite pratiquement là-bas ! », m'a glissé cette semaine, en vérifiant que personne ne l'entendait, un des membres de la Filebox Society, éliminant par la netteté de son propos toute l'incohérence de cette impossibilité spatiale et temporelle. Les endroits ont changé, certains ont proprement disparu ou ont été ensevelis sous des tonnes de ciment et de briques. Et puis, plus d'un demi-siècle a passé, effaçant les mémoires, engourdissant les souvenirs, estompant les témoignages. On a changé le nom des rues, pour essayer d'en dissiper le sillage d'horreur qu'elles continuaient à exhaler à travers les années. On en a modifié les tracés, reconstruit les façades. « Même un chiot n'y retrouverait pas sa mère... », soupirait mardi dernier un géomètre distingué de la Filebox.

Un chiot, peut-être pas. Mais moi, si.

Carnets de Mrs Pritlowe

Lundi 27 octobre 1941, au soir

J'ai trouvé un article dans le Times *du samedi 10 novembre 1888, intitulé « Encore un meurtre à Whitechapel ! ». Il m'avait dans un premier temps échappé, parce que la forme du titre était le type même de platitude qu'on croisait à chaque une des journaux, tous ces jours qui suivirent l'assassinat de ma mère. Je tiens pourtant à le recopier ici, non seulement parce qu'il donne bien le « caractère » de ce crime qui, même dans le contexte brutal et outrancier de l'époque, paraissait singulier, mais aussi pour l'information marginale qu'il contient.*

« Hier matin, aux toutes premières heures, un meurtre d'un caractère plus révoltant et plus diabolique que jamais a eu lieu dans Spitalfields. La victime, du nom de Mary Jane Kelly, a été littéralement découpée en pièces ! C'est le septième consécutif dans ce périmètre, et

le caractère des mutilations laisse malheureusement peu de doutes : l'assassin est bien le même que celui des crimes précédents, avec lesquels le public s'est, hélas, désormais familiarisé. [...] Selon une autre source, d'autres détails seraient à présent connus : Kelly aurait un petit garçon, vivant avec elle. Récemment, alors qu'elle était tombée dans la plus grande détresse, elle aurait déclaré à son compagnon qu'elle allait mettre fin à ses jours, ne pouvant supporter de voir son enfant mourir de faim. »

Je me suis endormie sur ce mystère.

Dans la nuit

Qu'est-ce que c'est que cette histoire de petit garçon ? Impossible de dormir. Mary Kelly aurait-elle eu un autre enfant ? Et mon père n'en aurait jamais fait mention ? Je me suis souvenue de ce que m'avait dit un certain Hawley, qui avait dirigé la rubrique des crimes dans un journal de Fleet Street juste avant l'autre guerre, et qui était venu se faire tuer dans l'Argonne : « À l'époque, on inventait pas mal ; les journaux ajoutaient de meilleurs morceaux quand la soupe était goûteuse mais manquait de consistance, pour le dire simplement. Je me souviens d'avoir raconté minute par minute la pendaison d'un assassin la veille de son exécution, pour être sûr d'être le premier à imprimer l'histoire ! »

Le Times *aurait fait la même chose, alors. La*

soupe de Miller's Court était presque parfaite, mais un ultime aromate, un subtil ingrédient de dernière minute la rendait particulièrement plaisante. Un bébé dans la chambre du crime ! J'ai fait ces derniers jours des recherches dans les quotidiens, repassant sur des articles que j'avais pour la plupart lus des dizaines de fois. Aucun autre journal n'en parlait. Ni le Daily Telegraph, *qui consacrait alors plusieurs articles par édition aux meurtres de Whitechapel, ni le* Daily News, *ni l'*East London Advertiser, *ni l'*East London Observer. *Aucun. Je mets cela sur le compte de cette surenchère qui poussait, comme me l'avait confié Hawley, les reporters à en rajouter à chacune de leur livraison, comme les prestidigitateurs cherchent, tour après tour, à faire surgir de plus en plus de colombes de leur chapeau. Comme ces improbables corrections en forme d'*errata *qui cimentaient l'affaire, autour des faits connus et ressassés dans toutes les éditions :*

« Contrairement à ce que nous écrivions, aucun télégramme n'a été reçu à nos bureaux annonçant l'arrestation du meurtrier ou de quiconque en relation avec l'affaire de Whitechapel. » (The Times)

Ou encore ces quatre-ci, dont on relèvera parfois l'ironie mordante :

« Nos confrères sont pleins d'imagination, mais les deux molosses de Warren, entraînés à suivre des pistes "au sang", auraient eu bien du mal à remonter la piste du tueur : ils n'ont jamais été engagés sur le terrain dans Spitalfields ! » (Lloyd's Weekly)

« Mr George Webb, du Lancet*, a sans doute autorité pour dire qu'il n'a pas commis lui-même les atrocités de Whitechapel. Mais qu'on nous permette de répondre à notre bon docteur que ce que nous savons déjà est loin de disculper l'ensemble du corps médical. Nous en parlerons dans nos colonnes avec M. Webb, dès qu'il voudra bien poser son trocart et prendre la plume ! »* (Evening News)

« L'homme arrêté hier, et dont certains éléments nous avaient porté à affirmer qu'il pouvait être lié de très près aux insupportables crimes de l'East End, a été remis en liberté ce matin. Nos informations et nos sources proches de Spitalfields nous incitent néanmoins à continuer de clamer que cet homme, à forte moustache, qui avait proféré des propos en relation avec l'affaire, n'est pas complètement étranger aux derniers événements, dont nous continuerons de porter à la connaissance du public les prochains épisodes. » (Illustrated Police News)

« La femme qui nous avait prétendu, mardi, avoir été victime d'une tentative d'étranglement par un homme qui l'avait attirée dans un passage sous la promesse de lui donner un demi-souverain s'est rétractée : d'après un témoignage issu des rangs du poste de la police de Shoreditch, ce serait elle qui aurait tenté de voler l'argent à son compagnon. L'affaire n'aurait rien à voir, contrairement à ce que nous imprimions, avec les crimes en cours. » (Pall Mall Gazette)

On le voit, les faits sont aléatoires. Les anecdotes parfois douteuses, voire hypothétiques. À leur lecture, j'en viens à douter de tout. Certains soirs, aux lisières du sommeil, il m'arrive de planer entre deux réalités. Me voilà au milieu de la nuit, levée, les cheveux collés par la sueur, assise à ma table, avec devant moi des notes prises dans de vieux journaux. La fatigue m'écrase.

Les centaines d'éléments que je rassemble depuis le mois dernier, avec l'aide de la Filebox Society, me paraissent, cette nuit, tellement improbables que je commence à penser que tout cela n'est qu'une sorte de rêve, dans lequel je me suis engluée. Il n'y a pas de guerre. Il n'y a pas de Blitz. *Il n'y a pas de petit garçon en relation avec l'épisode de Miller's Court. Il n'y a pas de Miller's Court, d'ailleurs. Cette adresse est un artefact que mon imagination taraudée par l'épuisement et les horreurs a fabriqué. Suis-je même la fille de cette Mary Jane Kelly dont je vois le nom dans tous ces journaux d'un autre siècle ? Absurde. Absurde !*

Suis-je en train de devenir folle ? Suis-je comme tous ces pauvres diables que j'ai vus remonter du front, qui racontaient en hurlant des histoires invraisemblables sur des vies qu'ils n'avaient pas vécues, mais que la terreur imposait à leur cerveau détruit ?

Mardi 28 octobre 1941, tard

C'était arrivé le 7 septembre 1940, à 19 h 27 exactement, au sud de Whitechapel High Street et de Mile End.

La première bombe allemande est tombée sur le 7 Philpot Street, à quelques centaines de mètres du London Hospital, dans un immense fracas qui a déchiré la nuit. Puis l'enfer a roulé sur tout l'est de Londres. J'étais à l'hôpital ce soir-là. Les murs ont bougé, j'ai vu les vitres exploser sur la grande façade de Whitechapel. Nous sommes toutes restées immobiles, sans même chercher à nous protéger.

Plus de 300 bombardiers allemands Dornier 217 N Nachtjagd, *chargés chacun de sept tonnes de bombes incendiaires, escortés par 617 chasseurs Messerschmitt, sont arrivés sur Londres en vagues successives. Les impacts suivants furent pour Romford Road et Upton Park (London E7), sur la route des bombardiers venus du nord.*

Plusieurs bombes se perdirent dans l'immense cimetière de Wanstead, dont le fin clocher blanc émergeant du sol ressemble exactement à la flèche de Christ Church, dans Spitalfields. Tout cela nous ne l'avons su que plusieurs jours plus tard. Sur le moment, nous sommes restées debout, inertes, tétanisées, incapables de bouger et même de penser. Nous attendions la mort, simplement.

Cette « chasse de nuit » se prolongea jusqu'à l'aube, quasiment sans interruption. Les lueurs ont exploré tout le sud de Londres, de l'Arsenal de Woolwich tout à l'est, en passant par Canary Wharf, Wapping et jusqu'aux confins de Putney, à l'ouest, avant de redescendre sur Fulham et Wandsworth Commons. C'est dans ces premiers instants que le nœud ferroviaire de Clapham Junction a été sévèrement touché, tout comme les quartiers de New Cross et de Deptford.

Question de choix, de rayon d'action ou de hasard encore une fois, les Dornier *n'ont fait que quelques incursions dans les quartiers plus chic de Pimlico et Belgravia ; la City et Westminster, Mayfair, Marble Arch et Hyde Park ne furent quasiment pas concernés par les bombes allemandes. Mais l'East End a reçu des milliers de frappes : Limehouse, Stepney, Whitechapel, Bethnal Green, Spitalfields, Bow et Wapping brûlaient et fumaient.*

« On pourrait reporter sur un plan unique les impacts des bombes des Dornier *sur l'East End et le chemin de la peste noire qui frappa les faubourgs est de Londres et le quartier des docks à la fin de l'hiver 1665. Les fonds de cartes décalquant les résidences des victimes des deux catastrophes auraient, croyez-moi, un aspect très similaire... » Voilà ce qu'a expliqué quelques jours après le raid, le doigt levé et d'un ton pédant, notre chef de service le docteur Ayers. Il a sans doute raison. On y retrouverait les mêmes désolations, les mêmes cadavres de fillettes et de vieillards, allongés dans les rigoles des ruelles, ou entassés dans des fosses, à Houndsditch ou dans Bishopsgate.*

Aujourd'hui, curieusement, je m'aperçois que le tracé des meurtres commis en 1888 par Jack L'Éventreur épouse un cheminement comparable : partant de Buck's Row, tout à l'est, puis coupant Whitechapel, risquant une poussée de fièvre vers la City et Aldgate, avant une brusque remontée vers Spitalfields et Dorset Street.

Une des dix-huit bombes incendiaires de 50 kg portée par un Dornier *est donc tombée sur Philpot Street le 7 septembre, un peu après sept heures du soir. Les journaux ont raconté comment elle explosa en touchant le toit de l'entrepôt d'un marchand de charbon et trouva là de quoi étendre ses dommages. Plusieurs maisons se sont embrasées en quelques instants. Des gens hurlaient et sautaient par les fenêtres, en tenant des enfants dans leurs bras, les cheveux en feu. D'autres suffoquaient et mouraient en quelques minutes dans l'épaisse fumée noire.*

Des témoins ont rapporté qu'ils ont vu dans Walden Street toute proche des hommes courir avec le visage en feu, incapables d'éteindre le brasier qu'ils étaient devenus en quelques secondes, couverts du pétrole lampant qu'un négociant conservait dans des citernes de cuivre ravagées par les déflagrations. On sait que la combustion des essences et des hydrocarbures dégage une masse impressionnante de vapeur. En tout cas, les militaires, eux, le savent bien. Et les pilotes des Dornier *pas moins que les autres. De là-haut, en manœuvrant pour retourner vers les bases de la flotte aérienne du maréchal Kesselring, ils ont dû voir exploser la plupart des réservoirs et gazoducs de l'East End qu'ils avaient coché au crayon graphite dans leur plan d'objectifs. Et ils savaient que des masses compactes de vapeur brûlante allaient fuser dans toutes ces ruelles, comme le souffle dans un canon, et arracher la peau à même les visages de ceux qui croisaient leur route.*

Plusieurs familles ont péri cette nuit-là en moins de six minutes, dans l'incendie de leurs petits appartements de l'immeuble de Philpot Street, dont le toit fut soufflé comme le chaume de la maison du premier petit cochon.

Je ne sais rien de plus sur la manière dont cela s'est exactement passé ce soir-là, dans Philpot Street. Mais il est permis d'imaginer le souffle, la fumée noire et âcre qui emplit les quelques mètres cubes des minuscules logements. Il est possible que tous ne soient pas morts sur le coup. Peut-être certains ont-ils rampé pour conserver un peu de capacité à respirer, cherchant des courants frais au ras des plinthes, mais il n'y avait là que de l'air rempli de dioxyde de carbone.

Voilà ce qui s'est passé le 7 septembre de l'année dernière. Ce n'était alors pour moi comme pour tous les habitants de Londres, que le début d'un cauchemar collectif qui allait faire de nous des bêtes traquées, tremblantes de peur et de fièvre, pendant des mois. Mais je viens de comprendre que pour moi, le Blitz *fut aussi un anéantissement personnel.*

J'ai appris ce soir à la Filebox Society que l'aviation allemande avait, cette nuit du 7 septembre de l'année précédente, soit le premier jour de ce qu'on allait appeler le Blitz, *touché l'annexe des archives de la Metropolitan Police. Celles-ci, installées dans un vaste sous-sol sur les hauteurs de Trinity Square, dans Tower Hill, avaient subi de terribles dommages. Plus d'un an après, l'inventaire des dégâts était encore très partiel, m'avaient rapporté ceux de la File-box qui possédaient des antennes dans la place. Mais il était certain que se trouvaient là les dossiers de la Metropolitan Police référencés sous les codes* [MEPO 1/32 à MEPO 3/3177]. *Ces références balisaient les contenus suivants, dont on ignorait encore, plus d'un an après le raid, l'état réel de destruction :*

« – Meurtres de Whitechapel, correspondances diverses et suspects ;

– Photographies des victimes des meurtres de Whitechapel – Photographie originale de Stride manquante ;

– Meurtre de Spitalfields : enquête et éléments confidentiels. Photographies de la victime du meurtre de Spitalfields – in situ [MJK1 à MJK8] *et morgue. »*

Pas besoin d'être médium pour comprendre que ces documents contenaient peut-être les ultimes photographies de ma mère ; des papiers personnels et des lettres, que sais-je ? Ainsi, tout aurait été emporté par le souffle et les bombes incendiaires ? Tout serait détruit ? Après ma mère elle-même, c'étaient ses dernières traces qu'on m'enlevait.

Je ne connaissais pas le visage de ma mère. Les seules photos d'elle que l'on conservait ne *proposaient qu'un visage détruit. Au-delà de ce manque, qui me sembla soudain insurmontable, presque physique, il m'apparut une évidence : ma mère avait vécu dans une société beaucoup moins illustrée que la nôtre ; une société où seuls les riches se faisaient régulièrement photographier. Ou alors ce besoin ne se faisait ressentir qu'à des moments très particuliers de la vie, le mariage, par exemple. De même, les marques écrites n'étaient guère communes pour les habitants de l'*underworld *londonien.*

C'était comme ça : ces gens vivaient sans laisser de traces. L'urgence de leur vie s'exprimait dans l'instant. Toute idée de pérennité en était bannie, de même que toute idée de souvenir, hors peut-être celui d'un nom sur une tombe. Finalement, les seules filles des quartiers de l'Est de l'époque victorienne dont on a conservé à la fois l'identité et les traits sont celles qui ont été photographiées à la morgue.

Ma mère est désormais, sur la plupart des documents qui la nomment, appelée « la décédée ». Comme si elle n'avait jamais été que cela : une morte.

Alors je devais tout accepter, en seulement un mois ? La mort de mon père, les circonstances monstrueuses dans lesquelles ma mère avait quitté ce monde, la révélation que ma vie était bâtie sur un mensonge et une fiction, mais aussi la cruauté d'apprendre que les éléments qui pouvaient me ramener vers la vérité étaient partis en fumée ?

Le découragement m'emplit telle une marée d'automne, balayant en quelques secondes ma raison et mon énergie. Je crois que je perdis connaissance. Lorsque je repris conscience, les gentlemen *de la Filebox Society m'entouraient d'attentions. L'un tapotait mes lèvres avec un cordial tiré de la poche de son gilet ; Mr Buir, le pharmacien, frottait mes tempes avec un mouchoir qui sentait la menthe. Alfred Stevenson, le maître d'école, poussait de petits cris aigus en sautillant sur place, comme une sorte d'oiseau blessé. Max Dobbler, qui travaillait au Brushfield Institute comme instructeur en balistique, fouillait ses poches sans méthode, blanc comme un linge. Je lus dans les regards de ceux de la Filebox Society un étonnement, et finalement aussi une sorte de compassion qui me ramena peu à peu à la réalité.*

Je balayai la pièce du regard. Il y avait là Clive Hammill, le jeune journaliste de Punch*. Il observait la scène avec circonspection ; hésitant à intervenir, hésitant à ne rien faire, résistant finalement à l'envie de faire quelque chose... Il semblait encore plus démuni que Stevenson. Il regardait ses compagnons s'agiter, de droite et de gauche, jetant de brefs coups d'œil dans ma direction, totalement paniqué à l'idée qu'on puisse lui demander de pratiquer quelque chose qui ressemblerait à un geste médical. Je connaissais cela. Je vis que Mr Dobbler, qui détestait Hammill, avait remarqué sa paralysie :*

— Alors, Hammill, on joue les enquêteurs

de l'East End et on reste sans voix devant un petit malaise ? grinça-t-il, plein de mépris.

— Je suis... un polémiste... Je ne suis pas un reporter, moi ! Je suis juste un cartoonist *! On me paye pour tourner en dérision des pairs du royaume à rouflaquettes et des cabotins de Drury Lane...*

Dobbler se détourna en grinçant. Morveux... Blanc-bec...

Mais une sorte de bienveillance planait ce soir autour de moi. Ce Mr Buir, par exemple, pétillait d'intelligence. Sa discrétion naturelle dissimulait mal une empathie à mon égard, et nos moments communs passés à scruter d'anciens journaux nous rapprochaient. Et ces petits vieillards assidus et monomanes, ces célibataires asséchés et rigides, ce jeune homme trop tendre aux allures de donzelle, tous redevinrent soudainement des êtres sociaux. Des collègues, si ce n'est des amis. Des équipiers avec lesquels j'allais avancer. Ils ne me regardaient plus comme une impétrante qu'il fallait évaluer et disqualifier, mais comme une partenaire. Bien entendu, la dimension personnelle de mon engagement leur restait inconnue. Mais j'étais définitivement devenue, par la profondeur même de mon désespoir, qui valait à leurs yeux certificat de ferveur, membre à part entière de la Filebox Society.

Malgré la nuit, malgré le feu, malgré les Dornier, *la piste restait lisible...*

Je vais me coucher cette nuit avec un peu d'espoir dans le cœur.

Lundi 12 novembre 1888, quatorze heures vingt-cinq.
Jury d'enquête relatif à la mort de Mary Jeanette Kelly, Shoreditch

Sarah Lewis était une fille aux cheveux blonds très pâles, rêches comme de la filasse, vêtue d'une blouse grise couverte d'auréoles. Elle se présenta jambes nues, malgré le froid de l'hiver féroce qui approchait. Elle portait aux pieds des gros souliers de roulier, par-dessus d'épaisses chaussettes d'homme, de laine noire.

À l'appel de son nom, elle approcha en roulant entre ses doigts les bords de sa blouse, révélant un genou osseux couvert de croûtes grises. Elle devait avoir vingt-quatre ou vingt-cinq ans. Elle avait un air excessivement fatigué, maladif. Sur sa joue gauche, et jusque sous l'œil, on voyait distinctement un hématome qui virait au jaune.

Elle dit :

— J'suis blanchisseuse, j'm'appelle Lewis.

Le coroner la dévisagea un court instant, avant de demander :

— Je vous demanderai de dire votre identité au complet, Mrs Lewis…

— J'm'appelle Sarah Lewis, j'suis blanchisseuse. J'habite au 24, Great Pearl Street. J'suis blanchisseuse, que j'dis, m'sieur…

— Vous dites habiter Great Powell Street. Puis-je…

— J'dis qu'j'habite dans Great Pearl Street, m'sieur…

— Bien, continua le coroner : Great Pearl Street. Que faisiez-vous alors dans Miller's Court vendredi dernier ?

— C'est que j'connais Mrs Keyler, dans Miller's Court, et je suis passée la voir au numéro 2, dans Miller's Court, m'sieur…

— À quelle heure êtes-vous venue chez cette Mrs Keyler ?

— À deux heures trente du matin, c'vendredi, le 9 novembre. C'est la première maison au fond du *court*.

— Comment saviez-vous l'heure qu'il était, Mrs Lewis ?

— J'sais que c'était deux heures trente parce que j'ai entendu sonner à l'église de Spitalfields. Pis, quand j'allais entrer dans le *court*, j'ai vu un homme qui semblait guetter.

— Vous pourriez décrire cet homme, Mrs Lewis ?

— Oui, m'sieur. Il était seul. Il avait l'air costaud, mais pas très grand. Chapeau noir. J'ai pas spécialement remarqué ses vêtements.

— Que faisait cet homme ?

— Le type regardait dans le *court*. On aurait dit qu'il attendait ou cherchait quelqu'un.

— Était-il seul quand vous l'avez remarqué ?

— Non, m'sieur. Comme j'l'ai dit à ce monsieur de la police, y avait d'autres personnes d'vant lui…

— Devant ?

— Oui. D'vant lui, j'ai comme entraperçu un homme et une fille. La fille, elle était ivre…

— Y avait-il d'autres personnes dans le *court* ?

— Non, m'sieur. Il n'y avait personne d'autre dans le *court*. J'suis entrée chez Mrs Keyler et je me suis assoupie sur une chaise. Je me suis réveillée vers trois heures et demie. Puis j'ai entendu la cloche.

— C'est ça qui vous a réveillée ?

— Ben… Je ne dormais pas vraiment… Je suis restée à somnoler jusque vers quatre heures, quand j'ai entendu une voix de femme qui criait « Au meurtre ! ». On aurait dit plutôt la voix d'une jeune femme.

— Vous avez entendu crier dans le *court* même ?

— C'était tout près.

— Les appels se sont-ils répétés ?

— Il n'y a eu qu'un seul cri.

— Vous avez eu peur ? Vous avez réveillé quelqu'un ?

— Non. Comme il y a eu qu'un seul cri, j'ai pas pensé… enfin… C'qui s'est passé, j'pouvais pas savoir…

— Vous êtes restée chez Mrs Keyler jusqu'à quelle heure ?

— Cinq heures et demie, le vendredi après-midi. La police ne voulait pas nous laisser sortir du *court*…

Carnets de Mrs Pritlowe

Nuit du jeudi 30 au vendredi 31 octobre 1941, au London Hospital

J'écris de l'aile Walpole, où je veille les blessés de la nuit. J'ai lu cette semaine les dépositions de Sarah Lewis et de quelques autres témoins. Voilà ce que je veux rassembler. Les archives des journaux et les documents des jurys d'enquêtes décrivent de manière assez stricte les épisodes qui se sont succédé tout au long de la nuit du 9 novembre. J'y discerne, dans une mauvaise lumière, les ultimes images de ma mère, par ceux qui l'ont connue, ou simplement croisée. J'imagine que les archives ne « donneront » vraiment que pour ce qui concerne les derniers jours de sa vie. Au mieux, les dernières semaines qu'elle a passées dans Miller's Court. Je l'ai dit plus tôt : ces femmes n'ont quasi rien laissé derrière elles. Leurs traces sont diaphanes, leur sillage est presque invisible. Mon père mort, ne suis-je pas la dernière personne qui ait connu Mary Kelly ? Et encore. Je suis là, je l'invoque, de toute la force de mon âme. Mais puis-je dire que je l'ai connue ? J'avais deux ans et neuf mois quand il... *Mais je suis là. J'avance. Je construis doucement la passerelle instable qui me ramène à elle.*

Beaucoup de morts cette nuit. Plusieurs dizaines de bombes sur Stepney et Mile End Road. Nous avons aménagé toute l'aile Walpole en salle d'urgence. Et dire que certains de nos ministres appellent ces journées « l'Embellie » – comme si le Blitz *n'était qu'un souvenir. Moi, je crois revivre les pires moments de la guerre précédente, en France, mais cette fois ce sont des femmes et des enfants que je vois passer dans des civières. Londres est en feu.*

Lundi 15 octobre 1888.
Quartier de Spitalfields

Joe Barnett marchait dans Raven Row. *La rue du corbeau.* C'était lui, oui, le corbeau ce soir. Encore une fois, elle lui avait fait le coup. La pisseuse était encore chez elle. Il était venu lui apporter un peu d'argent pour l'aider, nom d'un chien, pour l'aider à se sortir de ce seau de goudron dans lequel elle avait sauté à pieds joints, tout habillée. Enfin, tout habillée, pas sûr. Il ricana. Retira « tout habillée ». *La pute*... Il s'était donné la peine de venir à pied depuis Portpool Lane, dans Gray's Inn Road. Il détestait ce quartier de bourgeois, dans lequel l'autre gars vivait, le « gars de la haute » qui tournicotait autour de Mary Jane. Mais, depuis ce que la pute lui avait jeté au visage, il avait bien fallu qu'il trouve un toit. Et sa sœur, nom d'un chien, habitait Gray's Inn Road. Une belle traînée, elle aussi, avec ses mioches, son ridicule commerce de fleurs séchées, et ses jérémiades. Bon. Il puait le poisson, rien à dire. Mais c'était son boulot, bon Dieu ! Il gagnait sa croûte, lui. Il se donnait de la peine. Il se levait et allait jusqu'au fleuve, pour trouver de l'ouvrage. Tandis que, elle, elle rêvassait, comme tous les matins, dans son lit de Miller's Court, avec la pisseuse pas loin. Pendant que lui charriait des centaines de livres de cabillaud et de carrelet sur son dos. Deux shillings, qu'il voulait lui donner ce soir. Il n'avait même pas eu besoin de franchir l'arcade de Dorset Street : il l'avait entendue pleurnicher, et Mary Jane, comme d'habitude, cherchait à la consoler. Est-ce qu'elle le consolait, lui, quand il rentrait le paletot souillé de sang de poisson, tout imprégné de l'odeur aigre du foie de morue, les doigts complètement tétanisés d'être restés crispés depuis le petit matin sur des filins de chanvre humides ? Et ses genoux, devenus bleus à force de caresser pendant des heures le pavé des docks, dans Limehouse ou dans Wapping ?

Non. Il fit pour la seconde fois le tour par White's Row. Il se donnait la longueur de la rue pour se décider. Il pouvait remonter chez Mary Jane, ou s'arrêter au Queen's Head. Un cruchon de gin, ça aide aussi à y voir plus clair. Et pourquoi pas une petite partie de *pitch-and-toss* avec quelques bons gars de Spitalfields Market ? Valait encore mieux perdre deux shillings au *pitch-and-toss* que de les filer à cette traînée !

Un gros rat au pelage presque roux se jeta dans ses jambes, venant de Shepherd Street. *Saloperie !* Il lui lança un coup de pied de ses chaussures ferrées, qui l'envoya contre un renfoncement de mur. L'animal couina, étourdi, encore hésitant sur le train arrière. *Saloperie de con* ! Joe Barnett réarma son coup. L'animal reçut le bout ferré en plein museau. Il perdit connaissance. Barnett s'acharna sur lui, transformant la tête, puis bientôt tout le corps, en une bouillie de chair sanglante et de poils roussâtres. *Bon Dieu de saloperie !*

Carnets de Mrs Pritlowe

Nuit du mardi 4 novembre 1941

Il y a peu d'écrits apocryphes dans les archives de la Filebox Society. Les documents enregistrés et disponibles à la consultation – à l'exception de quelques « notes blanches » dont la provenance reste incertaine – sont tous codifiés selon leurs références d'origine, et leur authenticité ne fait pas de doute. De même, on y trouve assez peu de commentaires ajoutés au fil des ans par des membres enthousiastes, voulant faire partager l'une ou l'autre de leurs réflexions ou de leurs découvertes. Pourtant, il m'est arrivé de tomber sur certaines pièces curieuses. Et, ce soir, sur celle-ci. La feuille extraite d'un carnet au papier couleur beurre frais était pliée entre deux pages de l'exemplaire relié de la Pall Mall Gazette, *rassemblant les mois de janvier à mars 1903. On y trouve du reste plusieurs interviews de l'inspec-*

teur Frederick Abberline, dont le nom revient sans cesse lors des enquêtes de Whitechapel en 1888. C'est au passage la preuve que, quinze ans après les faits, le dossier Jack the Ripper *était encore dans les esprits et dans les pages des journaux. On y lit ceci :*

« Notre bon docteur Bagster Phillips savait. À dix contre un il savait. Il y avait (ou il y a eu à un certain moment) trois personnes dans cette pièce. Essayez donc de deviner... Mary Kelly, c'est un bon début ! Et puis ? Qui ?

« Moi je dis que Bagster Phillips, celui qu'on a essayé de faire passer pour un idiot lors des comptes rendus du jury de Shoreditch, a suspecté, même s'il ne l'a soufflé quasi à personne, qu'il n'y avait pas qu'une seule personne impliquée dans l'histoire de Miller's Court.

« Bagster Phillips se doutait – ça, au moins, on ne va pas me le discuter – que la soirée du 9 novembre n'a pas été tout à fait celle qu'on raconte. »

J'ai pensé un instant subtiliser ce document. J'en ai honte à présent, mais, véritablement, tout à l'heure, dans le silence et la fièvre de ma découverte, j'ai pensé l'emporter avec moi. Je me suis décidée – je jure que j'ai fait preuve alors d'une volonté peu commune – à simplement recopier le texte. J'ai toutefois essayé de reproduire l'écriture même de ce billet. Bien entendu, je n'avais aucune chance de retrouver l'auteur de ces lignes mystérieuses. J'appris par Mr Buir, le pharmacien, qui est un peu le gardien officieux de la mémoire de la Filebox

Society, que le club avait fait procéder à la reliure de l'ensemble des archives de presse entre 1926 et 1930. Mais le billet avait pu être écrit bien avant ces années-là, et y être inséré plus tard. L'hypothèse d'un troisième homme me bouleversait. J'avais fixé dans mon esprit un scénario, elliptique bien sûr, fait d'images floues et traversé par un personnage inconnu. Mais il me semblait définitif, quoique inachevé. Je restais toujours sur la même saynète : celle d'un tête-à-tête atroce entre ma mère et l'autre. *Cent fois, mille fois, je ruminais les mêmes fragments. Ceux d'un drame étrange dans un décor figé, dont l'un des protagonistes me tournait sans cesse le visage tandis que sa partenaire n'avait plus le sien, méticuleusement raboté par le tranchant d'une lame.*

Voilà que ce conte inlassablement répété, qui m'avait accompagnée depuis les jours qui avaient suivi la lettre de mon père, ce pas de deux sur lequel je m'endormais chaque soir, n'était peut-être qu'un leurre. Que l'histoire pouvait être lue d'une autre manière.

Je relis les documents de l'enquête qui évoquent le docteur Bagster Phillips. Finalement, c'est un des rares acteurs du drame de 1888 à avoir été présent sur presque tous les crimes : Bagster Phillips a dirigé les autopsies pratiquées sur Annie Chapman, Elizabeth Stride, Catherine Eddowes et Mary Jane Kelly. Il a été présent sur trois scènes de crime. Il a vu où et dans quel contexte sont mortes Annie Chapman, Liz Stride et Mary Kelly. Plus que le personnage un peu lunaire et absent que semble dépeindre le procès-verbal du jury de Shoreditch, je crois qu'il vaut mieux voir le docteur Phillips à la manière dont le décrivait l'inspecteur-chef Walter Dew, un des policiers en vue dans l'investigation de Whitechapel.

« Bagster Phillips, écrit Dew dans ses mémoires, était un homme dans la cinquantaine. Ultra-démodé à la fois dans son apparence personnelle et dans son habit. Il semblait tombé d'une vieille peinture. Mais ses manières étaient très agréables : Phillips était immensément populaire, à la fois dans la police, où il avait acquis une bonne réputation professionnelle, et avec le public, parmi lequel il était très estimé. »

Les archives de la Filebox Society sont assez pauvres en ce qui concerne Bagster Phillips. Au fil des années, son profil ne s'est pas imposé comme un des éléments brillants de l'enquête. À y réfléchir, il me fait beaucoup plus penser à une sorte de Jeeves qu'au ridicule Pickwick de prétoire que cherchent à léguer les minutes de Shoreditch. On trouve toutefois, dans un carton curieusement annoté [Bagster Phillips, quatre meurtres de 1888], *son parcours médical, l'intégralité des rapports légaux produits aux différents jurys de l'époque, une caricature le mettant en scène face au sévère docteur McDonald, et cette coupure de journal, non légendée. La date figure dans le coin droit, en bas : mars 1897. Ma science des typographies victoriennes ne me permet pas d'en établir la provenance. Je pense que Mr Buir dirait d'un coup d'œil de quel titre de presse cet extrait est tiré. Mais je n'ose pour l'instant me défausser de trop de cartes. Comme je l'ai dit, je dois avancer seule. Voici l'extrait, que j'ai retranscrit ce soir :*

« Témoignage de G. Bagster Phillips, dans un journal non identifié.

8 mars 1897

Le chirurgien de Whitechapel raconte !

Le médecin qui a étudié le corps de Mary Janet Kelly (sic), après avoir dirigé les autopsies de plusieurs autres victimes des atrocités de Whitechapel, nous parle. Il s'exprime avec lenteur. Cet homme semble choisir chacun de ses mots. Son récit n'est pas sans intérêt pour ceux de nos lecteurs qui sont encore, près de dix années après les faits, intéressés par l'affaire.

"Vous croyez sans doute qu'on est restés assis à fumer des pipes, avec le photographe, le matin dans Miller's Court, en attendant que Warren envoie ses limiers ou que quelqu'un les ramène de leur chenil de Hatfield ou de Hemel Hempstead ? Dieu me damne si je me souviens exactement où étaient ces fichus chiens !

"Eh bien, sir, la réponse est non. Le technicien a fait des photos. Je l'ai aidé à déposer les châssis de la plus grande des fenêtres, et nous avons installé le trépied devant le cadre. Je l'ai aidé à visser ses plaques et à faire de la lumière avec le magnésium. Et, évidemment,

j'ai beaucoup regardé à l'intérieur. La morte, au bout d'un moment, je ne pouvais plus. Elle avait les yeux qui nous regardaient, où que l'on soit, ses regards nous suivaient. Il n'y avait plus que ça, vous comprenez, dans son visage. Ses deux yeux d'un bleu très clair, qui devenaient de plus en plus opaques, mais qui faisaient deux taches terribles dans ce fatras de chair qu'avait fabriqué le type.

"Et j'ai vu quelque chose dont j'ai parlé à Abberline. Seulement à Abberline, parce que Bond et les autres de la division A, eh bien, on avait des vieux arriérés entre nous. Bond a travaillé comme un babouin sur cette affaire, je peux vous le dire.

"Alors qu'est-ce que j'ai vu ? Voilà : sur le sol, en planches à peine rabotées qui constituaient une sorte de parquet dans la chambre numéro 13, il y avait une véritable mare de sang. Mais l'essentiel avait coulé sous les planches, ou stagnait au niveau du lit et de la table, couverte de... morceaux, comme vous le savez. Dans le reste de la pièce, c'est-à-dire la surface d'environ un mètre, un mètre vingt située juste devant la fenêtre, dans un espace compris entre le lit, les fenêtres et la porte, il n'y avait pas de sang. Enfin, pas en flaque comme près du lit : il y avait des traces de sang. Des traces de pas, de celui qui avait marché dedans en se relevant. Enfin, voilà ce que j'ai dit à Abberline de regarder après que McCarthy eut enfoncé la porte et que lui et Arnold et Abberline sont entrés dans la chambre : il y avait deux

empreintes différentes sur le sol. Croyez-moi, j'ai passé plus de deux heures à attendre devant cette porte, et j'ai eu tout mon temps pour bien regarder ce qu'il y avait à regarder. J'étais là à onze heures un quart, ce matin-là, et Arnold n'est pas arrivé avant une heure ou une heure et demie de l'après-midi. Il y avait deux sortes de marques de souliers dans la chambre. Un gros soulier avec un bout carré et un beaucoup plus élégant, avec une semelle en losange comme on en faisait alors, du genre de celles que certains gentlemen *portaient avec des guêtres.*

"Les deux avaient marché dans le sang et les deux sortaient de la pièce. Mais, plus curieux – 'curieux', c'est ce mot-là qu'a dit Abberline quand on regardait, courbés vers l'intérieur, à la plus grande des fenêtres –, c'était qu'on avait comme piétiné dedans, dans l'autre sens, comme pour essayer de les soustraire aux regards, ou d'en brouiller la signification... Comme si, avant de partir, les assassins avaient marché dans leurs propres traces. C'était peut-être ça le plus affreux, c'est à ça que je pensais quand je regardais par la fenêtre. J'avais l'impression que les misérables avaient dansé de joie autour de la fille !" »

Je comprends ce qui s'est passé. Bien sûr. Oui, ils étaient deux. Ils n'ont pas dansé. Simplement, l'un au moins a compris que la théorie de Jack *en prenait un sacré coup si, soudainement,* il *devenait deux personnes... Il a compris en voyant le sol que ces empreintes-là désignaient forcément deux hommes, et non plus cette ombre maléfique dont les journaux, chaque jour, construisaient la légende.*

Il a suspendu son pas, et il a piétiné les traces ; il a essayé d'en faire un puzzle illisible, de tout brouiller, comme il venait de le faire avec les traits de Mary Kelly. Mais ça n'a pas suffi. Bagster Phillips a vu. Il a compris. Il a peut-être même compris qui avait pu faire ce beau travail. Et le chirurgien de la police, que ses proches collaborateurs décrivaient comme « très discret », détestant « l'odieuse autopublicité des médecins en vue », s'est tu. Il a simplement parlé à Abberline, lui a expliqué ce qu'il avait vu avant que quinze ou vingt personnes ne viennent piétiner la scène du crime, et puis il s'est refermé comme une huître. Jusqu'à ce qu'il décide d'en livrer une dernière version, en mars 1897, quelques mois avant sa mort.

En bas, dans la marge laissée vierge par l'imprimeur, la même main qui avait écrit sur le carnet au papier couleur beurre frais a noté ceci : « Bagster Phillips en savait plus qu'il n'était prêt – ou autorisé – à en dire... »

Carnets de Mrs Pritlowe

Mercredi 5 novembre 1941

J'ai ouvert hier soir un gros dossier entièrement consacré aux documents photographiques détenus par la Filebox Society. J'ai longtemps retardé cette fouille. Je sais que je vais y trouver les images des victimes. La plupart, je l'ai dit, sont des photographies réalisées à la morgue. Ces filles n'avaient pas de vie avant de mourir, pas de vie documentée, en tout cas. Je sais, depuis ma première soirée à la Filebox Society, qu'il y a dans ce dossier les seules photographies que je verrai jamais de ma mère.

Elles figurent parmi les onze photos officielles des victimes, selon la nomenclature suivante :

– une photo de Mary Ann « Polly » Nichols, dite « mortuary picture *», prise dans le cercueil de bois provisoire de la morgue de Whitechapel ;*

– *deux photos d'Annie Chapman (une dite* « in life » *et une* « mortuary »*) ;*

– *une photo d'Elizabeth* « Long Liz » *Stride,* « mortuary »*, les yeux clos, la bouche figée dans un immense sourire ;*

– *quatre photos de Catherine Eddowes, toutes prises à la morgue, dont une dans le coffre qui abrita trois semaines plus tôt Polly Nichols ;*

– *trois photos de Mary Jane Kelly, désormais nommées MJK 1, MJK2 et MJK 3.*

Tous les originaux de ces images semblaient être conservés au Black Museum de Scotland Yard. Peut-être n'ont-ils pas disparu avec les archives brûlées dans Tower Hill. Mais, d'après Buir, qui a consulté les véritables épreuves à la Metropolitan Police, les copies sont presque meilleures que les originales.

Je m'y étais préparée. Je savais ce que j'allais voir. Je savais qu'aucune des photographies dites « MJK » ne dévoilait le visage de la dernière victime officielle de Jack l'Éventreur.

Contrairement à ce que j'avais pensé en ouvrant il y a quelques semaines le dossier de la mort de ma mère, la proximité que j'avais établie depuis de longues années avec les chairs martyrisées ne m'avait aucunement entraînée à ce que j'allais voir sur les images prises le 9 novembre 1888 dans l'après-midi par le photographe de la police de Londres.

Les infirmières de guerre sont considérées comme dures à l'émotion, et souvent même leur raideur ressort comme une marque d'insensibilité et d'indifférence aux tourments des autres.

Ce que les machines de guerre et les engins de mort avaient réussi à faire souvent à très longue distance et de manière plus ou moins anonyme, un homme l'avait anticipé, dans la paix nocturne d'un logis, en face à face avec une femme désarmée et terrorisée.

Il avait usé de la mort et de la souffrance comme d'un art, et utilisé la chair et le corps d'une femme comme la pâte de modelage d'une œuvre diabolique et monstrueuse.

Ce qui se trouvait dans le lit du numéro 13 de Miller's Court n'était pas ma mère ; ce n'était plus la femme nommée Mary Jane Kelly, née vingt-quatre années plus tôt à Limerick en Irlande. C'était une poupée absurde, de sang, de boue et d'os qu'un dément avait façonnée.

Sur MJK3, l'angle de prise de vue va du mollet à la poitrine, sur laquelle repose la main gauche, tandis que sur MJK1 et MJK2, tirages différents d'un négatif identique, il me semble, l'angle couvre du pied gauche à la tête de lit, juste en arrière des cheveux, ramenés en chignon.

Mais, comme l'expliquait le docteur Thomas Bond dans son « examen post mortem *», le visage a été entièrement lacéré par son agresseur – « rayé », diront certains enquêteurs –, au point qu'il est totalement impossible de se faire la moindre idée des traits qui furent ceux de Mary Jane Kelly. Je suis restée des heures, réellement des heures, hier soir, confinée dans* *un recoin de la Filebox Society, approchant des tirages disposés devant moi la courte lampe Tilley, qui déversait sur la table une lumière jaune et grasse. Je ne me suis pas habituée à l'horreur de ces images, qui, malgré l'absence de couleur, la précision médiocre de l'objectif du photographe de la police, me bouleversent. Ma mère est là, morte, défigurée, réduite à l'état de viande de boucherie. Je voudrais me glisser dans l'image et me coller contre elle, lui confier ma chaleur. Je voudrais que nous puissions nous lever, toutes deux, marcher et quitter Miller's Court. À jamais.*

J'ai examiné aussi ces curieuses photos de la démolition de l'East End en 1928, sur lesquelles, par un étrange hasard, on devine l'arrière de Miller's Court. Un ancien membre y a superposé un calque et, à l'aide d'un crayon de couleur, a surligné les fenêtres du numéro 13 et celles de Mrs Prater, la vieille femme qui habitait juste au-dessus de la chambre de ma mère. On y devine l'étroitesse du passage qui menait à Dorset Street et aussi, curieusement, malgré le flou de l'image, une ouverture, porte ou fenêtre, qui donnait alors juste en face de l'entrée de la chambre de ma mère. Tout cela est poussière aujourd'hui.

Ces photos datent donc de 1928, soit quelques semaines après le passage dans Spitalfields de Leonard Matters, un journaliste australien qui se prit de passion pour Jack l'Éventreur. Cet homme a pris les derniers clichés connus de l'entrée de Miller's Court, qui sont devenus, selon les mots de Buir, des « reliques canoniques absolues ». Matters affirme qu'il est le dernier à avoir photographié les lieux, juste avant que les démolisseurs n'expédient tout le quartier – et toute ultime trace de ce qui s'était passé le 9 novembre 1888 au 26, Dorset Street. Et dire que cet idiot aurait pu faire des centaines de clichés, prendre par exemple le passage couvert, large de quatre-vingt-dix centimètres, qui donnait sur Miller's Court. Prendre des images de Miller's Court lui-même, dont on ne connaît, à part le cliché de 1928 déjà évoqué, que cette photo serrée sur la porte et les deux fenêtres du numéro 13.

Matters dit qu'il a été accueilli par une « vieille sorcière » qui lui a jeté des malédictions au visage pendant qu'il photographiait Dorset Street, devenue entre-temps Duval Street.

Eh bien, voilà ce que je pense : Leonard Matters a eu peur. Il a eu peur de s'engager dans le passage, d'approcher la porte de Mary Kelly, et il n'a jamais remis les pieds dans Dorset Street.

Ces clubs de ripperologues sont exigeants. Ils sont – nous sommes ! – très demandeurs de nouveautés et de nourritures inédites. Ce qui ne veut pas dire que la Filebox Society soit toujours très rigoureuse sur la qualité des documents archivés. Ainsi, je suis tombée il y a quelques semaines sur des images « in life *» de Long Liz Stride et de Kate Eddowes,* *à l'authenticité très douteuse. Il y a chez nous presque autant de membres qui en réfutent la légitimité que de passionnés qui s'acharnent à en démontrer la valeur. Elles restent dans les cartons, protégées par le doute.*

De même, des photos « suspectes » sont régulièrement soumises à l'approbation du cercle. Une assemblée spéciale est convoquée et les images circulent de main en main, après avoir été présentées par un exposé de celui qui s'en prétend l'« inventeur ». Nous votons, et l'image est alors soit insérée dans nos archives, soit définitivement radiée du « canon ». Nous avons eu à examiner, très récemment, une « seconde version » de Liz Stride à la morgue, plus lissée, disent ses détracteurs. Et ce « lissage » la rend, disent-ils, insatisfaisante. Certains parmi nous l'ont jugée « forcément fausse ».

– Cette image est tirée d'un musée de cire ambulant de Preston ou de Birmingham, un waxwork show *d'une foire foraine de paysans ! a hurlé Max Dobbler, rouge de colère.*

– De pareils commerces pullulaient sur Whitechapel High Street dans les années 1890, intervint avec solennité le professeur Minter. Les ressemblances comptaient alors beaucoup moins que les litres de faux sang dont on aspergeait les figures de cire...

– C'est une image récente, a corrigé Mr Buir. Je dirais qu'elle est issue d'un crime des années trente ; comparez les coiffures, messieurs !

Et il jeta un œil coupable de mon côté, honteux de m'avoir oubliée.

– Et vous aussi, bien sûr, Mrs Pritlowe...

Je lui répondis par un sourire.

– C'est une horreur, hoqueta Clive Hammill, prêt à s'évanouir...

– Mais si ce n'est pas Liz, qui est-ce ? persista Stevenson, le maître d'école.

Moi, je n'entendais pas Buir et les autres argumenter et défendre leurs positions dérisoires. Je restais plongée dans les photographies de Matters. Je me faufilais lentement dans le mince couloir de Dorset Street. J'allais entrer dans Miller's Court. Ce n'était qu'une question de temps.

Jeudi 18 octobre 1888, seize heures quarante

L'attraction s'était installée dans le renfoncement de Wentworth Street. Ses couleurs bariolées, du jaune, du vermillon, du vert d'oxyde, lançaient des clins d'œil dans toutes les directions, à la manière d'une toupie. L'étal ressemblait à une piste de cirque, en miniature. Une rambarde circulaire, à hauteur de hanche, encerclait un parterre recouvert de sciure. Au centre, une haute cage de treillage enfermait trois cochons d'Inde, roux et blanc. Un homme se tenait à la cage, apostrophant un public qui hésitait encore :

— Allons, c'est la chance qui vient en visite ! Mes kawiks sont rev'nus pour vous faire gagner le gros lot ! Deux *copper* contre un shilling ! C'est vous qui jouez, c'est la bête qui choisit !

L'homme parlait avec un terrible accent français qui faisait rire les gamins. L'après-midi tirait à sa fin ; l'automne proposait une de ses dernières belles journées. Le soleil, absent depuis des jours, faisait luire les façades et les vitrines. De l'école d'Old Castle Street, des mioches se déversaient dans Spitalfields.

La piste aux kawiks avait des allures d'aubaine. Ils se pressaient contre la rambarde, se mêlant aux filles qui attendaient l'heure de la fin du marché pour envahir les pubs alentour.

Mary Kelly et Maria Harvey s'approchèrent. Elles avançaient bras dessus, bras dessous, et se mirent à trottiner à l'abord de la balustrade de bois peinturluré.

— Regarde ça, Maria : des kawiks ! Une ribambelle à kawiks ! J'en ai vu en France... Donne-moi un *halfpenny*, tu vas voir...

Les deux filles se collèrent à la rambarde. La piste, devant elle, s'apparentait à une place circulaire, bordée de niches. Ces niches étaient numérotées de un à soixante-six, toutes peintes de couleurs criardes. Chaque niche avait une sorte de sas en bois chantourné qui lui servait d'entrée. Au-dessus de chaque alcôve, au niveau du garde-fou, on retrouvait le même numéro que celui qui était peint plus bas.

— Quand le kawik rentre chez lui, la mise est à vous ! Deux *copper* contre un shilling !

Le public commençait à parier. Des ouvriers des docks, en vareuses informes, les chaussures puant la vase, s'installèrent sur tout un pan de la baraque, cherchant au fond de leurs poches des pièces de cuivre. L'homme les changeait en jetons de bois peint, marqués des numéros correspondant aux niches. Mary Kelly prit la pièce que lui tendait son amie. Elle l'échangea contre une contremarque au bonimenteur.

Bientôt, la totalité des maisons à kawiks fut louée pour le tour. L'homme ramassa toutes les mises et, tirant une ficelle, libéra une des bestioles, qui sortit prudemment sur la piste. Autour, ce fut un déchaînement. Les filles se mirent à hurler. Les gars du fleuve tapèrent du poing sur le dormant du bois.

— On ne cogne pas, défense de taper ! Si on touche le kawik, la partie s'arrête ! aboya le forain.

Les ouvriers se mirent à huer. Les filles continuaient de beugler, en appelant l'animal, de plus en plus effrayé. Des adolescents riaient de toutes leurs dents gâtées.

— Ici, viens donc, l'abruti !

— Par là, *piggy* !

— Arrive par là, t'auras d'la brioche, arrive donc !

— Là ! Là ! Bouge-toi, cobaye !

Sollicité de toutes parts, le cochon d'Inde ne bougeait plus. Son museau se fronçait, il tourna un instant sur lui-même, repartit de l'autre côté de la cage, en petits bonds furtifs.

— On ne cogne pas, on ne hurle pas : c'est l'animal qui choisit, c'est vous qui gagnez, continuait l'homme qui tournait à l'inverse de la bête.

Finalement, le kawik se décida. Il s'engouffra dans une « maison » à cinq ou six numéros de celui sur lequel avait parié Mary Kelly. Son derrière fila dans le sas, il disparut.

— Numéro 57 ! rugit l'ambulant. Voilà un shilling tout neuf pour l'amiral Nelson !

Il tendit la pièce à une canaille en casquette de marin, escorté par quelques vauriens qui lui tapaient dans le dos. Ils s'éloignèrent en gloussant.

— Ben j'te dois un *halfpenny*, ma belle, fit Mary Jane Kelly.

Les deux filles reprirent leur chemin vers Christ Church, en riant aux éclats.

Derrière elles, le bonimenteur recommençait son

manège. La plupart des joueurs et curieux étaient restés accoudés au garde-fou, attendant le prochain tirage.

À hauteur de Fashion Street, les deux femmes ralentirent le pas.

— Mince, v'là Joe ! Regarde donc, Mary Jane... Il va encore te faire une scène du diable !

En face, sortant du Queen's Head, Joseph Barnett les regardait venir. Ses petits yeux, dans l'ombre de son ridicule chapeau *billicock*, lançaient des flammes.

Barnett attendait qu'elles soient arrivées à sa hauteur. Il passait d'une jambe sur l'autre, comme pour calmer sa rage.

— T'as encore fait r'venir ta poisse, alors ? T'as toujours pas compris, nom de Dieu...

Maria Harvey avait pris un pas d'avance, cherchant à s'interposer face à toute violence de la part de l'homme, qui écumait à présent.

— Dégage, Barnett... Y a personne ici pour entendre ta braillerie. R'tourne donc chercher d'l'ouvrage avec tes camarades de Shadwell.

— Toi, la roulure, on t'fera signe... On t'fera signe, répéta-t-il. Nom de Dieu, t'as pas compris c'que j'dis, Mary...

Mary Kelly restait immobile, à trois mètres de l'entrée de la *public house*. Elle regardait Barnett dans les yeux. Sans peur, sans haine. Elle comprit qu'elle n'avait plus rien à faire avec lui. Elle pensa à l'autre vie qui l'attendait, quelque part. C'était à elle de choisir. Plus aux circonstances, plus à la chance ou à la malchance. *La vie, ce n'est pas une piste à kawiks*, se dit-elle. Une sorte de sourire se dessinait sur ses lèvres.

Barnett, se méprenant sur son silence et sur son sourire, s'échauffa encore.

— Nom de Dieu, tu vas tâter d'mes bottes si tu continues, Mary Kelly !

Le tourniquet du Queen's Head livra passage à quelques hommes, qui restèrent en arrêt face au spectacle de Barnett, gesticulant. Il y avait parmi eux Bowyer, le gars de confiance de McCarthy. L'ancien militaire se mit en travers de Joe Barnett, qui avançait sur Mary Kelly.

— Holà, Barnett… On n'va pas encore tout démolir, hein ! Et pis, gars, on n'parle pas en menaçant les femmes. File donc. Mr McCarthy y n'veut plus t'voir dans l'*court*, Barnett.

Les deux femmes continuèrent dans Commercial Street. Thomas Bowyer lança :

— Mary Jane, faudra tout d'même penser au loyer à Mr McCarthy, j'crois bien qu'y peut plus attendre…

Barnett les regardait disparaître, en roulant des yeux furieux.

Carnets de Mrs Pritlowe

Jeudi 6 novembre 1941

J'ai reçu par courrier une lettre postée de Spitalfields. L'écriture sur l'enveloppe n'est pas celle de quelqu'un qui a l'habitude de rédiger de la correspondance. L'adresse est déportée vers la droite, très près du bord, et tout contre le bas du papier. Le tracé des lettres est hésitant, le « w » de mon nom a été ajouté après coup par-dessus un premier jet et il manque le premier « h » à Whitechapel.

Voici cette lettre, adressée à :

« Mistress PritloWe
Head nurse
London Hospital, Witechapel Rd, London.

À Miss Pritloe.

J'ai appris par la vendeuse de charbon de Fashion Street que Robert Pritloe était mort le mois dernier. Y se peut bien que je puisse vous en dire sur Miller's Court et les affaires par là-bas.

Je suis dans Brick Lane au numéro 12, dans les Fowler's Rent. C'est là qu'on peut me trouver. Quand j'ai dit à Mrs Fowler que j'avais à vous entretenir, elle m'a dit que c'était encore une histoire pour vous demander de l'argent. Pas la peine de croire ça, ce que j'ai à dire, je vais vous le dire, et tout pour rien.

Maria Harvey,
au Fowler's Rent,
qu'a bien aimé votre pauvre mère »

J'ai retrouvé mes notes sur la déposition de Miss Harvey, au jury de Shoreditch. J'en ai relu les quelques lignes, dans un état second. Cette femme semblait, plus que les autres, avoir connu ma mère de près. Et, comme elle le confirmait dans sa lettre, il m'avait semblé qu'elle l'avait aimée. Dans toutes les déclarations de Maria Harvey, même celles qui ont été retranscrites par les reporters, on sent comme une émotion réelle à l'égard du destin terrible de Mary Kelly. Elle n'en parle pas, comme les autres, en disant « la décédée » ou « la victime ». Elle dit toujours « Mary Jane ».

Jeudi 6 novembre 1941, dans la nuit

Maria Harvey était un des derniers témoins directs, avec lui, à l'avoir vue vivante, en novembre 1888. En tout cas, elle était certainement la seule de ceux-là à être encore en vie, en cette fin d'année 1941.

Pour m'en persuader, je recherchai la page que j'avais établie lors de mes premières recherches à la Filebox Society. J'y avais dressé une sorte d'inventaire, composé d'une colonne de noms et d'une colonne de dates. J'avais espéré quelques heures que je pourrais rencontrer quelque survivant de l'époque, l'un ou l'autre des protagonistes dont les noms m'étaient soudain apparus lorsque je m'étais mise à fouiller dans les relevés d'enquête et les dépositions. Mais plus j'avançais, plus la réponse semblait claire : il ne restait plus que Maria Harvey à pouvoir témoigner directement de ce qu'avaient été les 8 et 9 novembre dans Miller's Court.

Voisins et témoins directs
Joseph Barnett 1858-1926
Thomas Bowyer 1847-1889
Elizabeth Prater 1842 - ?
John McCarthy 1849-1934

Principaux officiels et enquêteurs
Inspecteur Frederick Abberline 1843-1929
Dr George Bagster Phillips 1834-1897
Dr Thomas Bond 1841-1901
Inspecteur Walter Beck 1852-1911

À part l'incertitude concernant la mort de Mrs Prater, qui aurait eu près de cent ans aujourd'hui, le seul autre personnage important dont il semble impossible de retrouver les traces est George Hutchinson. Le drôle de témoin... On ne sait quasi rien de lui. Il apparaît sans passé dans l'enquête, dépose, puis s'évapore, à la manière d'un éther.

J'ai là une copie de sa déposition faite – avec trois jours de retard – au poste de Commercial Street. Le moins que l'on puisse dire, c'est que ce type, qui se disait ouvrier (ou palefrenier, parfois), avait raté sa carrière : un détective de la police de Londres n'en aurait pas vu la moitié, cette nuit, dans Spitalfields ! Même notre immense Sherlock Holmes se serait incliné devant l'extraordinaire talent de Mr Hutchinson à décrire un suspect...

Voici la pièce telle qu'elle apparaît dans les archives de la Metropolitan Police :

« Déposition de George Hutchinson, ouvrier, 12 novembre 1888, poste de police de Commercial Street, consignée par le sergent Edward Badham

[code MEPO 3/140]

(Extrait des pièces de la Filebox Society).

"Vers deux heures, le 9 novembre, j'étais à l'angle de Thrawl Street et de Commercial Street et, juste quand j'allais arriver à la hauteur de Flower and Dean Street, j'ai vu la victime, Kelly. Elle m'a demandé : 'Hutchinson, tu pourrais pas me prêter six pence ?' J'ai dit que je pouvais pas, parce que j'avais tout dépensé à Romford. Elle m'a répondu : 'Tant pis, bonne

nuit. Moi je dois trouver un peu de fric.' Elle est partie vers Thrawl Street. Un homme qui arrivait en face lui a alors tapé sur l'épaule et s'est mis à lui parler. Ils se sont mis à rire. J'ai entendu qu'elle lui disait : 'C'est d'accord !' L'homme a dit : 'Tu serais d'accord pour ce que je t'ai dit ?' Et il l'a prise par l'épaule. Le type portait une espèce de petit paquet à la main gauche, avec une sorte de lanière autour. Je me suis appuyé au lampadaire devant le Queen's Head et je les ai observés. Ils sont passés devant moi, et le type a baissé la tête, si bien que son chapeau lui cachait les yeux. Je me suis baissé pour le regarder de face. Il m'a dévisagé, d'un sale œil. Ils sont tous les deux partis dans Dorset Street et je les ai suivis. Ils se sont arrêtés à l'entrée du court *pendant deux ou trois minutes. Il était en train de lui parler. J'ai entendu qu'elle lui répondait : 'D'accord, mon chéri, entre ! Tu vas voir comme tu seras bien...' Il a remis son bras sur ses épaules et l'a embrassée. J'ai entendu alors qu'elle a dit : 'Mince, j'ai perdu mon foulard !' Il a enlevé son propre foulard – un rouge – et il lui a donné. Ils sont entrés dans le* court. *J'y suis entré à mon tour pour voir où ils allaient, mais j'ai rien vu. Alors je suis resté à l'entrée de Miller's Court pendant disons... trois quarts d'heure, pour voir s'ils ressortaient, mais non. Alors je suis parti.*

"Pour le décrire ? Je dirais qu'il avait trente-quatre ou trente-cinq ans. Environ un mètre soixante-dix, teint pâle. Les yeux sombres, fine

moustache recourbée de chaque côté. Les cheveux sombres. Un grand manteau sombre, avec le col et les poignets en astrakan. Dessous, il avait une veste sombre. Un gilet sombre, pantalons noirs. Chapeau de feutre, bombé au milieu. Bottines et guêtres ornées de boutons blancs. Il portait une épaisse chaîne dorée, par-dessus un col de lin blanc. Cravate noire, piquée d'une broche en fer à cheval. D'une apparence très respectable, démarche assurée. Aspect juif. Je pourrais le reconnaître..." »

Mr Hutchinson a vu, parfois à plusieurs dizaines de mètres, ce que personne d'autre n'a vu cette nuit-là. On apprend dans les archives de la Metropolitan Police qu'Abberline a signalé à ses supérieurs du Yard que la distance à laquelle Mr Hutchinson a remarqué des boutons de guêtres ou une épingle de cravate, dans la nuit de Dorset Street, lui semblait improbable... Je crois, moi, que le « témoignage Hutchinson » est un leurre. J'en ai parlé avec plusieurs membres de la Filebox Society qui étudient depuis des années l'hypothèse Hutchinson. Leurs versions diffèrent parfois sur les raisons de cette incohérence. Voire sur celles de cette insupportable étrangeté qui imprègne le récit de ce témoin venu de nulle part. Mais tous sont d'accord sur un point : ce que dit Hutchinson, ce 12 novembre 1888, n'est qu'une fable. L'homme qu'il prétend avoir vu avec ma mère, cette nuit, et qu'il a suivi depuis le Queen's Head jusqu'à Miller's Court, n'existe pas. Je veux dire : n'existe pas sous la description qu'il en donne.

Je viens d'écrire que ce témoin venait de nulle part. Mais encore mieux : il y retournait tout droit ! Après son témoignage, au poste de police de Commercial Street, l'homme qui s'était déclaré comme étant George Hutchinson, ouvrier (parfois palefrenier), disparaît du décor. Il s'évanouit positivement. Plus jamais, nulle part, il ne sera fait mention de George Hutchinson, cet homme qui a marché plusieurs centaines de mètres derrière Mary Kelly et son meurtrier supposé. L'homme qui a stationné près d'une heure devant l'entrée de Miller's Court – on se demande bien pourquoi, au nom de quelle fidélité, de quelle amitié, de quel lien ? – dans le froid et la pluie de novembre.

Pour moi, George Hutchinson n'a existé que pour témoigner, pour donner à la police un signalement grotesque d'un assassin de fantaisie, avant de disparaître à jamais dans le cimetière des simulacres et des faussaires. On dirait un de ces espions d'opérette, en redingote taupe et grosse barbe noire attachée par un élastique, que la première femme de chambre démasque en se pendant à son bouc...

George Hutchinson n'a existé – et je partage cet avis avec Mr Buir – qu'une seule journée, celle du 12 novembre. Et encore, il ne se produit pas au jury de Shoreditch, face à d'autres témoins qui pourraient le contredire. Il se matérialise soudain, l'enquête close, à la tombée de la nuit, au poste de police de

Commercial Street. Il y pose une version, un signalement – ah, le mystérieux assassin à col d'astrakan ! –, vérifie son pourboire et salue la galerie. Exit *Mr Hutchinson.*

Ce qui ne veut pas dire que tout, dans son récit, ne serait que mensonge ou fumée. Je crois que ce qu'il décrit dans le début de son histoire est globalement la vérité. Des témoins affirment bien avoir vu un homme guetter dans la nuit à l'entrée de Miller's Court. Mais je ne pense pas que ma mère lui ait demandé de l'argent, parce que ce type n'existait pas pour elle. Il a surgi dans Whitechapel comme venu d'une autre dimension, et personne dans ces rues ne le connaissait et ne lui aurait demandé un prêt. Peut-être, au mieux, lui aurait-on mis une lame sous le menton pour le dépouiller de ses valeurs ou de ses bottes. Mais il a sans doute vu ma mère remonter depuis Thrawl Street jusqu'à sa chambre, avec un homme. Et peut-être même qu'il les a suivis, pour une raison inconnue. Et je pense aussi que cet homme, avant ou après sa visite dans Miller's Court, lui a donné une belle somme d'argent pour qu'il aille raconter une bonne histoire à la police. Ou alors, cet homme l'a recroisé au petit matin, les mains rougies du sang de Mary Kelly, et l'a menacé de telle sorte que l'autre, transi de frousse, s'est terré dans quelque trou, a attendu trois jours pour faire son témoignage falsifié, avant de disparaître à jamais de Londres.

J'ai passé deux nuits épuisantes au London Hospital. Les bombardiers allemands ont visé Limehouse et les docks. L'hôpital de Mile End a lui aussi été touché. Nous récupérons des dizaines de blessés de là-bas, qui viennent saturer nos salles, déjà pleines de détresse. On a dressé des tentes dans les jardins pour accueillir les victimes de la dernière soirée de bombardements. Je croyais avoir vécu le pire il y a vingt-cinq ans en Argonne. Non, le pire est là : j'ai vu deux enfants de moins de dix ans mourir dans mes bras, cette nuit, brûlés sur tout le corps.

Je me suis demandé, un instant, si ma quête, à travers les âges, du tueur de 1888 avait encore un sens quelconque. La mort n'a plus de limites, ni d'époque.

Lundi 12 novembre 1888, quinze heures cinquante.
Jury d'enquête relatif à la mort de Mary Jeanette Kelly, Shoreditch

La nuit descendait sur Londres. Les grandes verrières du *town hall* se piquaient de ténèbres. On avait allumé des lampes tout autour de la grande salle, sans arriver complètement à en chasser les ombres. Une jeune femme au museau de souris, aux yeux vifs, s'avança vers le coroner McDonald. Elle croisa les bras et lança :

— J'suis Maria Harvey. J'vis au 3, New Court, Dorset Street. J'connaissais la victime sous le nom de Mary Jane Kelly. Elle était mon amie. Ma meilleure amie… La meilleure que j'aie jamais eue.

— Miss Harvey, quand avez-vous vu votre amie pour la dernière fois ?

— J'ai dormi chez elle lundi et mardi. On était ensemble tout jeudi après-midi.

— Vous étiez dans la chambre quand Joe Barnett est passé ?

— Oui. Et j'savais c'que ça voulait dire… J'lui

ai dit : « Eh bien, Mary Jane, on va pas se voir ce soir… » et j'suis partie. J'lui ai laissé deux chemises d'homme sales, une chemise de garçon, un manteau noir, un bonnet de crêpe noir avec un ruban de satin, un jeton de gage pour un châle gris, pour un prêt de deux shillings, et un jupon de fillette.

— Avez-vous revu l'un ou l'autre de ces objets ?

— Oui, j'ai revu le manteau noir, dans le *court*, vendredi après-midi.

— Est-ce que vous aviez entendu Barnett la menacer auparavant ?

— Oui, plusieurs fois. Mais n'cherchez pas de c'côté-là : Barnett est un pauvre type, bien capable de chicaner une femme, ou même de lui filer une bonne torgnole… Mais Joe Barnett a pas fait… ce qui s'est fait c'soir-là.

Dans la salle, Joe Barnett regardait, la bouche large ouverte, Maria Harvey déposer. On voyait qu'il ne comprenait pas tout à fait si ce que le témoin racontait était bon ou mauvais pour lui.

Il serrait convulsivement ses poings et suffoquait à la manière d'un gros poisson. Le coroner reprit, du ton cassant qu'il avait adopté depuis le début de l'enquête :

— Miss Harvey, ce jury sait ce qu'il a à faire, et à croire… Je sais comment procéder pour découvrir celui qui a fait… ce qui s'est fait ! Dites-nous simplement ceci : est-ce que la victime vous a jamais raconté qu'elle avait peur de quelqu'un ?

Maria Harvey releva le menton et regarda le coroner McDonald bien en face :

— Elle n'avait peur de rien…

Carnets de Mrs Pritlowe

Samedi 8 novembre 1941

J'ai commandé des onion rings *et une tasse de thé sucré dans son gobelet en carton ciré chez Rush Lampah au coin de Brick Lane.*

Le cab *m'avait déposée juste devant Christ Church, dans Spitalfields. Ensuite, j'ai marché droit au sud dans Commercial Street. J'ai laissé sur la droite les deux entailles de Duval Street et de White's Row, entre lesquelles s'étend une plaine parsemée de ruines. On y distingue des hangars destinés à la remise d'engins de chantier. Puis il suffit de traverser Commercial Street pour rejoindre le trottoir opposé.*

Ici s'ouvre depuis un demi-siècle la porte à doubles battants du Queen's Head, là où le « témoin » George Hutchinson s'était approché pour essayer – raconte-t-il – de distinguer les traits de l'homme qui avait abordé ma mère un peu plus bas devant Thrawl Street la nuit du 8 au 9 novembre 1888.

La guerre a transformé l'endroit ; les devantures sont bardées de planches, pour protéger des fenêtres qui n'ont jamais été bien vaillantes. J'ai passé l'angle sud de Fashion Street, puis je me suis engagée dans la sinistre enfilade des magasins minables, juste avant le vendeur de motocyclettes et de gants. Un peu plus bas, Flower and Dean Street, de sinistre mémoire, a été effacée par les bombardements et le malheur. Le quartier m'est apparu maquillé comme un cargo louche sous un nom de complaisance.

J'ai pris sur la gauche Wentworth Street jusqu'à Brick Lane en traversant des courettes désolées, pleines de poubelles renversées. Le square minuscule était occupé par des clochards indiens qui grognaient dans des demi-sommeils, indifférents aux alertes et à la mort qui peut venir du ciel à tout instant, dès que la nuit tombe.

C'est en remontant Brick Lane que je suis entrée chez Rush Lampah, pour commander mes oignons et mon thé ; j'étais revenue exactement à l'autre bout de Fashion Street. Je me suis vue debout face à un large miroir. Celui-ci me renvoyait l'image d'une femme pâle, aux mèches teintes, à l'air sévère. Je me suis rendu compte à quel point je ressemblais à une maîtresse d'école, bien plus qu'à une infirmière. Les couleurs que je choisis, depuis toujours, se résument à une palette étroite : je ne porte que du vert émeraude, du gris foncé, des tonalités ardoise ou sous-bois d'hiver. Dans le miroir, deux autres femmes se faisaient face, échangeant des confidences à mi-voix en buvant leur thé à courtes gorgées. Elles étaient sans doute du quartier. On pourrait pourtant les croiser partout dans Londres, avec leurs larges manteaux serrés à la taille, leurs petits chapeaux plats à demi-voilette, leurs chemisiers de crêpe. Elles étaient fières et belles. C'est sans doute aussi le signe que l'East End s'est assagi. J'avais lu le matin même une manchette d'un quotidien qui déclarait : « Malgré les bombes, la femme anglaise reste élégante ! »

J'ai hésité à reprendre un thé brûlant. J'ai compris que je cherchais à retarder ma rencontre avec Maria Harvey. Du fond des années, elle m'avait appelée. Elle était encore là, peut-être en éveil depuis la soirée de 1888, attendant un seul signe pour se ranimer tout à fait et dire ce qu'elle avait à dire. La mort de mon père avait été ce signe. Elle-même avait survécu à la détresse de Dorset Street, aux lamentables destinées qui s'attachent à celles et à ceux qui, depuis que Londres existe, ou presque, habitent ces rues et ces maisons. Si elle avait le même âge que ma mère à l'époque – ce qui est probable –, elle était née vers 1863 ou 1864. Elle avait donc largement plus de soixante-dix ans. Pour le quartier, elle était une survivante. Je suis ressortie du discret établissement. Lampah jouait aux cartes avec d'autres Indiens, près d'un grand garde-manger empli de rissoles aux parfums entêtants.

Une folle, accroupie près du ruisseau, avait attaché son chien à sa cheville et dormait à même le sol. C'était désolant, au fond. Malgré ce que j'avais pensé chez Rush Lampah en dévisageant les deux femmes, Spitalfields n'avait pas changé, malgré le temps et malgré les bombes. C'était toujours le même dédale de rues humides et sales. Pourtant, cela allait se révéler. Il restait des particules, infimes, invisibles, terriblement affaiblies, de ce qui s'était passé en 1888. Il ne restait plus qu'à les faire parler. À les confronter à d'autres matériaux, comme certaines pièces que l'on produit aux audiences et que l'on met en présence d'autres éléments, et qui, soudain, recomposent des réalités distantes et à peine palpables.

Je me suis engagée dans Brick Lane.

Les Fowler's Rent me firent une impression sinistre. On y entrait par une arcade qui était sensiblement la même que celle qui donnait sur Miller's Court et dont j'avais vu les photographies. Les fenêtres des façades qui donnaient sur la rue avaient perdu leurs carreaux. Des feuilles de carton ou de toile goudronnée en occultaient la vue. Dans la cour intérieure, une odeur de soupe aigre me prit à la gorge. Des fillettes en robes miteuses, aux pieds nus et noirs, traînaient là, cornaquées par des grandes sœurs aux visages chafouins, aux bouilles graisseuses, qui me regardèrent venir d'un œil éteint. L'odeur redoubla. Je réalisai qu'il ne s'agissait pas de soupe, mais d'un infâme relent de légumes en décomposi-

tion, dont plusieurs tas montaient le long des briques blanches du court. *Des chats borgnes ou estropiés fouillaient là-dedans, en se disputant d'affreux reliefs.*

— Mrs Harvey ? osai-je auprès de la première des souillons.

La fille me regarda, sans expression. Elle ouvrit une bouche molle, et un filet de salive se tendit entre ses lèvres. J'insistai :

— Maria Harvey, une vieille femme ?

— Par ici, fit une voix, dans les hauteurs.

Je levai les yeux. Une femme d'une cinquantaine d'années, en bonnet, se penchait d'un rebord, en agitant une bouillotte en caoutchouc.

— Par ici, continuait la voix. L'escalier, à main droite !

J'empruntai une volée de marches plongées dans la pénombre. Là, l'odeur de pourriture avait fait place à une puanteur de latrines. Sur un demi-palier, la femme m'attendait. Elle désignait de sa bouillotte une porte branlante, dégondée du bas, qui s'ouvrait sur l'extérieur.

— Je suis Mrs Fowler. Elle est là. Je crois que vous êtes l'infirmière du London Hospital ?

Je me présentai. La mégère cogna à la porte ravagée, en braillant :

— Maria, Maria Harvey, du monde ! Entrez, elle est là, manquerait plus qu'elle dorme...

La vieille femme ne voulait plus me lâcher. Elle me serrait si fort que je sentais dans mon dos ses doigts s'enfoncer à travers ma veste et se contracter nerveusement.

— Mrs Pritlowe, j'vois bien qu'vous êtes une dame, mais j'va avoir du mal à vous donner d'la révérence : pour moi, vous êtes la p'tite Amy, qu'j'ai emmenée loin de c't'horreur. Y a peut-être pas une seule nuit depuis ce jour-là que j'y pense pas. J'crois bien que vot' papa y vous a jamais raconté vraiment c'qui ç'a passé ce soir-là, dans Miller's Court.

Elle fondit en larmes, sans avertissement aucun.

J'étais au-delà de l'émotion. Maria Harvey s'agrippait à moi comme une naufragée. J'eus l'impression que, ce qu'elle avait à raconter, elle ne l'avait livré à personne. Que, en tout cas, elle avait réussi à contenir cela au fond d'elle et que, d'un coup, plus de cinquante années après, cela allait ressortir, comme la lave confinée dans des réseaux souterrains, longtemps pressurée, se mettait à jaillir.

Je serrai la vieille femme contre ma poitrine. J'avais fait ce geste tant de fois, dans les recoins des dispensaires, au fond des infirmeries, mais jamais je n'avais eu cette sensation d'immense compassion, cet amour venu du fond des temps qui me faisait suffoquer. Je compris que je transférais d'un seul coup tout ce que je n'avais pu recevoir de ma mère à cette femme, qui l'avait connue, avait parlé, ri, aimé peut-être à ses côtés. Par une sorte de procuration désespérée, j'étreignais ma mère, cette fin d'après-midi dans ce minable logement de Brick Lane, avec la lumière déclinante de Londres qui glissait d'une fenêtre. Au loin, on allait bientôt entendre le vrombissement lourd des moteurs des avions allemands qui venaient lâcher leurs bombes. Le soir allait une nouvelle fois se piquer des lueurs d'incendie ; la nuit serait déchirée par la clameur des sirènes et des cris d'horreur.

— Allons, Mrs Harvey, allons... Je suis venue vous écouter. Je suis là.

Maria Harvey me lâcha. Je voyais qu'elle essayait de reprendre ses esprits, de refaire surface. Elle était vieille, plus que son âge réel ne l'indiquait. Ses mains aux profondes veines bleues tremblaient. Son menton semblait secoué de mouvements involontaires. Elle recula d'un pas et me regarda au fond des yeux.

— Y a pas, je n'vous reconnais pas. Je pensais en vous attendant que je saurais immédiatement vous r'connaître. Mais non. Pas moyen. On a toutes les deux fait un bout de chemin depuis c'soir-là, pas vrai ?

Je soutins son regard, en souriant. Oui, elle avait raison, bien sûr. Une vie entière avait coulé, pour elle comme pour moi, à la manière d'une rivière large et lente, en charriant son lot de choses flottées, prises au hasard des crues et des méandres.

Maria Harvey recula, en me tirant par la main. Elle m'entraîna vers un recoin où nous attendaient deux petites chaises et un minuscule guéridon de pin.

— Asseyez-vous, dit-elle. J'va nous faire du thé.

Elle se dirigea vers un étroit réduit où un

petit réchaud à alcool était disposé sur un bahut de bois clair. Bientôt, sa lueur bleue éclaira par en dessous son visage, lui donnant une allure presque surnaturelle. Je sentis que j'étais entrée sur le territoire des fantômes. D'ici à quelques instants, la conjuration serait accomplie. Les morts allaient revenir.

Elle avait empli une petite bouilloire qui se mit à siffler, sur un mode mélancolique. Maria Harvey servit le thé et s'assit à mon côté.

— Votre papa n'vous a rien raconté d'son vivant, n'est-ce pas ?

Je secouai la tête.

— Rien, Mrs Harvey. Je ne savais même pas que ma mère...

— Il me l'avait fait comprendre. Il me l'avait même fait jurer, que, si par hasard j'devais vous recroiser dans Londres, je n'vous dirais rien. Vous savez, Amy... m'dame, j'veux dire, il a beaucoup souffert lui aussi. Il aimait vraiment vot' maman.

— Qu'est-ce qui s'est passé ? Mrs Harvey, je vous supplie de me dire ce qui s'est vraiment passé ce soir-là, dans Miller's Court !

— J'va vous raconter tout par le détail. D'abord, faut qu'vous sachiez qu'vous avez été là, vous aussi, dans c'te foutue chambre.

— J'ai été là ? Que voulez-vous dire, pour l'amour de Dieu, Mrs Harvey ?

— Rien de plus que c'que je dis là : vous étiez là, avec nous, dans la chambre du bas, la chambre numéro 13, dans Miller's Court, le soir où qu'vot' maman...

— Pour l'amour de Dieu, Mrs Harvey...

— J'va vous raconter, j'dis. On vous a gardée depuis vot' naissance, vot' maman et moi, rapport à c'que Joe Barnett y voulait pas entendre parler de vous. On s'occupait d'vous en demi-cadence, comme qui dirait, une semaine par ici et par là, quand que vous étiez pas chez vot' papa, dans le quartier des affaires. Le plus souvent dans ma propre chambre de New Court, des fois aussi dans Miller's Court. Vous comprenez, Barnett, y supportait pas de savoir que Mary Jane elle avait eu un enfant avec un autre homme. Il l'appelait « le gars d'la haute », vot' papa. Il n'voulait pas entendre parler de vous. Mais quand j'dis ça c'est pas tout. Barnett, il n'voulait pas vous voir dans ses pattes quand il a venu s'installer dans Miller's Court. Vous aviez même pas un an et Mary Jane elle faisait ce qu'elle pouvait pour s'en sortir, pour elle et pour vous. Mais, Barnett, y supportait pas. Il a même fini par lever la main sur vous, c'que Mary Jane n'a pas accepté. Ils en venaient à se bagarrer dans cette pauv'chambre. J'avais pris l'habitude de vous emmener faire un tour quand que Joe y venait dans Dorset Street. Il aurait tout cassé, Barnett... C'était pas forcément un mauvais gars. Y traînait avec les poissonniers, puis avec les gars des docks, les pêcheurs, toute cette bande qui vadrouillait du côté du fleuve. Alors, Barnett, y prenait leurs manières, surtout quand qu'il a perdu son ouvrage à Spitalfields Market. Là, les choses sont parties en beignet...

Vot' maman et Barnett, ils avaient pu un sou d'avance. McCarthy, c'était pas le genre à faire des gros crédits. Alors Barnett ça le rendait de plus en plus coléreux. Enfin pour vous dire que, le plus souvent, quand que vous rev'niez de chez vot' papa, c'est chez moi, dans New Court, que vous passiez la nuit, et puis une bonne partie des journées aussi, surtout après que Barnett y travaillait plus. Vot' papa, y venait régulièrement pour y causer, mais Mary Jane elle était bien trop fière pour faire machine arrière. Vot' papa y lui avait proposé, comme qui dirait, de la reprendre, malgré qu'il l'avait menacée, rapport à l'alcool. Il lui a même proposé de partir avec lui en France pour monter une affaire...

— Ça, il m'en avait parlé. Un peu...

— Oui, mais ça a pas fait d'étincelles... Elle s'ennuyait, j'crois bien... Elle avait besoin d'autre chose. Pas des hommes, comme tous ces abrutis des Ten Bells y z'ont raconté alors que son pauvre corps était toujours à la morgue de Shoreditch, non. Mais elle était pas faite pour habiter par du côté d'Oxford Street ou de l'autre côté de la Manche. Mary Jane, il lui fallait une vie sans horaires, une vie sans trop de repères. Dans l'fond, sur c'plan-là, Barnett y lui proposait rien de mieux qu'vot' papa. Mais elle a mis du temps à l'comprendre.

— ...

— Maintenant, j'va vous raconter ce qui s'est passé le dernier soir. On avait passé l'après-midi toutes les deux. On a bu un ou

deux gin toddies *aux Ten Bells, mais on a surtout fait d'la couture. On a rafistolé des chemises et des corsets, et puis aussi un p'tit jupon qu'elle vous avait cousu, mais qu'était trop large pour vos p'tites hanches... J'avais dans l'idée d'laisser quelq'vêtements à Mary Jane, pour qu'elle les donne en gage chez Jones, dans Church Street, et qu'elle trouve d'quoi payer c'qu'elle d'vait à McCarthy. Vous étiez avec nous, tout ce temps-là. L'époque était bien différente, on faisait moins attention aux gamins. Mais, Mary Jane, elle vous aimait du fond de son pauv' cœur, ça j'peux vous le jurer. C'est elle qui m'a demandé de vous éloigner, à chaque fois que Barnett y venait au* court. *Et, sur la fin, il passait pratiquement tous les jours, et toujours vers la même heure, à la fin de l'après-midi. J'l'ai croisé ce jour-là. J'vous emmenais avec moi pour New Court quand il est arrivé. Il vous a regardée comme on r'garde une bête venimeuse et puis, moi, il m'a traitée de putain, comme y faisait à chaque fois. Enfin, on a mis les bouts. J'vous ai emmenée chez moi, on a dû manger un morceau de quelque chose, et j'crois aussi qu'vous avez dormi. J'ai dû m'endormir un peu aussi. Sur le coup de neuf heures, ce soir-là, j'ai pensé que Barnett avait dû s'en retourner et on est revenues toutes les deux à Miller's Court. On a frappé, mais vot' maman était pas là. On a r'gardé au Britannia, et jusqu'aux Ten Bells, mais y' avait pas d'traces d'elle nulle part. Alors on a r'tourné à New Court, qu'est pas à une minute... J'ai encore essayé de vous ramener vers dix heures, puis encore un peu après une heure du matin. Mary Jane n'était pas là. La deuxième fois, j'suis tombée sur la vieille Mrs Prater, qu'habitait au numéro 20, la chambre juste au-d'ssus d'celle de vot' maman. Liza Prater, elle était plantée au coin de Dorset Street. Elle m'a dit qu'elle attendait son homme, mais j'crois qu'elle pouvait attendre, vu qu'ça faisait bien quatre ans qu'il s'était fait la valise, le vieux Prater. Liza Prater m'a proposé d'vous garder jusqu'au retour de Mary Jane. J'y ai pas vu d'mal. Elle vous gardait comme ça souvent, en c'temps-là. Je vous ai laissée avec elle. Quand j'suis repartie m'coucher, j'ai vu qu'elle causait à l'entrée de la boutique, avec McCarthy. Vous lui teniez la main en bâillant. Mary Jane a dû rentrer pas longtemps après ça, mais qu'est-ce que j'pouvais bien savoir, m'dame ?*

La vieille femme essuya ses yeux. Oui, elle avait dû se répéter mille fois l'histoire. Elle est repartie, et le monstre allait arriver. On pourrait dérouler mille fois cet instant dans sa mémoire. Mille fois il entrerait dans la chambre, et tout se passerait comme ça s'est passé.

— J'ai entendu raconter le vendredi midi qu'un nouveau crime avait été commis dans le quartier, j'suis venue voir si par malheur c'était pas quelqu'un que j'connaissais. J'ai vu du brouhaha dans l'entrée de Miller's Court. J'ai pu me faufiler jusqu'à la porte de Mary

Jane et j'ai dit « Oh mon Dieu, mon Dieu ! ». Le policier m'a empêchée d'aller plus loin. Il voulait rien dire, ni à moi, ni à personne. J'ai vu qu'il y avait des personnes de la police dans le court. J'ai demandé à voir Mary Jane, mais le policier a secoué la tête. Encore à ce moment, j'croyais qu'elle était empêchée ou retenue pour témoigner. J'ai aperçu McCarthy et son gars Bowyer, le militaire pensionné qui l'aide à la boutique. J'y ai fait des signes à Bowyer, pour qu'il me rejoigne. Le policier l'a empêché de sortir du court. Mais il a réussi à s'approcher. Il m'a fait un signe que je n'ai jamais oublié depuis. Il a passé son pouce devant son cou et, tristement, y m'a glissé : « C'est elle, c'est Mary Jane. Il l'a coupée en deux... » M'dame, j'me rappelle tout comme si ça s'était passé hier matin. J'me souviens de la pluie qui tapait sur les dalles, j'me souviens de la lumière qu'y f'sait dans le court c'midi-là. J'me souviens de l'odeur de brûlé des éclairs du photographe de la police. J'ai vu aussi l'manteau noir que j'avais laissé chez Mary Jane la veille au soir : les types de la police l'avaient accroché à la gouttière, au coin de sa chambre, pour dégager la fenêtre. On aurait dit un spectre qui montait la garde, tout droit, à l'entrée du numéro 13.

« J'ai pleuré, j'ai beaucoup pleuré c'te midi-là dans le court. J'ai beaucoup pleuré depuis aussi. J'ai jamais eu une amie comme vot' maman, m'dame. Et ce qu'on lui a fait *là-bas, c'était bien pire que tout ce qu'on racontait déjà.*

« Dans l'après-midi, j'vous ai récupérée chez Liza Prater. Elle avait dormi jusqu'à bien après que les policiers y soient arrivés dans le court. *Elle avait beaucoup bu la veille. Elle se souvenait à peine qu'elle avait proposé de vous garder. J'vous ai récupérée dans la fin de l'après-midi, quand on a eu le droit d'quitter le* court *et d'aller et v'nir.*

« J'vous ai emmenée chez vot' papa, dans Tottenham Court Road. Oh, j'connaissais le chemin ; avec Mary Jane, on vous y avait déjà fait faire le trajet. Vot' papa y voulait vous voir le plus souvent possible, et le dimanche, en général, on vous laissait dans Tottenham Court Road avec Mr Pritlowe ; Mary Jane et moi, on allait traînailler dans Tavistock Square, à r'garder les jolies toilettes...

Dans l'obscurité qui emplissait la pièce, j'ai entendu un sanglot.

J'étais bouleversée. J'ai pris une nouvelle fois Maria Harvey dans mes bras. La vieille femme pleurait contre moi. J'aurais voulu être capable d'entrer dans ses pensées, de me glisser dans ses souvenirs, et de distinguer, ne fût-ce qu'un instant, les images qu'elle évoquait à mon intention. J'aurais voulu parcourir avec elle les rues de Spitalfields, entrer dans Miller's Court comme je l'avais fait jadis avec ma main dans la sienne, lorsqu'elle me ramenait de New Court, pousser la porte du numéro 13, et voir maman, voir enfin le visage de maman se pencher vers moi pour m'attirer à elle et m'embrasser.

Nous sommes restées plusieurs minutes dans le clair-obscur. Au-dehors, les bruits de Brick Lane arrivaient vers nous comme étouffés, semblant venir de la planète Mars. Au loin, on entendait une sirène des pompiers filer vers l'est. Des charrettes passaient dans la rue, des hommes criaient.

— Au jury, dans Shoreditch, j'ai rien dit... J'veux dire, j'ai pas parlé une seule seconde de vous et d'votre papa. Ça faisait trois jours que Mary Jane était partie. Personne ne mentionnait vot' existence. Devant le coroner, personne non plus n'a parlé d'vous. J'me suis dit que, Mary Jane, c'qu'elle aurait voulu, une fois qu'elle serait plus dans l'périmètre, c'est que vous restiez là où j'vous avais emmenée : chez Mr Pritlowe, loin de Miller's Court.

Nous étions immobiles. Maria Harvey hochait la tête, signifiant sans doute qu'elle avait tout dit de ce qu'elle avait à me dire.

Je me suis penchée vers la tache blême qui marquait l'emplacement de son visage et j'ai posé ma joue contre la sienne. Au loin, le carillon de Christ Church a sonné et nous sommes restées immobiles.

Le soir était complètement tombé. Nous étions assises, face à face, comme deux amies qui savent apprécier le silence. J'étais, partout à l'intérieur de moi, secouée de frissons. Maria Harvey a repris la parole :

— Y a une dernière chose que j'dois dire... On est retournés tous les trois, j'veux dire, avec vot' papa et vous, à Miller's Court. Ça devait être vers août ou septembre de l'année d'après. Vot' papa y voulait donner une p'tite somme à Liz Prater, pour la remercier de s'être occupée d'vous à chaque fois que c'était nécessaire dans l'temps d'avant. On a pausé une demi-heure ou une heure dans le numéro 20. Mrs Prater arrêtait pas d'répéter qu'elle voulait plus rester dans Miller's Court. Elle disait qu'y avait un défilé de vauriens et de bourgeois qui passaient pour visiter la chambre. Que c'en était dev'nu une attraction. Elle nous a fait écouter. Y avait une sale fille qu'on appelait Lottie, qu'habitait dans le numéro 13 depuis que'ques semaines : elle faisait payer pour qu'les chalands y jettent un œil en dedans. J'me souviens que vot' papa – Mr Pritlowe – il a dit comme ça : « Faudra bien que McCarthy se décide à faire abattre toute cette horreur, au lieu d'en laisser faire un musée... »

Dimanche 9 novembre 1941, l'après-midi

C'est le jour anniversaire. J'ai essayé toute la journée de détourner mes idées de Miller's Court. Sans cesse, mon esprit y revenait. Le nouveau travail de médecine m'impose pour-

tant un emploi du temps sans répit ni pauses propices aux rêveries.

Il y a eu de nouveaux raids sur Isle of Dogs et Borough. J'ai l'impression, ces dernières nuits, en entendant trembler les murs et hurler les sirènes, que je vais me réveiller et que Londres aura définitivement disparu.

Nous avons perdu deux médecins au London Hospital. Tous deux ont été tués par l'écroulement des toits de leurs maisons, la nuit de samedi à dimanche. Avec les quatre chirurgiens qu'on nous a enlevés pour les expédier en Cyrénaïque, dans le sillage de nos troupes, nous voilà réduits à tous les expédients. Le docteur Ayers, qui dirige les soins dans l'aile Walpole, a proposé ce matin aux infirmières-chefs de procéder elles-mêmes à des interventions. Plusieurs ont refusé. J'ai accepté. Je sais le faire.

Cet après-midi, j'ai décidé de venir dans Fournier Street. Le club est presque désert. J'ai feuilleté au hasard des coupures de journaux, rangées dans un dossier « Divers ».

J'y ai lu il y a quelques minutes un petit entrefilet, tiré du Star *daté du 15 novembre 1888 : c'est le premier article de presse venu des archives de la Filebox Society qui m'ait fait rire. Mr Buir et Max Dobbler se montraient des dessins – sans doute grivois – à la grande table en conspirant à mi-voix comme des contrebandiers. Ils levèrent la tête quand ils m'entendirent m'esclaffer. Je ne sais pas si l'humour du journaliste du* Star *était si exceptionnel que ça, mais je crois qu'il m'a fait du bien. Voici un extrait de cet article, que je recopie dans mon carnet :*

« Whitechapel

« Toutes ces sornettes lancent la police sur de fausses pistes.

« [...] Une autre histoire apparaît désormais totalement discréditée, c'est celle rapportée par le nommé Hutchinson, qui a raconté que, vendredi matin, il a vu Kelly avec un homme. Celui-ci, brun, d'âge moyen, à l'aspect étranger, portait un chapeau de feutre mou, un long manteau noir garni d'astrakan, une cravate noire, avec une broche en fer à cheval, et des bottines à boutons. Il affichait une chaîne de montre en or massif, avec une pierre rouge.

« Mr Hutchinson peut-il nous dire également la couleur du caleçon de ce gentleman *et la forme de son nombril ? »*

Plus tard, ce même dimanche

Ainsi, Maria Harvey était venue ce soir-là pour m'emmener. Ce n'était pas un garçon, comme certains journaux l'avaient rapporté, qui pleurait parfois dans la chambre de Mary Kelly. C'était une petite fille. J'étais là en 1888, j'étais dans Miller's Court ce 9 novembre. J'étais chez Mrs Prater, juste au-dessus du numéro 13, à sept pieds au-dessus du lit de ma mère. Allongée sur une natte, tout près du sol. J'avais entendu ce qui s'y passait. Mrs Prater a plusieurs fois parlé des fissures dans le plancher, qui laissait passer la lumière de la chambre du dessous. Et si j'y avais jeté des regards, cette nuit-là, muette de terreur, incapable de parler, de pleurer, d'émettre le moindre son, pendant qu'on assassinait ma mère ?

Je ne me rappelle rien. Et si, même, j'avais tout vu, avant de tout oublier dans cette sorte d'oubli que les médecins militaires diagnostiquaient au front, en France, qui transformait des guerriers en épaves livides ? Ils appelaient cela la dissociation. Ces hommes restaient parfois plusieurs mois sans se souvenir de ce qu'ils faisaient là, traînant dans les baraquements ou les allées, sortes de morts vivants sans passé immédiat, ne se souvenant plus parfois ni de leurs familles, ni même de leur propre nom. Certains, malheureusement, finissaient par retrouver la mémoire. Ils revoyaient la scène : des camarades fauchés par les mitrailleuses, les corps déchiquetés par les obus, les spasmes d'une main amie qu'on serre encore tandis que la vie s'en va. Les yeux vides, les dents saillantes des démembrés. Alors ils hurlaient, dans les lumières jaunes des veilleuses, au plus profond de la nuit, dans les salles communes. Je les ai vus pleurer ; j'ai vu ces hommes hurler de peur, comme des enfants éjectés du cauchemar, qui cherchent un asile dans la nuit. Moi, il me semble que ma vie démarre dans un de ces fondus comme l'on en voit au cinéma et où tout prend forme lentement, semblant se cristalliser à mesure que s'ouvre l'iris. Comme à la sortie d'un sommeil profond, lorsque la vie revient. Et elle débute dans Tottenham Court Road, dans un univers familier, qu'il me semble avoir toujours connu.

Mais, non, je n'ai pas commencé ma vie d'enfant dans la boutique de Tottenham Court Road, à l'abri derrière un rideau qui me cachait du monde : j'étais dans Miller's Court.

J'étais là. Maintenant, je dois me souvenir. Je dois regarder à nouveau, voir qui était Jack, *voir qui est entré dans la chambre cette nuit du 9 novembre. Même si je dois hurler chaque nuit, jusqu'à la fin de mes jours, même si je dois trembler de terreur, et mourir avec un filet de bave au coin de ma bouche, les yeux ouverts sur l'abomination.*

Maintenant, je vais regarder.

Maintenant, il me faut retourner à Whitechapel.

Deuxième partie

RETOURS

« Ce que nous voyons maintenant,
est comme une image obscure dans un miroir. »

Première Épître aux Corinthiens

Carnets de Mrs Pritlowe

Lundi 10 novembre 1941, au soir

Ma mère aura passé les dernières heures de sa vie à arpenter les rues et les pubs de Spitalfields, entre Dorset Street, le Horn of Plenty dans Crispin Street, les Ten Bells juste au bas des marches de Christ Church et le Queen's Head au coin de Fashion Street. Elle aura marché dans la nuit de novembre, les jambes humides, les bas poissés de boue, les bottines engluées de toute l'ordure que la misère dépose dans ses quartiers. Elle a sans doute – c'est ce que disent la plupart des témoignages que je relis sans cesse – bu énormément, et chanté, aussi. J'essaie d'imaginer sa voix, les modulations et les vibrations qu'elle produisait lorsqu'elle chantonnait cette chanson, A Violet From Mother's Grave, *dont presque tous se souviennent et qui marque, comme un fanal, la dernière nuit de Mary Jane Kelly.*

Elle a, dit-on, quitté Miller's Court peu après le départ de Barnett. Elle a été vue au Britannia, aux Ten Bells, et on l'a vue revenant au court *avec un client à chapeau rond, peu avant minuit. Elle a joué à cache-cache, au fond. Entrant et sortant de sa chambre glacée. Elle est ressortie boire. Elle a croisé des gens qui la connaissaient. Et puis elle a été plus loin que l'angle de Dorset Street. Elle a descendu Commercial Street. Elle a croisé un homme. Elle l'a ramené chez elle, lui aussi. Il était presque trois heures du matin, ce 9 novembre 1888. Il lui restait moins d'une heure à vivre. Elle chantait encore.*

«… while life does remain, in memoriam I'll retain
This small violet I pluck'd from mother's grave. »

26 Dorset Street, entrée de Miller's Court
9 novembre 1888, une heure sept du matin

Liz Prater regardait la pluie transformer Dorset Street en une sorte de paysage instable, dans lequel la vapeur d'eau et les bourrasques charriant des myriades de gouttes d'eau rendaient tout opaque et déformé. La nuit devenait glaciale. Sur sa gauche, les boules jaunes du Britannia jetaient une clarté maladive sur le carrefour et elle voyait des ombres fuyantes glisser dans Commercial Street. En face d'elle, chez Crossingham, des ouvriers entraient et sortaient, par vagues. Certains retournaient se coucher après avoir remisé leurs bêtes ou leur chariot de livreur ; d'autres s'en allaient, pour des besognes nocturnes dans Spitalfields. La pluie ne permettait pas de voir les traits de leurs visages, mais Liz Prater connaissait parfaitement les rides et les cernes que la vie rude et malsaine de l'East End y avait gravées. Son homme William Prater, lui-même, possédait ces marques-là. Il avait passé les vingt dernières années de la vie qu'elle lui connaissait à coudre avec un fil ciré et un poinçon dans des croûtes de cuir épaisses comme la moitié d'un doigt, à passer et repasser l'aiguille courbée dans les mêmes avant-trous, sous la mauvaise lumière des veilleuses. Il fabriquait tout ce qu'on utilisait dans l'East End. Des harnais, des sangles à bétail, des tabliers de forgeron en cuir durci, des bottes de docker et de roulier. Cinq ans qu'elle ne l'avait plus vu. Il était parti, pour chercher de l'ouvrage ailleurs, vers Richmond ou plus loin encore. Liz Prater savait qu'il y avait aussi une fille là-dessous. Elle avait surpris des conversations au Queen's Head, où Prater avait ses habitudes du temps où ils habitaient ensemble dans Whitechapel. Une fille qui faisait des ménages du côté de Beckenham, et avec laquelle il se serait mis. Rien n'allait plus entre eux depuis des années. Elle était tombée de palier en palier jusqu'à cette minable chambre de Miller's Court, avec le toit percé et l'humidité qui imbibait les murs. Alors, comme plusieurs fois par semaine, elle était descendue guetter au coin de Dorset Street. Elle avouait aux autres qu'elle venait voir si jamais elle ne voyait pas son homme Prater s'en revenir. Liz Prater connaissait le regard ironique qu'elle recevait en retour. Elle-même savait que jamais son homme ne repasserait plus par là. Pas pour venir la rechercher en tout cas. Peut-être même qu'il était mort et enterré, pour ce qu'elle en savait. Peut-être que sa poissarde de Beckenham l'avait elle-même replié dans sa caisse en bois avant de l'envoyer chez le croque-mort. Cinq ans, et pas la moindre nouvelle. Elle regarda encore dans la rue gorgée d'eau, essayant de deviner ce qui se bougeait derrière le rideau de brume qui l'entourait. Des braillards du fleuve, des voyous de Rotherhithe ou de Wapping, en casquettes huilées, passèrent en grappe devant l'entrée du *court*, sans même un regard. Deux filles des Ten Bells tentèrent de les agripper au passage et reçurent en retour de grandes gerbes d'eau que les ivrognes firent fuser des flaques, à grands coups de godillots.

Liz Prater suivit la course sinueuse des canailles qui filaient vers Crispin Street. Elle remarqua la lumière qui suintait de la boutique de McCarthy. Elle s'approcha, en se disant que cinq minutes au sec lui ferait une meilleure pause que sa chambre glacée. Elle allait s'y engouffrer quand elle entendit marcher à travers la pluie. Liz Prater vit Maria Harvey arriver avec une minuscule petite fille, toutes les deux dégoulinantes de pluie. Elle reconnut la petite de Mary Kelly.

— Ben en v'là des heures pour s'prendre la pluie... Rentre-toi donc à l'abri.

Maria Harvey et l'enfant se collèrent sous l'arche de Miller's Court.

— Est-ce qu'Mary Jane est rentrée ? demanda Maria Harvey en regardant dans le corridor assombri.

— J'l'a pas vu depuis tantôt, j'crois bien, répondit Elizabeth Prater. Pis y a pas d'lumière chez elle...

Maria Harvey fit quatre pas dans le couloir et toqua au numéro 13. Elle revint aussitôt.

— Chierie d'chierie... Nom de Dieu où qu'elle traîne ? J'va pas garder c'te gamine dans l'froid toute la nuit... J'va la coucher dans New Court, et pis si Mary Jane s'en r'vient...

— J'va la garder là-haut avec moi, coupa Mrs Prater. Si j'l'entends s'en retourner, j'l'appelera pour y dire que sa petite est en haut...

— D'accord, Liz... J'va quand même attendre cinq minutes des fois qu'elle s'en retourne...

Maria Harvey s'installa sous le porche de Miller's Court, laissant juste son museau pointer dans Dorset Street, regardant du côté du Britannia, dont les lumières semblaient de moins en moins vives. Liz Prater fit un pas dans la boutique. Maria Harvey l'entendit causer avec McCarthy. Plus personne ne venait dans Dorset Street. Au bout de quelques minutes, la vieille Mrs Prater réapparut avec l'enfant. La lumière de l'échoppe tombait sur leurs visages et Maria Harvey vit que la petite dormait quasi debout, marchant d'un pas somnambulique en tenant la main de Mrs Prater.

Celle-ci lui fit un vague salut de la tête et elles disparurent dans l'obscurité de Miller's Court.

Lundi 12 novembre 1888, seize heures cinquante-cinq. Jury d'enquête relatif à la mort de Mary Jeanette Kelly, Shoreditch

Liz Prater n'arrivait pas à arrêter ses larmes. Depuis des heures, on parlait de Mary Kelly. On avait débattu du moindre de ses gestes, de ses allées et venues, de sa vie la plus intime. Mis à part Maria Harvey, tous semblaient parler de Mary Jane comme d'une chose morte. Même pas d'une personne disparue, non : il lui semblait qu'on évoquait, dans cet immense bâtiment de marbre et de stuc, qui lui faisait penser à une banque monstrueuse au plafond de cathédrale, un bagage égaré dont il fallait reconstituer l'itinéraire. Un objet totalement dépourvu de personnalité et dénué d'émotion : voilà ce qu'était devenue, en moins de trois jours, la gentille jeune femme dont elle était la voisine depuis huit mois. Pour tous ces gens – à part, encore une fois, pour Maria Harvey, dont Mrs Prater connaissait la constance et l'affection à l'égard de la victime –, la séance terminée, il ne resterait rien de Mary Jane Kelly. Elle aurait rejoint l'immense bataillon des morts, et la trace à peine lisible qu'elle avait imprimée dans le court instant de sa vie s'effacerait comme les souillures que l'on nettoie à grande eau sur le bord d'un trottoir. Pourtant, elle, Elizabeth Prater, savait que Mary Kelly survivrait au verdict, quel qu'il soit, qu'allait rendre bientôt ce docteur McDonald qui semblait tout toiser du haut de son estrade. Elle savait. Elle revit l'enfant qu'elle avait gardée plusieurs fois dans sa sinistre chambre au-dessus de celle de sa mère. Elle revit ses joues arrondies malgré les pauvres repas, et ses rires aussi, quand Maria Harvey et Mary Kelly la faisaient sauter sur leurs genoux, ou la lançaient, tel un balancier, dans l'air entre elles deux, en marchant dans Commercial Street.

Elle voyait ses yeux perdus de petite fille terrorisée, quand Maria Harvey était venue la réveiller en compagnie d'un policier le terrible vendredi. La petite était assise sur le plancher. Elle était livide et avait fait sous elle. Elle avait mordu dans la chair de son pouce si profond que du sang avait coulé sur sa chemise et que ses lèvres ressemblaient à celles d'un clown. Maria Harvey lui avait annoncé en sanglots que Mary Kelly était morte. Elle n'arrivait toujours pas à mettre une réalité sur ces mots : Mary Kelly était morte ! Elle habitait juste au-dessous de sa propre chambre. Et elle allait devoir retourner dormir là-bas. Trois nuits déjà elle s'était allongée sur son lit, en guettant les sons de la chambre d'en bas. Le silence de Miller's Court était un véritable supplice. Trois nuits à imaginer la porte du bas s'ouvrir ; à imaginer le pas de Mary Kelly. Elle n'avait dormi que par bribes, et chaque soir il allait lui falloir retourner dans cette chambre, à *écouter la nuit*.

Le coroner répéta :

— Mrs Prater ! Est-ce que le témoin Elizabeth Prater est là ?

L'affreuse fille Cox lui cogna les côtes avec son coude.

— Hé, c't'à toi qu'y cause ! Vas-y donc, l'empotée !

Liz Prater se leva péniblement. Elle se présenta devant le coroner, qui fronça les sourcils, d'un air réprobateur.

— J'suis Liz Prater, de Miller's Court, Vot' Excellence…

— Mrs Prater… Vous logez seule, au 26, Dorset Street ?

— Oui, j'suis mariée, mais mon homme, il a mis les bouts d'puis un moment. J'vis seule. Prater, il était mécanicien en cordonnerie. Mais il m'a abandonnée…

— Vous habitez la chambre numéro 20, chez Mr McCarthy…

— Oui, m'sieur. J'habite dans la chambre numéro 20, dans Miller's Court. C'est celle qui est juste au-dessus du studio de Miss Kelly… Mary Kelly, elle habitait juste au-dessous…

— Pouvez-vous nous décrire votre journée de jeudi dernier ?

— J'ai quitté ma chambre jeudi à cinq heures de l'après-midi, et j'suis rentrée vers une heure du matin, le vendredi.

— À ce moment-là, vous avez vu du monde dans Miller's Court ?

— Quand j'suis rentrée, j'suis restée un moment au coin, à l'entrée de Miller's Court, dans Dorset Street.

— Pour quelle raison ?

— J'sais pas. J'me disais que peut-être Prater, mon

mari, il allait rev'nir ce soir… J'avais comme une sensation…

— Avez-vous vu quelqu'un, Mrs Prater ?

— Personne… J'ai vu personne. Personne m'a parlé. Enfin, la boutique de McCarthy était encore ouverte, alors j'y ai causé un moment et puis après je suis rentrée à ma chambre. J'me suis dit : « Tiens, en v'là un autre qu'attend quelqu'un l'soir tombé… » Enfin, j'me suis rentrée.

— Avez-vous vu de la lumière chez Mary Kelly ?

— J'aurais dû voir un peu de lumière en grimpant les marches s'il y en avait eu dans la chambre de la victime à ce moment-là. J'en ai pas vu.

— Du bruit ? Des chansons ?

— La cloison entre sa chambre et la cage d'escalier est si mince que j'aurais entendu Mary Kelly marcher ou parler dans la chambre si elle avait été là. Pour moi, il n'y avait personne dans le numéro 13…

— On vous demande, Mrs Prater, ce que vous avez vu ou entendu. Pas ce que vous pensez !

— J'pense que j'ai rien vu, pis rien entendu, Vot' Excellence…

— Vous êtes montée dormir ?

— J'suis allée au lit ; il était quelque chose comme une heure et demie et j'ai barricadé la porte avec des meubles. Je me suis endormie tout de suite et j'ai dormi profondément.

— Avec ce qu'elle s'envoie dans le cruchon, on dormirait un siècle ! grinça une voix dans la salle.

Le voyou avait dû revenir et s'installer au milieu du public. Plusieurs personnes dans le hall éclatèrent de rire.

— Messieurs, faites cesser ce désordre ! rugit le docteur McDonald. Faites-moi sortir cette canaille !

On vit un échalas aux cheveux de paille glisser entre deux policiers vers l'arrière-salle. Le coroner reprit :

— Mrs Prater : vous dites que vous dormiez. Mais quelque chose vous a réveillée…

— Oui, m'sieur. Mon chat m'a réveillée vers trois heures et demie, quatre heures moins le quart. Il n'arrêtait pas de m'agripper et de se r'tourner. Je m'suis à moitié réveillée, et c'est là qu'j'ai entendu un cri étouffé : « Au meurtre ! », de c'que j'appellerais une voix éteinte. Ça avait l'air de venir du *court*.

— Vous entendez souvent crier « Au meurtre ! » ?

— Ça n'a rien d'inhabituel dans notre rue. J'ai pas particulièrement fait attention.

— L'avez-vous entendu une deuxième fois ?

— Non.

— Avez-vous entendu si on déplaçait des tables ou des chaises, dans le numéro 13 ?

— Pas le moindre bruit. Je m'suis rendormie, et je m'suis levée à cinq heures. J'ai descendu les escaliers ; j'ai vu des gars qui attelaient des chevaux. À six heures moins le quart, j'étais aux Ten Bells. J'ai bu un bon verre de rhum pour me remettre de ma nuit…

— Selon vous, est-il possible que le témoin, Mary Ann Cox, soit passé dans l'entrée de Dorset Street entre une heure et une heure et demie sans que vous vous en aperceviez ?

— Oui, c'est possible.

— Avez-vous remarqué des inconnus le matin aux Ten Bells ?

— Non. J'suis pas restée. J'suis vite retournée me coucher et j'ai dormi jusqu'à onze heures.

On entendit quelques rires fuser à nouveau dans les rangs du public.

— Vous n'avez pas entendu chanter, là, au-dessous ?

— Pas la moindre chanson, sir. J'aurais entendu comme dans ma propre chambre si elle avait chanté : tout était parfaitement calme à une heure et demie.

Carnets de Mrs Pritlowe

Lundi 10 novembre 1941, dans la nuit

Je lis et relis les dépositions de Shoreditch. Celles de Miss Harvey et de Mrs Prater me hantent.

Mon Dieu, et si ce qu'elle avait pris pour un chat remuant à ses côtés, c'était l'appel à l'aide d'une petite fille qui rampait vers elle pour demander du secours ? Et si c'était moi qui avais essayé de réveiller la vieille Mrs Prater, pleine des rêves du rhum, parce que je venais de comprendre, confusément, que quelqu'un à quelques mètres était en train de faire du mal à ma mère ?

Et pourquoi avait-elle menti, en éludant ma présence ? Pour se protéger ? Ou pour protéger mon existence même ? Parce qu'elle savait que ce qui avait tué dans Miller's Court pouvait encore frapper ?

Lundi 12 novembre 1888,
sept heures quarante du matin.
Morgue de Shoreditch, église Saint Leonard.

Ils avançaient en file indienne, comme des écoliers menés par leur maître. Autour d'eux, les pelouses détrempées s'étaient changées en cloaques. L'allée elle-même, recouverte de gravillons rougeâtres, se dérobait sous leurs pas. Le jour n'était pas tout à fait levé et, parfois, l'un ou l'autre soulier plongeait dans une ornière emplie d'eau noire.

Le guide, qui n'était pas maître d'école, mais *deputy* et coroner, portait une barbe taillée en carré ; un *ulster* de coton huilé le protégeait des bourrasques. Il avançait d'un pas cadencé, comme le font les militaires. Roderick McDonald connaissait son affaire, mais il ne souhaitait pas y perdre sa matinée. Derrière lui, des femmes et des hommes, en habits gris ou noirs, se dandinaient en évitant les flaques.

L'équipage s'approchait d'un bâtiment en briques jaunes tavelées d'humidité. Les murs en étaient percés de fines meurtrières et une lourde porte de chêne gris en défendait l'entrée.

Sur un ordre du coroner, un homme engoncé dans un vague uniforme officiel agita un trousseau de clés et fit jouer la serrure.

Les témoins entrèrent, à la suite les uns des autres, dans une simple pièce baignée d'un jour grisâtre, qui composait tout l'intérieur. McDonald s'y engouffra le premier, suivi des femmes. Maria Harvey se glissa dans le bâtiment de la morgue, blême, mais sans hésiter. Puis les voisines de Miller's Court, en une sorte de grappe dégoulinante de pluie. Mrs Cox, Mrs Prater, Miss Vanturney, Miss Lewis. Mrs Maxewell apparut à son tour, la main pressée sur la bouche, les yeux exorbités. Enfin les hommes. Joe Barnett, l'air absent. Thomas Bowyer et John McCarthy, rigides comme des statues. Enfin, les *gentlemen* du jury, à qui, tout à l'heure, Mr McDonald allait demander de rendre un verdict.

La pièce sembla soudain minuscule. Tout le monde s'était regroupé le long des murs, regardant les tuiles à nue suinter et ruisseler en gouttière aux angles du bâtiment. Seuls Maria Harvey et Joe Barnett regardaient fixement la forme allongée sous un drap de lin grège, sur une lourde table de granit inclinée, creusée d'une large rigole. Du côté le plus bas de la pente que formait la table, deux pieds nus dépassaient du drap.

Les lèvres de Joe Barnett tremblaient tellement qu'on eût dit un mulot rongeant quelque racine. Maria Harvey fixait ses yeux sur la table, les bras pendant le long de ses flancs, et ses poings étaient blancs tellement elle les serrait.

— Nous allons maintenant découvrir ce corps, lança

le coroner McDonald. Nous enquêtons sur le crime de Dorset Street et je vais demander à chacun d'entre vous de dire, en toute liberté et en toute vérité, s'il connaît ou reconnaît la femme décédée qui est ici présente…

L'homme à l'uniforme s'approcha de la table et saisit un des coins du drap grège.

Carnets de Mrs Pritlowe

Mardi 11 novembre 1941

J'ai pris une décision, aujourd'hui, quelques heures avant de me rendre à la réunion de Fournier Street. Je vais m'ouvrir un peu plus que je ne l'ai fait jusqu'alors à Mr Buir. Le pharmacien me plaît, malgré ses airs supérieurs et sa manie de me parler de haut, marquant à chaque instant son sentiment sur les capacités d'une femme à comprendre quelque chose à une affaire comme celle-ci. Cet homme est doux et bon. Je lui parlerai ce soir.

Les Allemands ont décidé de nous mettre en pièces. Leurs avions ont versé des milliers de bombes sur les quartiers du fleuve, juste au sud du London Hospital. On raconte qu'il ne reste rien des West India Docks et de plusieurs rues de Poplar. Le jour ne s'est pas levé, ce matin, tellement la fumée noircissait le ciel au-dessus de nous.

5 – « Oh, murder ! »

Miller's Court, chambre numéro 13.
9 novembre 1888, deux heures cinquante et une du matin

Elle l'a fait entrer. Elle s'est esquivée en poussant la porte qu'elle avait déverrouillée en passant l'avant-bras dans l'encadrement brisé d'un carreau. Puis elle est entrée à son tour. Elle a allumé une demi-bougie plantée dans une bouteille de *ginger ale* sur la table près du lit. Elle a posé son chapeau garni d'une frise de velours cramoisi sur l'autre table, qui calait le battant de la porte. *Il* attendait, comme poliment, au milieu de la pièce, les deux mains croisées sur le ventre. Elle continuait de fredonner :

« Father and Mother, they have pass'd away ;
Sister and brother, now lay beneath the clay,
But while life does remain to cheer me,
I'll retain
This small violet I pluck'd from mother's grave. »

Elle riait aussi. L'homme au manteau noir a posé à son tour le paquet qu'il tenait sous son bras, enveloppé dans quelques feuilles de l'*East London Advertiser*, poissé de sauce brune à l'odeur de poisson.

L'homme reprit avec elle la fin du refrain. Sa voix grave accompagnait la sienne, à la manière d'un écho.

« I'll retain
This small violet I pluck'd from mother's grave. »

Il eut une sorte de rire de gorge. Elle rit à nouveau, plus fort que lui, en penchant sa tête de côté.

C'est à cet instant qu'elle a vu qu'il y avait déjà quelqu'un dans la chambre. Un autre homme se tenait debout dans l'ombre, au fond, entre le mur qui donnait sur le *court* et la cheminée. Il ne bougeait pas. L'homme qui venait de lui offrir son foulard murmura, d'un ton enjoué :

— Oh, oui. Voici un ami qui souhaite me montrer aussi des choses intéressantes. Pas les mêmes que celles que vous me proposez, mais… passionnantes dans leur genre.

Mary Kelly a ri encore. Elle ne distinguait qu'une silhouette dans l'ombre. Mais cette silhouette lui disait vaguement quelque chose. Une corpulence, une stature qu'elle avait déjà croisées dans Spitalfields. Elle dit :

— Et comment s'appelle votre… ami ?

L'homme ne répondit pas. Celui qui était entré avec elle émit à nouveau son curieux rire de gorge.

— Oh, c'est quelqu'un de fameux ! Quelqu'un de fameux, croyez-moi. Vous avez la chance ce soir, chère enfant, de recevoir deux gloires de Londres… Nous sommes – *comme qui dirait* (l'homme gloussa en prononçant ces mots) – des hommes qui laisseront leurs traces !

Celui qui ne parlait pas n'écoutait pas non plus

parler les autres. Il n'écoutait pas l'homme qui lui avait offert une issue, cet automne dans Mitre Square. Il n'écoutait pas la fille. Il écoutait la nuit. Il repensa à Mitre Square, et à l'acoustique bizarre quand il avait… quand l'autre femme… Il connaissait bien l'endroit, pourtant. C'était une nouvelle fois la même chose. Les bruits avaient une résonance inhabituelle, ces nuits-là. On eût dit que le son se condensait, en quelque chose de matériel. Qu'il aurait pu toucher, modeler, peut-être. Au loin, Christ Church sonnait, mais il n'entendait plus. Il connaissait le carillon de Spitalfields. Il pensait aux putains. Elles allaient voir. Celle-ci, elle allait voir, comme les autres.

Mary Jane Kelly essayait de dévisager dans l'ombre l'homme immobile, appuyé au mur. La clarté de la bougie n'allait pas jusqu'à lui. Quant à l'autre, il restait planté au milieu de la chambre, comme soudainement pris de léthargie. Elle s'est assise sur le bord du lit et, riant toujours, elle a commencé à dénouer les lacets de ses bottines. Elle avait déjà fait entrer plus d'un homme à la fois dans sa chambre. Elle se souvint de voyageurs de commerce, venus de Glasgow pour passer du bon temps, qui avaient payé plus de quatre fois le prix pour profiter d'elle ensemble. Elle n'avait pas peur. En général, elle n'avait pas peur des hommes. Mais, cette nuit, il y avait une sorte de silence, une torpeur qui enveloppait les lieux, si forte, qu'elle se mit à trembler. La chambre était glacée, et humide comme un cachot.

Elle acheva de se dévêtir. Dans Miller's Court, on entendait des chats miauler. Un enfant se mit à pleurer, comme subitement tiré du sommeil. Autour d'elle, le vieil immeuble craquait comme les bois après la pluie.

Miller's Court, chambre numéro 13.
9 novembre 1888, trois heures vingt-six du matin

Mary Kelly se mit à chanter l'air qu'elle n'avait cessé de fredonner tout au long de la soirée.

« But now all is silent around the good old home ;
They all have left me in sorrow here to roam,
But while life does remain, in memoriam
I'll retain
This small violet I pluck'd from mother's grave. »

Elle posa sa paire de bottes près de la cheminée, où aucun feu ne brûlait. En se penchant, elle voulut regarder le visage de l'homme qui se tenait là, à moins d'un yard, collé toujours contre le mur, à la manière d'un monstrueux insecte noir. Mais quelque chose la retint. Une épouvante immense, venue soudain du plus profond de sa chair. *C'est la mort qui est là, cet homme, c'est le néant, c'est la mort, c'est la fin de toutes choses. Il est venu pour moi, cette fois.* Elle eut l'énergie de se reculer, sans lever la tête. De regagner la dérisoire protection de son lit, aux barreaux de bois tourné. *Si je ne le regarde pas, si je ne le vois pas, peut-être, alors, je vivrai... Et l'autre, pourquoi l'ai-je fait entrer* ?

Elle lui avait promis un asile de douceur, elle l'avait emmené jusqu'à sa chambre. Elle avait refermé le piège derrière elle.

Mary Kelly essaya de penser à autre chose que sa chambre, avec ses visiteurs menaçants. Elle écouta les bruits de Spitalfields. Au loin, des chevaux des abattoirs passaient en cortège. Elle eut une empathie violente pour ces bêtes, qui, comme elle – elle en était sûre à présent –, allaient mourir avant le jour.

Elle pensa à ces promenades avec son amie, Maria Harvey, dans Tavistock Square, et aux sottises qu'elles avaient en tête, alors qu'elles déambulaient dans les allées, sous les frondaisons des grands arbres. Elle aurait pu rester là-bas, ne jamais revenir dans l'East End, vivre la vie d'une de ces femmes dont les années passent dans la paresse d'une flânerie, à Tavistock Square. *Folle*, pensa-t-elle, *folle que tu es... La vie est là-bas, dans Tottenham Court Road. Là-bas il y a un homme qui t'attend, il y a Amy, il y a... la vie*. Elle leva les yeux. L'homme qui l'avait abordée – il lui sembla que c'était des heures auparavant – à l'entrée de Thrawl Street restait plongé dans son état de stupeur. L'autre, au fond, s'était un tout petit peu déplacé sur sa gauche, touchant presque le manteau de la cheminée. Un silence énorme pesait sur Miller's Court. Mary Jane Kelly entendit les battements de son cœur résonner dans la chambre.

— Et maintenant, au lit…, murmura l'homme en manteau noir qui semblait toujours rêver au centre de la pièce.

Lundi 12 novembre 1888, dix-sept heures vingt-cinq. Jury d'enquête relatif à la mort de Mary Jeanette Kelly, Shoreditch

La femme s'approcha, en oscillant sur ses jambes, méfiante. Elle avait des yeux noirs, très enfoncés, un visage en lame de couteau, avec un menton pointu. Ses cheveux frisés lui donnaient l'air d'une Espagnole, ou d'une Turque. Ou encore l'air d'une parfaite « bohémienne », comme celle que l'on voit danser dans les opérettes, autour d'un feu de camp factice, à l'ombre d'une roulotte. Elle avait un air méchant et sournois. Le coroner n'y prit pas garde et commença sa série de questions :

— Mrs Cox ?

— C'est moi. J'suis Mary Ann Cox, de Miller's Court.

— Vous habitez à quel numéro dans le *court* ?

— J'suis voisine de la décédée. J'habite au numéro 5, dans Miller's Court. C'est la dernière maison au fond du *court*, à gauche.

— Quelle est votre profession, Mrs Cox ?

— J'suis sans profession. J'suis veuve, j'gagne ma vie dans la rue… C'est comme ça, d'nos jours !

— Vous connaissiez la victime ?

— J'connais la victime depuis huit ou neuf mois : elle occupe la chambre numéro 13. On l'appelait Mary Jane.

— Quand l'avez-vous vue pour la dernière fois ?

— C'matin même, quand qu'vous-même vous nous avez fait visiter la morgue de l'église Saint Leonard !

— Mrs Cox : quand avez-vous vu Mary Kelly vivante ?

— J'l'ai vue vivante pour la dernière fois jeudi soir, vers minuit moins le quart.

— Comment était-elle ?

— Elle était *très* ivre…

— Où était-ce ?

— Dans Dorset Street. Elle rentrait dans le *court*, quelques pas devant moi.

— Il y avait quelqu'un avec elle ?

— Ouais, m'sieur. Un type trapu, un costaud. Habillé comme une taupe, miteux, quoi… Avec un manteau qui traînait, vraiment miteux. Le gars portait une cruche de bière.

— De quelle couleur était ce manteau ?

— Sombre.

— Il avait un chapeau ?

— Ouais, m'sieur : un chapeau *billicock*, tout rond…

— Cheveux courts ou longs ?

— J'ai pas remarqué ça. Il avait une gueule toute pleine de taches et une sacrée moustache de rouquin.

— Menton rasé ?

— Ouais. J'ai tout bien vu. Y a une lampe juste en face de sa porte.

— Vous les avez positivement vus entrer dans sa chambre ?

— *Positivement*, ça oui, m'sieur ! Et pas qu'un peu. J'y ai dit « Bonne nuit, Mary », et elle s'est retournée et a claqué la porte.

— À part le cruchon, l'homme avait d'autres choses dans les mains ?

— Non, m'sieur.

— Est-ce qu'elle vous a répondu quelque chose ?

— Elle a dit : « Bonne nuit. Je vais en chanter une petite. » Et, quand j'suis rentrée, elle chantait *A Violet From Mother's Grave*. J'suis restée un quart d'heure dans ma chambre, et j'suis ressortie. La décédée chantait toujours à une heure quand j'suis revenue la deuxième fois.

— La deuxième fois ?

— J'suis juste restée une minute pour me réchauffer, vu qu'il pleuvait des cordes, et j'suis repartie. Elle chantait, à ce moment-là. J'suis rentrée à trois heures. Y avait plus de lumière chez elle, et plus un bruit.

— Vous êtes allée dormir ?

— Non, m'sieur : j'étais pas bien. J'me suis même pas déshabillée.

— Avez-vous entendu l'un ou l'autre bruit dans Miller's Court ?

— Si y avait eu du bruit dans le *court*, j'l'aurais entendu. J'ai rien entendu. J'ai pas entendu de bruit, personne crier « Au meurtre ! », rien. J'ai entendu sortir des gars qui partaient pour aller travailler au marché. *Positivement*, m'sieur…

— Combien de personnes du *court* travaillent au marché de Spitalfields ?

— Juste une seule… À six heures et quart, j'ai

entendu quelqu'un passer dans le *court*. C'était trop tard pour quelqu'un du marché.

— Ce « quelqu'un », il sortait de quel numéro ?

— J'sais pas.

— Vous avez entendu une porte claquer derrière lui ?

— Non.

— Alors c'est quelqu'un qui a juste fait un aller-retour dans Miller's Court ?

— Ouais.

— Ça pouvait être un policier qui faisait une ronde ?

— Pt'être bien. Ça pouvait être un policier…

— Revenons-en au gars costaud : il avait quel âge, selon vous ?

— Dans les trente-six ans.

— Vous avez noté la couleur de ses pantalons ?

— Il était tout en noir.

— Noir ?

— Noir. Tout sombre.

— Est-ce que ses bottes résonnaient, comme s'il portait des talons ferrés ?

— Il a pas fait de bruit en passant dans le *court*.

— Pas de talons ferrés, alors ?

— Il a pas fait d'bruit. S'il avait des talons ferrés, c'est qu'il marchait sur ses mains…

La salle, qui se contenait depuis un moment, explosa. Le gavroche aux cheveux d'épouvantail s'était de nouveau infiltré dans la salle du jury. Il hurla :

— C'est l'gars du Monkey Show de Mile End Road, l'gars avec des pattes de singe ! Y s'est sauvé par les toits !

La salle redoubla de rires et de gloussements.

Le coroner gronda des menaces. Les agents de police firent du bruit contre la porte pour obtenir du calme.

— Mrs Cox, je vous incite à répondre convenablement aux questions qui vous seront posées !

— M'sieur, j'y répondra !

— Quels habits portait Mary Jane ?

— Elle avait pas d'chapeau. Juste une pèlerine rouge et une jupe minable.

— Vous dites qu'elle avait bu ?

— J'avais pas remarqué qu'elle était torchée, mais quand elle a dit « Bonne nuit », là, j'ai compris. Y d'vait y avoir du jus d'genièvre qui sortait d'elle par…

— Suffit ! Y a-t-il des questions du jury ?

Un petit homme à l'allure de courtier de la City, avec un gilet en soie et des grosses rouflaquettes, se pencha :

— Il y avait de la lumière chez elle quand vous êtes ressortie la première fois ?

— Oui, y en avait. Mais j'ai rien vu, y avait un rideau devant la fenêtre. Mais j'reconnaîtrais le gars, si j'devais le recroiser.

Le docteur McDonald reprit la parole :

— Vous n'avez donc pas entendu ce cri : « Au meurtre ! », dont parlent d'autres témoins ?

— Je suis certaine que, s'il y avait eu quelqu'un qui criait « Au meurtre ! » dans Miller's Court, je l'aurais entendu. Il n'y a pas eu le moindre bruit : j'vous dis, j'ai vu cette fille ivre morte bien souvent…

Miller's Court, chambre n° 13
9 novembre 1888, trois heures vingt-huit du matin

L'homme dans l'ombre s'était mis en mouvement à la manière d'un ressort qui se relâche. Comme un vin pétillant enfermé dans le verre épais et soudain libéré, il se sentait d'une légèreté formidable. Cette fois, tout était prêt. Tout était comme il le voulait. Dans un instant, il allait bondir vers le lit, et la fille. Il suspendit encore un peu son élan. Son esprit semblait flotter dans un temps immobile. Il pensa à ce Sickert, à l'homme de Mitre Square. Oui, il avait eu raison de lui faire confiance. Sickert lui avait ouvert les yeux. Il perdait son temps avec les hasards de la rue, ces rencontres improbables, dans Berner Street ou tout au fond de Buck's Row. Il avait gâché le plaisir : c'est ce que Sickert lui avait fait comprendre. Lentement, avec cette ironie discrète, qu'il n'aimait pas beaucoup, parce qu'elle n'était pas de son monde. Lui, il allait droit aux choses. Droit au but. Il savait ce qu'il voulait. Il savait comment y arriver. Sauf pour *ça*. Pour *ça*, il avait besoin de remettre de l'ordre dans sa méthode. L'autre lui avait expliqué comment il fallait améliorer le dispositif. Il comprenait bien qu'il voulait dire « augmenter le plaisir ».

L'idée, la grande idée, c'était l'endroit. Une chambre, où elle était seule. Il n'y avait plus qu'à l'attendre, et à l'accueillir. Il faudrait éclairer un peu tout ça. Il avait trop regretté pour les autres, d'avoir opéré dans l'ombre. Dans l'urgence et dans l'ombre. *Opérer !* Il avait envie de rire. Mais oui. Il opérait. L'autre lui avait expliqué ça aussi. Chacun a ses besoins, chacun ses rêves. Il n'y avait pas de raison d'en barrer l'accès. Lui-même, avait-il laissé entendre, en matière de rêves, il possédait les siens. Il allait sans doute les révéler ce soir. Il l'avait vu rabattre la fille dans Miller's Court. Il portait une mallette allongée sous le bras. Une belle mallette, recouverte de cuir vert, patiné, et renforcée aux angles par des coins de cuivre.

La mallette comme l'homme lui-même étaient des mystères. À Mitre Square, d'un geste, il aurait pu l'abattre. Il n'avait jamais fait ça à des hommes, mais pour se sauver, il l'aurait fait. Étrangement, il avait été fasciné par la voix de l'homme. Il avait eu confiance. Mieux, il se sentait en sûreté. Il avait eu la conviction – jamais ce sentiment ne l'avait autant effleuré depuis la fin de l'été – qu'il fallait partager son entreprise. Et que le moment était venu. C'était avec cet homme, dont il ne connaissait alors encore qu'imparfaitement le visage, qu'il fallait partager l'affaire. Puis tout avait coulé comme une évidence. L'homme avait donné son nom. Proposé des gages. Il devenait non pas un fâcheux, qui s'était glissé dans son monde par le biais d'une contingence, mais un complice, qui y avait toute sa place.

Ce soir, il allait le remercier. Il allait lui faire découvrir ce qu'il souhaitait voir. Et lui montrer vers quelle apothéose il pouvait encore aller. Le ressort lâcha. Il se lança vers le lit.

Lundi 12 novembre 1888, dix-huit heures vingt.

Jury d'enquête relatif à la mort de Mary Jeanette Kelly, Shoreditch

Le coroner McDonald venait d'exiger l'expulsion définitive du voyou qui perturbait régulièrement les dépositions de « ses » témoins. Il avait de nouveau faim. Il voulait aller vite, et ces incessantes interruptions burlesques le remplissaient de rage. Il acheva de compléter des notes éparses dans son registre et demanda au témoin suivant de déposer.

Julia Vanturney s'approcha, en traînant une jambe apparemment plus courte que l'autre ; on voyait qu'elle portait une grosse semelle de bois gris clouée sous son soulier pour équilibrer sa marche. Le bruit de clopinement résonna dans le hall.

— Mrs Vanturney, vous habitez dans Miller's Court ?

— Oui, m'sieur. J'réside au numéro 1, dans Miller's Court…

— Vous avez un travail, Mrs Vanturney ?

— J'suis femme de ménage, m'sieur.

— Mrs Vanturney, connaissiez-vous la victime ?

— J'connaissais la victime, et depuis un moment, m'sieur. J'dirais d'puis qu'elle s'est installée dans McCarthy's Rents… Pt'être même que j'l'avais d'jà vue avant dans Commercial Street… Et j'connais aussi Joe Barnett, l'gars qu'habitait chez elle.

— Joe Barnett, vous l'avez déjà vu se comporter de manière violente avec la victime ?

— J'dirais qu'j'ai l'impression qu'il n'aimait pas qu'elle traîne dans les rues, ça non. Mary Kelly, elle buvait pas mal. Elle racontait qu'elle en pinçait maintenant pour un autre gars, qui s'appelait Bob, ou John. J'l'ai jamais vu. J'crois bien qu'elle m'avait dit qu'il tenait un commerce de quatre-saisons, ou d'épicerie, du côté de Tottenham Court Road.

— Quand avez-vous vu la victime vivante pour la dernière fois ?

— Jeudi matin, vers dix heures.

— Et jeudi soir vous étiez encore présente dans le *court* ?

— Oui, m'sieur. J'ai dormi dans le *court* jeudi soir ; j'suis allée me coucher vers huit heures. J'ai pas fermé l'œil de la nuit.

— Avez-vous entendu des bruits dans le *court* ?

— Non. J'ai pas entendu tous ces cris de « Au meurtre ! », ces cris qu'ils disent tous avoir entendus c'te nuit-là… Et j'ai pas entendu non plus de chanson. Pourtant, j'vous dis : j'ai pas fermé l'œil de la nuit !

— Vous avez bien entendu la victime chanter ?

— Oui, disons que j'connaissais ses chansons. C'était surtout des trucs irlandais… Mais pas c'te nuit-là.

Miller's Court, chambre n° 13
9 novembre 1888 – trois heures trente et une du matin

Son rêve avait pris fin avec une accélération que rien ne laissait prévoir. L'homme qui attendait dans l'ombre se rapprochait du lit à la manière d'une machine mécanique, comme s'il était monté sur des roulettes monstrueuses actionnées par des bielles. Il soufflait d'ailleurs à présent aussi bruyamment qu'une machine à vapeur.

Il renversa Mary Kelly en arrière, comme on abat une quille.

On pouvait immédiatement sentir que ça n'allait pas rigoler, cette nuit.

Lundi 12 novembre 1888, dix-neuf heures.
Jury d'enquête relatif à la mort de Mary Jeanette Kelly, Shoreditch

Frederick Abberline regardait depuis dix heures ce matin les différents témoins se relayer devant l'imposant McDonald. Abberline n'aimait pas beaucoup ce coroner, qui non seulement prenait souvent de haut les citoyens amenés à déposer devant lui – et, par citoyens, Abberline entendait aussi les inspecteurs de la Metropolitan Police –, mais avait en plus une fâcheuse tendance à précipiter ses enquêtes. Abberline sentait, en estimant la cadence avec laquelle les témoignages se succédaient, que l'affaire serait bouclée dès ce soir. Il voyait se profiler un verdict passe-partout, le fameux « meurtre avec préméditation, commis par une ou plusieurs personnes inconnues » qui venait depuis la fin de l'été ponctuer chacune des enquêtes liées aux meurtres de celui que la presse avait définitivement paré du nom ridicule de Jack l'Éventreur. Ce nom absurde que les journaux avaient reproduit. Une signature ? Abberline pensait plutôt à un plaisantin.

Ou à un misogyne à l'esprit égaré, qui s'amusait à expédier ces lettres à l'encre rouge, pleines de figures puériles maladroitement dessinées, de têtes de mort, de coutelas. Jack l'Éventreur… Un plaisantin morbide. Ou un leurre. Possible aussi que toutes ces lettres envoyées aux quotidiens de Londres ne soient pas du même homme. Dans le style de certaines d'entre elles, il sentait passer le souffle froid du cynisme et du cabotinage. Enfin, Abberline devinait que plus les verdicts ressembleraient à celui qu'allait sans aucun doute rendre le docteur McDonald, plus le véritable meurtrier aurait d'aise pour se replier dans l'ombre et les fausses pistes.

De fait, les témoignages n'apportaient rien : pas de signalement distinctif, pas de suspect, pas de piste sérieuse. L'inspecteur de la division H comprenait bien que rien ne sortait de cet empilement de dépositions, souvent incohérentes, voire parfois contradictoires. Il en sentait aussi surgir, ici et là, des petits ressentiments, des jalousies, des mesquineries de voisinages ou des arriérés affectifs. Il connaissait tout cela. Il savait comme ces hostilités secrètes qui naissent à la surface des drames étaient des barrières à la vérité. Et le salopard qui avait tué toutes ces femmes en jouait. En tout cas, il en profitait. Il allait encore une fois s'esquiver sur la pointe des pieds, à la manière de ces valets de théâtre qui écoutent aux portes, avant de glisser silencieusement hors de la scène. Que savait-il de plus, au fond, lui-même, que ce que les témoins venaient de déclarer ? Presque rien. Il avait passé deux mois pleins dans Whitechapel, depuis l'assassinat de Polly Nichols, dans Buck's Row. Il avait fouillé le passé de la fille. Puis celui d'Annie Chapman, de Liz

Stride, de Kate Eddowes. Rien que de l'ordinaire. *Jack* aurait pu choisir trente ou même trois cents autres filles de Whitechapel, au profil absolument comparable.

Abberline avait entendu des dizaines de témoins, avait cru saisir dix ou quinze pistes, sérieuses au départ, et qui, toutes, absolument toutes, s'étaient transformées en impasses, voire en pantalonnades grotesques. La plus récente avait été l'attente ridicule de chiens limiers, spécialement dressés pour suivre les pistes « au sang », et qui n'étaient jamais arrivés jusqu'à la scène de crime. Le chef Warren en avait payé le prix fort, immédiatement, et sa démission elle-même avait été l'épilogue de cette dernière farce. Auparavant, il y avait eu ces arrestations « provisoires » – la presse s'était déchaînée sur ce « provisoire » – de cordonniers hongrois, de bouchers russes, de tailleurs juifs, de souteneurs gallois, de mythomanes et de bravaches qui avaient été, le temps d'un soupir, désignés comme « Jack l'Éventreur ». Il avait lui-même, Frederick Abberline, été obligé de venir s'excuser par deux fois de l'agressivité de ses hommes à l'égard de suspects malmenés dans Commercial Street par des policiers empressés de tenir leur homme.

Il sentait bien que quelque chose n'allait pas dans cette recherche d'une ombre, que les journaux attisaient avec leurs feuilletons sanguinolents aux scénarios de Grand-Guignol.

Il devinait que la silhouette qui avait semé la mort dans Whitechapel, Aldgate et Spitalfields, tout au long de cet automne infect, n'avait déjà plus tout à fait la même forme. Il soupçonnait que l'ombre chinoise s'était modifiée, en particulier depuis l'avant-veille, avec la fille de Miller's Court. On était passé à autre chose. L'autre avait déployé ses ailes, avait ouvert un nouveau chapitre. Oui, l'autre était passé à l'exécution de son chef-d'œuvre, comme un journal l'avait écrit, et Abberline sentait que, peut-être, il s'agissait désormais d'une œuvre plus collective que ne l'étaient les déambulations solitaires de Buck's Row ou d'Hanbury Street.

Le docteur McDonald se tourna vers lui et demanda :

— Peut-on vous entendre, inspecteur Abberline ?

— Dr McDonald, je suis à votre disposition…

— Vous êtes l'inspecteur Freddy Abberline, division H, Whitechapel ?

— Frederick Abberline, sir. Frederick George Abberline… Je suis inspecteur au Criminal Investigation Department de Scotland Yard… J'ai été chargé de cette affaire qu'on appelle « crimes de l'Éventreur »…

— Quand êtes-vous intervenu précisément sur cette dernière scène de crime ?

— Je suis arrivé à Miller's Court vers onze heures trente, le vendredi matin, avec le sergent Godley.

— Il y avait du monde sur place, inspecteur Abberline ?

— Le propriétaire Mr McCarthy et son employé, Mr Bowyer. Et l'inspecteur Beck. Pas de curieux, si c'est le sens de votre question, monsieur. J'ai pris la décision d'isoler Miller's Court immédiatement… Aucune sortie, aucune entrée à part les membres de la police et les officiels.

— Est-ce en réponse à l'un de vos ordres que la porte a été forcée ?

— Non. L'inspecteur Beck m'avait annoncé que les chiens policiers avaient été envoyés et qu'ils étaient en route. Le docteur Phillips ne tenait pas à ce qu'on force la porte, parce qu'il pensait que l'efficacité des chiens serait bien meilleure si les choses restaient en place. Nous avons attendu jusque vers treize heures trente, quand le superintendant Arnold est arrivé en disant que les chiens avaient été décommandés. Il a alors donné des ordres pour qu'on défonce la porte.

— Qui a défoncé la porte ?

— Le propriétaire, Mr McCarthy. Mais le docteur Bagster Phillips ne vous l'a-t-il pas déjà précisé ce matin ?

— Sans doute, inspecteur Abberline. Mais, voyez-vous, dans ce *hall*, c'est le coroner qui veille à poser les questions, et les témoins qui travaillent à y répondre…

— En effet, sir. Je confirme que la porte a été défoncée avec une pioche par Mr McCarthy…

— Qu'avez-vous découvert, alors, inspecteur Abberline ?

— Vous avez entendu les constatations médicales sur l'état de la chambre, sir ; je suis d'accord avec tout ce qui a été dit. J'ai très vite dressé un inventaire du contenu de la chambre. On remarquait les traces d'un feu important, qui a dû être longuement entretenu dans la grille du foyer.

— Qu'est-ce qui vous incite à croire que ce feu a été important ?

— Sir, ce feu a brûlé si fort qu'il a fait fondre le bec d'une bouilloire.

— Vous avez examiné les restes de ce feu ?

— Nous avons examiné les cendres dans la cheminée : elles contenaient des restes de vêtements, le bord d'un chapeau et une jupe. Il est clair qu'on avait brûlé là quantité de vêtements féminins.

— Pouvez-vous expliquer la raison pour laquelle on a pu brûler ces vêtements de femme ?

— Oui, docteur McDonald : je dirais que c'était pour fournir de la lumière et permettre à l'homme qui était là d'y voir clair… dans ce qu'il faisait. Il n'y avait qu'une minuscule bougie dans la pièce…

— Pensez-vous que le meurtrier connaissait l'endroit ?

— Je ne sais pas, sir…

— Et sur ces suppositions qu'il ait emporté la clé de cette chambre en quittant Miller's Court ?

— On a en effet raconté un peu partout que le meurtrier avait emporté la clé de la chambre en s'enfuyant. C'est faux. Barnett m'a expliqué que cette clé manquait depuis un bout de temps et que, pour entrer, ils avaient – je veux dire Mary Kelly ou lui – l'habitude de passer la main par le carreau cassé pour manœuvrer la clenche. D'autres témoins que j'ai rencontrés le vendredi m'ont confirmé ce détail. J'ai essayé de manœuvrer ainsi la serrure : rien de plus facile en effet…

— On dit que vous avez recueilli différents indices dans cette chambre ?

— C'est également tout à fait faux, sir. Il n'y avait rien d'incriminant et rien qui puisse constituer une piste sérieuse pour la police dans la chambre numéro 13.

— Pas d'objets particuliers ?

— Il y avait une pipe en terre dans la chambre. Barnett m'a dit que c'était la sienne. Je lui ai montré la pipe et il l'a reconnue.

— Y a-t-il d'autres choses que le jury devrait savoir ?

— Non, monsieur. Si cela devait être le cas, je vous les communiquerais.

Sur une inclinaison de la tête, Abberline reprit sa

place dans les rangs de la police. Il pensait à ces traces que Bagster Phillips lui avait indiquées.

Il avait fait des relevés, mais il n'avait pu établir aucune certitude. Le sang répandu sur le sol avait été piétiné dans tous les sens, entre le lit, la porte et la petite table couverte de chairs mortes. Un esprit opiniâtre aurait sans doute jugé que les allées et venues avaient été effectuées sciemment, pour brouiller les traces de plusieurs hommes. Mais cela pouvait être aussi les seules empreintes du tueur, pendant et après son ignoble besogne. Il n'était pas aussi formel que Bagster Phillips sur les différences de souliers. Il lui semblait pourtant, comme au chirurgien de la police, que deux personnes avaient marché dans les traces de sang, sur le plancher de la chambre de Mary Kelly. Mais il ne pensait pas que l'information, servie ici, dans ce fatras de contradictions et de chicanes, aurait mené quelque part.

Il se tassa sur son siège et attendit le verdict du coroner.

Miller's Court, chambre numéro 13.
9 novembre 1888, trois heures trente et une du matin

Il frappa la fille au menton. Elle partit en arrière et donna de la tête contre la cloison. *Bon sang*, on allait entendre le bruit dans tout l'escalier qui passait juste derrière ! Dans toute la maison, alors ? L'idée décupla la rage qu'il avait laissé monter contre la fille. Même là, les putains continuaient à lui créer des problèmes ! Il chercha dans l'obscurité le cou de Mary Kelly. *Bon sang, quoi !* Ça manquait de lumière… Le feu, le feu dans la cheminée. Voilà ce qu'il aurait dû organiser en attendant que l'homme de Mitre Square – ce Sickert – ramène Kelly au nid. Un bon feu de joie, pour fêter ça, et pour y voir plus clair.

Il eut envie de rire, en pensant aux types du Yard qui s'épanchaient dans les journaux pour expliquer, « par A plus B », qu'ils n'y voyaient pas plus clair que dans un cul de nègre… Un bon feu, messieurs de la police, et tout prend forme !

Sauf que, lui, il avait d'autres préoccupations. La fille avait sévèrement tapé dans la cloison, mais elle n'avait pas perdu connaissance. Du bout des doigts, il sentait qu'elle cherchait déjà à se relever. Au jugé, il frappa encore, plus bas que la première fois. Il sentit un os contre ses phalanges. Le visage de Mary Kelly fit un nouveau bond en arrière. Il vit une tache claire, d'un orangé très pâle, bondir vers le mur de partition. Nouveau choc, plus fort que le précédent. Le bruit résonna dans toute la chambre.

Sickert, qu'il avait laissé engourdi au centre de la chambre, étouffa une sorte de ricanement et récita :

— « Alors il s'avança courageusement, sur le pavé d'argent du château, vers l'endroit du mur où pendait le bouclier, lequel, en vérité, n'attendit pas qu'il fût arrivé tout auprès, mais tomba à ses pieds sur le pavé d'argent avec un puissant et terrible retentissement[1]. »

Il essaya de distinguer son complice, dans l'épaisseur ouatée de la pièce enténébrée. Il discerna une silhouette aux bras écartés, qui déclamait une poésie absurde. Encore une fois, sa colère le submergea. Ce n'était pas cela. On n'était pas dans un théâtre de Drury Lane ! Il vit que l'homme se dirigeait vers le foyer, ramassait des objets indistincts et les rassemblait dans l'âtre. Il allait faire du feu. Il sentit une sorte d'apaisement le gagner. Un complice, c'était cela, oui. Quelqu'un qui vivait les mêmes choses au même moment que vous. Qui sentait les besoins, les urgences et les exécutait en harmonie. Il tenait le cou de la fille dans sa main, largement ouverte en griffe. Il l'avait rabattue contre le haut du lit et pressait sur sa gorge. Il entendait qu'elle essayait de se défaire de l'emprise,

---

1. Le récit de Launcelot, dans *La Chute de la maison Usher*, d'Edgar Allan Poe.

mais suffoquait déjà. Il laissa passer un filet d'air en relâchant un bref instant la pression. Elle essaya de crier, mais il pressa plus fort et, en ramenant son autre main sur sa bouche, comprima le hurlement dans le coffre des joues. On entendit à peine un « Mmmpff… » assourdi et humide. La pièce s'illumina. L'autre avait enflammé quelque chose dans la cheminée. Il entendait crépiter des flammes. Une odeur de linge roussi emplit la pièce. Il vit les traits de la fille sortir tout à fait de l'ombre. Mary Kelly avait le visage rouge des asphyxiés ; la lueur du feu renforçait les tonalités chaudes de l'image. Ses yeux, clairs, luisants, semblaient deux morceaux d'acier liquide. Il regarda ces yeux : il comprit qu'elle venait de le reconnaître, à la faveur de la lueur du feu qui prenait. Elle essaya de s'agiter plus fort. Il lâcha un instant la main qui pressait la bouche et refrappa de plein fouet au milieu de ce regard plein d'horreur.

Carnets de Mrs Pritlowe

Mercredi 19 novembre 1941

*J'aimerais reproduire quelques extraits de l'*Evening News *du 10 novembre 1888. Non seulement c'est un des premiers articles à évoquer l'appel d'agonie de ma mère, cette nuit du 9 novembre, mais c'est également le seul qui, dans l'émotion qui a suivi le drame de Miller's Court, ait tenté une analyse « psychologique » de l'épisode. Autant cette approche pourrait nous sembler naturelle aujourd'hui, à l'heure où il n'est plus un roman policier qui ne cherche à emprunter cette voie du psychologisme pour expliquer motivations et fondements des meurtres et des drames, autant elle me paraît audacieuse pour l'époque victorienne. L'article s'intitule : « Les atrocités de Whitechapel ».*

En voici les principaux fragments :

« Une nouvelle fois, le démon de l'East

End est à l'œuvre et, cette fois, son amour dément pour les pires horreurs apparaît de la manière la plus scandaleuse. La victime, Mary Ann (sic) Kelly, a été découpée, éviscérée et défigurée de manière bien plus féroce que lors des précédents sacrifices du sadique meurtrier. Pourtant, le style du travail nous incite à croire qu'il est du même artiste. Nous l'appelons en effet "artiste", non pas avec ironie, mais très sérieusement : tout simplement parce que nous comprenons de manière évidente qu'il aime profondément son œuvre diabolique et qu'il s'efforce à attirer jusqu'à un degré jamais atteint l'attention du monde.

« Son art, c'est l'horreur, et il cherche sans cesse à lui donner une nouvelle ampleur.

« La scène de crime et ses habitants

« La scène de crime s'appelle Miller's Court, dans Dorset Street, mais elle est connue de ses résidents et dans le voisinage sous le nom de "McCarthy's Court". Cela est bien sûr dû au fait que l'homme qui possède l'ensemble des maisons de l'endroit se nomme John McCarthy. Des informations sont désormais connues, qui permettent de jeter une lumière vive sur un point très discuté : l'heure du crime. Juste en face de la maison dans laquelle Mary Jane Kelly a été assassinée se trouve un logement occupé par un Irlandais, du nom de Gallagher, et par sa famille. Jeudi, Gallagher et sa femme sont allés se coucher de bonne heure. Leur fille, une femme mariée nommée Mrs Kennedy, est, elle, rentrée bien plus tard.

« En passant devant le Britannia, le bar qu'on appelle ici simplement « chez Ringer », au bout de Dorset Street, à trois heures du matin, Mrs Kennedy a vu la victime en train de parler à un homme, élégamment vêtu. Elle l'a reconnu parce que cet homme l'avait elle-même abordée une ou deux nuits plus tôt.

« "Au meurtre !"

Elle est passée, sans rien vraiment remarquer de particulier, et est rentrée se coucher dans Miller's Court. Entre trois heures et demie et quatre heures, Mrs Kennedy, qui passait une nuit assez agitée, a entendu quelqu'un crier : "Au meurtre !" Le cri semblait venir de l'autre bout du court, *mais elle affirme qu'elle n'a pas une seconde pensé à l'atroce tragédie qui, de fait, était en train de se jouer. Elle a replongé dans le sommeil et ne s'est pas réveillée avant onze heures du matin. C'est là qu'elle a entendu parler du meurtre dans le* court. *Pour autant qu'on puisse pour l'heure l'établir, Mrs Kennedy est la seule personne à avoir entendu la pauvre femme crier. »*

Je dois ajouter que, cette fois encore, comme ce fut le cas avec les coupures de presse relatives au docteur Bagster Phillips, une main anonyme a annoté le document, en marge, au même crayon gras que j'ai déjà croisé dans les archives :

« Le gars du News *a raison, sur un point. Autant il ignore que plusieurs témoins ont entendu le dernier cri de Miss Kelly, autant il voit juste sur le premier point. Le gars ne*

s'y trompe pas : c'est un artiste qui a fait ça. Il en a toutes les précautions, toutes les sophistications.

« Il a préparé sa grande toile, après s'être fait la main sur des brouillons ou des esquisses. Il a tout jeté dans son chef-d'œuvre de Miller's Court. »

Dimanche 16 novembre 1941

Mardi soir, Buir m'a écoutée parler, sans jamais me couper. Il avait adopté un air si sérieux que je crus un instant qu'il se moquait de moi. Il s'était renfoncé dans son fauteuil, sous le lampadaire devant les fenêtres de Fournier Street. La lumière jaune tombait sur lui comme un voile. Le salon était silencieux. On entendait, malgré les rideaux épais que le couvre-feu nous imposait désormais, la pluie crépiter au-dehors, sur les trottoirs devant Christ Church.

Buir attendait. Il avait joint ses doigts sous son menton, me regardait au fond des yeux. J'ouvris la bouche, la refermai.

Buir ne bougeait pas. Je dis :

— Voilà... Je...

— Oui ?

Au-dessus du menton, sa bouche esquissait une sorte de sourire, amical, complice.

— Je suis sa fille, Mr Buir. Je suis la fille de Mary Jane Kelly...

Je fondis en larmes. Buir était la première

personne devant qui je m'épanchais depuis la terrible lettre de mon père. Entendre prononcer à haute voix ces mots : « la fille de Mary Jane Kelly », produisit un effet d'une violence extrême sur mes nerfs. Je tremblais.

Buir se leva lentement. Il me prit la main, la tapota, avant de la garder serrée. Sa chaleur se répandait en moi. Je sentis une sorte de confiance revenir, comme un fluide plein d'énergie. Je lui racontai tout, ou presque.

— Vous allez le trouver, Mrs Pritlowe... Je vous vois faire depuis des semaines. Je comprends. Vous allez le retrouver... De nous tous, c'est à vous que toutes ces choses...

Il balaya d'un geste lent les rayonnages couverts de dossiers, de piles de journaux et de boîtes d'archives.

— ... doivent des comptes. Si vous m'y autorisez, je vous aiderai. Du fond de mon cœur, je vous aiderai.

Jeudi, j'ai reçu, au London Hospital, une nouvelle lettre.

Mémoire
Par Francis Elmont Buir, esq.

Chère Mrs Pritlowe,

J'ai beaucoup pensé depuis notre conversation d'hier soir. J'ai promis de vous aider. Je dois, pour vous accompagner vraiment, vous dire comment, moi, je perçois toute cette affaire. Vous y verrez peut-être les divagations prétentieuses d'un vieil homme, et vous aurez sans doute raison. Mais je me dis que trente années de présence à notre Société m'ont peut-être amené à ouvrir une piste sensible, ou, en tout état de cause, une piste qui croise votre propre recherche. En particulier, je me suis beaucoup interrogé sur les raisons de cette haine absolue des femmes que l'on relève chez notre homme.

J'ai pris conscience dès l'âge de vingt et un ou vingt-deux ans de mon intérêt pour Jack l'Éventreur. En fait, pas tant pour le criminel lui-même que pour tout ce qui sortait doucement de l'ombre et du brouillard depuis que des archives classées de Scotland Yard avaient été rendues publiques par la presse. Depuis que les cadavres mutilés, littéralement mis en bouillie, de Miss Nichols, de Miss Chapman, de Miss Stride, de Miss Eddowes et – pardonnez-moi – de votre propre mère venaient demander des comptes avec des voix plus fortes que jamais.

Un temps, j'avais acheté une sorte de carnet d'esquisse de grand format dans lequel j'envisageais de coller les nombreuses pièces soigneusement découpées dans les journaux sur l'affaire. Mais l'aspect de ces reliques mortifères me découragea rapidement, et je laissai les documents en vrac à l'intérieur du carnet, sans ordre ni système.

Jack l'Éventreur n'est pas forcément ce tueur misogyne et impuissant que l'on décrit parfois.

Je vois à travers l'horreur de ses actes plus que ça, et même autre chose que ça. Ce type a dû dépasser la seule détestation des femmes pour leur faire subir les martyres que la presse et la police ont décrits. Il n'était pas seulement un tueur de femmes. Jack l'Éventreur était aussi un tueur animé par ce que certains philosophes d'aujourd'hui nomment une haine de classe, un type qui détestait la misère et ses « habitants », les pauvres. Évidemment, ce qu'il détestait par-dessus tout, c'étaient les femmes pauvres. Si l'on regarde le profil des victimes, on s'aperçoit qu'on a épilogué des décennies – et dans ce club peut-être encore plus qu'ailleurs – sur le fait que c'étaient quasi toutes des putains et que ce seul détail valait explication. Dans Whitechapel, ou Spitalfields, à l'époque qui nous concerne, des centaines, sans doute des milliers de femmes misérables se livraient à des hommes pour quelques pence – le prix d'un verre de gin ou du loyer d'une nuit dans un bouge. Mais étaient-elles vraiment des putains *?*

Cet homme détestait leur pauvreté, la misère qui suintait d'elles comme la moisissure des ruelles où il les recherchait. Annie Chapman était rongée de tuberculose, peut-être d'un cancer en voie de généralisation, qui commençait à lui manger le cerveau ; et moi je suis sûr que c'était ça aussi qui l'attirait vers elles, ces corps déjà viciés par la mort, pris par la maladie, les dégénérescences. Il recherchait ces filles et ces femmes tuberculeuses, poitrinaires, cancéreuses, bouffies d'une alimentation malsaine, d'alcool et de mauvaise vie. Il haïssait ces femmes épaves, ces spectres lamentables d'un siècle absurde, exilées dans un Londres de cauchemar, une monstrueuse métastase industrielle d'une ville que nous-mêmes, à quelques décennies de distance, ne reconnaîtrions pas.

Il détestait, même s'il y rôdait avec vertige, et sans doute même y vivait, ces faubourgs assombris de suie, de vapeurs toxiques montant de la rivière et des fabriques, sentant l'oignon roussi, l'alcool coupé et frelaté, les combustions domestiques et les bonbons à la menthe tentant de soulager des haleines monstrueuses, ces bouches garnies de dents gâtées ou absentes par rangées entières (souvenez-vous : Liz Stride avait perdu toutes ses dents *du côté gauche...).*

Voilà ce qui le faisait bouger : ces femmes entre la vie et la mort, ces corps en ruine qu'il allait doucement, d'une chiquenaude, pousser dans le néant.

Et, pour dire comme son histoire me hante, il me semble que, pour cet homme, assassiner Nichols, Chapman, Stride, Eddowes, votre mère et peut-être encore d'autres, c'était engager une sorte de croisade, faucher dans les ténèbres cette faune odieuse qui le révoltait. Cette sous-humanité essentiellement composée de femmes, de femmes pauvres, jusqu'à l'ivresse, jusqu'au délire, jusqu'à l'os.

Il était à mon avis un aristocrate, en tout cas, un habitant du bon côté de la rambarde sociale, mais ce ne sont pas des ladies *bien nourries, bien vêtues qu'il allait chasser. Pas des jeunes femmes au corps lisse, délicatement parfumées, sortant de leurs baignoires de cuivre rouge, aux linges propres et frais. Pas non plus des putains des bordels du West End, aux allures de jeunes chambrières. Non, il allait pourchasser et massacrer des femmes de quarante-deux, quarante-cinq ans, aux nombreuses maternités. Des femmes qui, pour l'époque et leur condition, étaient déjà des vieilles, au corps lourd de maux et de peines. Des femmes qui gagnaient quelques sous de leur corps, mais de toutes les manières possibles. Elles récuraient des chambres à louer, retissaient des étoffes au rebus, faisaient le ménage des cabarets où elles allaient ensuite se perdre, elles briquaient, lavaient, blanchissaient, livraient des paniers de fruits ou des bourriches de poissons, s'occupaient à mille corvées physiques tout au long de la journée et à quelques autres besognes tout aussi physiques au soir.*

Elles étaient parfois des mères – pardonnez-moi – dont les mioches attendaient, pas loin, le retour qui signifiait aussi un peu de pain, un peu de lumière dans un monde affamé, ténébreux, où tout avait un coût, où la chandelle même était un luxe parfois hors d'atteinte. Elles glissaient dans la pénombre des ruelles aux rares lampes à gaz, trop espacées les unes des autres pour assurer une visibilité au-delà de quelques mètres, pour gagner des taudis obscurcis de crasse, avec des cartons qui remplaçaient les vitrages tombés. Et ce sont ces femmes-là qu'il a choisi de tuer, dans les pénombres du brouillard.

J'ai bien conscience, chère Mrs Pritlowe, que ces élans venus d'un pharmacien retiré des affaires et non d'un socialiste marxiste peuvent paraître surprenants.

Mardi, après vous avoir entendue, je me suis rendu compte que toutes ces années passées sur les traces du drame de 1888 n'avaient au fond été que des tentatives pour prendre du champ *: m'éloigner des sirops pour la gorge et des précipités de mon arrière-boutique. Une sorte de flânerie, en somme, bien loin des sentiments qui vous animent, vous.*

Je ne vous ai imposé ma prose que pour vous dire que, malgré tout, de très loin, j'ai souffert aussi, un peu, de cette tragédie et que, du moins, j'en comprends toute la répulsion. Mon appui, comme je vous l'ai dit, vous est acquis. Mon amitié vous l'est aussi.

Mais je crois comprendre que vous savez aller seule là où on vous attend. À moins que mon idée ne vous aide à arriver plus vite. Je vous espère mardi pour vous la dire.

Buir

La prose de Mr Buir, au-delà de toute son empathie, ne me convainquait qu'à demi. En particulier, la facilité avec laquelle il cher-

chait l'Éventreur « du bon côté de la rambarde sociale » me paraissait une fausse évidence. Pourquoi ni la police de l'époque, ni les enquêteurs qui ont suivi l'affaire depuis des décennies n'ont-ils jamais identifié Jack l'Éventreur ? Parce qu'ils cherchaient un homme correspondant à un a priori *social ou allégorique.* Jack *n'était pas un médecin fou, ni un membre de l'aristocratie victorienne ou un haut personnage de la cour d'Angleterre. Il n'était pas un Juif psychopathe arrivé à Londres dans les convois de l'immigration industrielle. Et pas plus un policier pervers capable de déjouer en temps réel les recherches de ses confrères. Il était simplement dans la place, tout près de ses victimes, invisible à force d'être là...*

Sur le reste, je pense que Mr Buir a tout bon. Cet homme haïssait les femmes comme celle qu'était ma mère.

Il haïssait les femmes jusqu'au plus profond de leur chair...

Miller's Court, chambre numéro 13.
9 novembre 1888, trois heures trente-sept du matin

La fille semblait évanouie. Son agresseur restait au pied du lit, les mains voletant au-dessus de la poitrine de Mary Kelly ; on eût dit un pianiste échauffant ses doigts avant d'exécuter une partition compliquée. Ou des oiseaux d'orage, pris de folie dans un tourbillon, s'agitant en tous sens au gré des courants ascensionnels.

Walter Richard Sickert, après avoir copieusement alimenté le feu avec ce qu'il trouvait aux alentours de l'âtre, reprit sa place entre les deux fenêtres. Il se tenait assis sur une sorte de petite table, à peine plus haute qu'une chaise. Il y avait posé, à main droite, sa mallette de cuir vert. Il l'ouvrit, dans le double claquement des loquets, et en sortit un épais bloc de papier chiffon, aux feuilles effilochées. Il disposa également, à gauche, là où le feu éclairait le mieux, un nuancier de pastels secs. Il jeta un regard furtif vers la fille sur le lit et déclama de nouveau quelques phrases :

— « Il trembla, et il fut frappé d'effroi ; et criant

d'une voix éclatante : "En vérité, c'est la Vie elle-même[1]." »

Comme quelques instants plus tôt, il ne put retenir une sorte de ricanement.

L'autre déplaçait Mary Kelly à présent. Il lui avait fait prendre la diagonale exacte du lit. La tête était dans l'angle supérieur droit, ses cheveux presque au contact de la cloison qui séparait la chambre de l'escalier. Il avait attiré ses chevilles au ras du matelas, presque à l'extérieur du lit. Il se recula pour mieux juger.

Sickert posa trois bâtonnets à sa droite : un de couleur terre brûlée, un autre blanc laiteux et un rouge écarlate. Dans la lueur tourbillonnante des flammes, il reconnut ce que les couleurs désignaient : la nuit, des os, du sang. C'étaient ses dominantes, ce soir.

1. *Le Portrait ovale,* Edgar Allan Poe.

Carnets de Mrs Pritlowe

Lundi 17 novembre 1941

Ceux qui ont croisé le deuil dans leur proximité immédiate connaissent ces instants où l'on se retrouve au milieu de l'univers du défunt ou de la défunte, avec un silence qui semble résonner de l'absence de son habitant habituel. Il règne là une sorte de profondeur absolue, au milieu de laquelle semblent flotter les objets quotidiens aujourd'hui sans maître. Leur masse, leur présence, leur nombre imposent sans équivoque le sentiment que des piles de choses en dissimulent d'autres et que chaque strate abrite un secret, ou des secrets, et que nous n'avons nul droit d'y fureter ou même de simplement sonder, l'air curieux ou absent, leur mystère.

Pour certains, c'est l'écrasement qui l'emporte, face à ces réunions parfois décennales de témoignages et de signes, dont certains res-

teront à jamais des énigmes. Pour d'autres, c'est l'inutilité et l'inertie de toutes ces choses *qui apparaissent désormais dans une nudité accablante. Pour d'autres encore, le découragement s'impose avec un sourire jaune et cruel, face à l'incertitude du sort à attribuer à ces effets dont la charge émotionnelle cherche maladroitement à contourner leur peu d'intérêt intrinsèque. Ce qui est sûr, c'est que ces deuils contemporains clament en hurlant le triomphe de la matérialité de notre monde, fait avant tout d'accumulation généralisée, le plus souvent mal maîtrisée. Les débordements sont partout, des placards aux tiroirs, des rayonnages les plus élevés des meubles aux cagibis discrets et aux combles dérobés. Des bagages, des caisses, des cartons, des boîtes à chaussures reconverties en coffres défoncés, aux couvercles déchirés, partout amoncellements, amas, entassements, collections, musées poussiéreux de vies désormais achevées et qui n'auront plus de visiteurs.*

Pour ceux-là, je voudrais décrire ce qui se présenta à ceux qui furent chargés de l'inventaire du logement du numéro 13 de Miller's Court, en novembre 1888.

Le premier sentiment reste bien celui d'une pièce d'une pauvreté absolue, presque sans mobilier, sans tapis. Un détail est significatif : il n'y avait dans cette chambre-studio aucun meuble destiné au rangement, autant des biens d'usage courant que des vêtements. Tout ce que possédait Mary Jane Kelly – à l'exception des vêtements brûlés la nuit du meurtre – figure sur la liste suivante et n'avait nul besoin de placard ou de rayonnages pour être rangé. Voici la liste :

– deux petites tables basses ;

– un lit ;

– une chaise ;

(tout ce qui précède étant la propriété de John McCarthy)

– une mince partie de ses habits du jour ;

– une paire de bottines ;

– des bouteilles de limonade vides ;

– une bouilloire, au bec fondu ;

– une chandelle dans un verre à vin ébréché ;

– une reproduction encadrée de La Veuve du marin *;*

– une pipe en terre d'homme (appartenant à Joe Barnett) ;

– un manteau noir d'homme (appartenant à Maria Harvey).

Cela tranche avec les allusions à ce « magasin ambulant » qu'était Kate Eddowes. Avec Mary Jane Kelly, on a l'impression de se trouver face à un désert, une absence. Comme celle de son visage évanoui.

Il reste aussi à évoquer ce petit miroir de poche, qu'il est possible peut-être de deviner sur la table de chevet, « mélangé », si j'ose dire, à une pile de chair et d'organes que le monstrueux dément a déposée là, « pour y voir plus clair » pendant qu'il continuait son festin. Ce miroir, peu visible au premier regard, est un des éléments que certains ripperologues de la Filebox Society aiment à découvrir et à mettre en scène, à l'appui de l'une ou l'autre de leurs théories. Exista-t-il vraiment ? N'est-il pas un artefact, une image sublimée insérée par persuasion presque « magique » dans la seule image en plan large et de mauvaise qualité qu'il reste aujourd'hui de la chambre de Miller's Court ?

Tout cela, y compris le manteau d'homme noir laissé par Maria Harvey la veille, tiendrait dans un carton de déménagement. Voilà ce qu'était l'accumulation de vingt-quatre ans de vie dans l'East End de Londres à la fin de l'année 1888. Voilà quel fut mon environnement maternel pendant les premiers mois de ma vie.

Il m'a semblé important de joindre à cette note en forme d'inventaire cette coupure de journal, découverte aux archives. Elle est annotée, en marge, par deux inconnus. Mais, indéniablement, la seconde intervention est de cette même main mystérieuse qui semble avoir, avant moi, remonté la piste.

Sunday Times, 23 septembre 1934

« Un lit, qui serait celui sur lequel a été assassinée une des victimes supposées de Jack l'Éventreur en 1888, va être mis en vente aux enchères chez Sotheby.

« "Sotheby, explique le communiqué, est

ravi de présenter au public quelques raretés et curiosités qui ont refait surface après des décennies." Parmi les pièces exceptionnelles qui seront mises sur le marché, on trouvera un des automates construits par Jacques de Vaucanson, datant de 1735-1736, Le Joueur de flûte, *dont on avait perdu la trace depuis près de deux siècles, plusieurs naturalia du début du* XIXe *siècle et, surtout, ce qui constituera pour certains le clou de la vente, le lit sur lequel Mary Kelly, la dernière victime de Jack l'Éventreur, fut retrouvée en novembre 1888, à Londres.*

« Inutile de préciser que cette pièce n'avait jamais été produite auparavant ni mise en vente. On ignorait même jusqu'à présent si cette pièce était encore intacte et susceptible d'être présentée. La société de New Bond Street précise qu'à titre tout à fait exceptionnel les acheteurs de la dernière vente Ashley, au bénéfice du Red Shield Appeal, seront considérés comme enchérisseurs prioritaires.

« Une manière tout à fait élégante de donner une dimension spectaculaire à une vente qui n'en manquait pas.

« Dominic J. Tappleton »

On y remarque ensuite l'échange suivant :

À l'encre brune, écriture ronde : « Est-ce qu'un membre de notre société pourrait confirmer – peut-être serait-ce un bon sujet de causerie le mardi ? – que McCarthy avait essayé de vendre, en 1888, le lit de Kelly ? On parle d'une offre à 20 £. »

*Au crayon graphite, lettres inclinées et sévères : « Oui, quelqu'un a proposé cette somme à McCarthy pour le lit de Mary Kelly. McCarthy a refusé. C'est écrit noir sur blanc, pour ceux qui savent lire, dans l'*East London Observer ! »

Maintenant, je reconnais cette écriture fine, penchée vers la droite, cette manière un peu malicieuse de dire les choses. J'ai reçu tout récemment une lettre manuscrite dont la graphie est sans équivoque. Mon nouvel ami Mr Francis Buir a passé bien du temps à commenter les documents, à la Filebox Society.

Miller's Court, chambre numéro 13.
9 novembre 1888, trois heures trente-neuf du matin

Sickert essayait de rendre la tonalité exacte de l'endroit. Mais le clair-obscur n'avait jamais été sa spécialité, même s'il se sentait attiré par ces contrastes forts, par la lueur du feu, vacillante, qui modifiait les formes et donnait du mouvement à l'immobile.

Il avait dressé la silhouette de la fille. Une parfaite diagonale. Les plis de la chemise, relevée sur le ventre. La tête et le chignon, qui touchaient le mur. Et puis l'homme, à cheval sur les cuisses, comme Dionysos sur une barrique, avec ses doigts qui papillonnaient au-dessus de la gorge de la fille.

Le feu – il avait eu raison de le lancer, la bougie ne rendait pas assez – brûlait à présent comme un brasier. Il en sentait la chaleur, des ondes vibrionnantes qui irradiaient dans tout son côté gauche. Il promena encore ses pastels sur le papier rugueux. Les formes du lit, les rayures de ces barreaux tournés, l'équerre des jambes de la fille. Ces souliers roses sur le sol. Tout tenait là, dans un rectangle de quelques dizaines de centimètres.

C'est une épopée qui s'écrit là, en quelques coups de craie... Oui, vraiment, voilà des hommes qui laisseront leurs traces !

Il fit le tour de la pièce du regard. Elle avait posé gentiment ses bottines sur le sol, plié sa veste sur le dossier de la chaise poisseuse. *Du mobilier de putain, des bottines de putain, une chambre de putain. Voilà.*

Il s'approcha un instant du lit, pour mieux cerner l'ovale du menton, et fixer la position singulière de Mary Kelly. L'autre ne se retourna même pas. Il vibrait, aussi, chevauchant sa cavalière, comme dans un autre monde.

La fille bougea, un peu. Elle releva un bras, agrippa le pan de la veste de l'homme, qui se découpait sur le mur illuminé comme une silhouette de tôle.

Elle essaya de relever la tête. L'homme lui saisit les cheveux et la ramena en arrière, contre l'oreiller. Il chercha dans la poche intérieure de son paletot, et un des couteaux que Sickert avait vus à Mitre Square surgit en lançant un éclat de lumière jaune. Celui-ci vit distinctement les yeux affolés de la fille, lorsqu'ils croisèrent le mouvement de la lame.

— Au meurtre ! tenta-t-elle de lancer à la nuit.

Il n'y eut en un instant plus qu'un gargouillement. Le sang gicla vers la cloison et tout autour de l'homme, qui continuait de balayer la gorge et le visage de la fille avec son arme.

Sickert s'agita sur ses pastels. De l'écarlate. Un peu de terre brûlée. La scène était redevenue plus calme. L'homme sur le lit opérait à mouvements ralentis, à la manière d'un artisan, penché sur son ouvrage. Lui-même retenait maintenant ses gestes. Ils étaient deux experts, concentrés sur leur tâche.

Carnets de Mrs Pritlowe

Dans la nuit du mardi 18 novembre 1941

Je vais essayer de retranscrire ce qui s'est dit ce soir du mardi 18 novembre 1941, dans le petit recoin de la Filebox Society que Mr Buir et moi avons désormais adopté. La journée avait été marquée par l'arrivée de très nombreux blessés venus du quartier de Bow, où les bombes allemandes avaient rasé cinquante-sept maisons contiguës. Le London Hospital était devenu une fourmilière emplie de larmes, de souffrances et de sang. Jamais les mots du Premier Ministre ne me parurent plus justes que ce jour-là, quand je courais d'une salle à l'autre dans l'aile Walpole, pleine des blessés du Blitz.

Nous étions face à face. Exceptionnellement, nous avions emporté là nos tasses de thé brûlant, et soufflions dessus du bout des lèvres.

— Avez-vous entendu parler de l'hypnose psionique, Mrs Pritlowe ?

— J'ai lu des tas de choses sur l'hypnose ; j'ai lu des extraits des travaux de Josef Breuer quand je préparais mon examen pour devenir infirmière en chef, à la Florence Nightingale School. J'ai lu aussi une partie des résumés des leçons du grand Charcot sur les maladies du système nerveux. Il y parle beaucoup d'hypnose... Oui, je suis familière du mot. Mais « psionique », Mr Buir, j'avoue... j'ignore de quoi il peut bien s'agir.

— Oh...

Le vieux pharmacien retrouva un instant ses airs supérieurs, mais ceux-ci se dissipèrent en quelques secondes.

Il me regarda avec insistance.

— Je suis... eh bien, disons qu'à côté de la Filebox Society je fréquente un autre... club. Je suis membre de la Société psychique de Kensington, et... Oh, je vous vois froncer les sourcils, Mrs Pritlowe. Attendez ! Je suis comme vous un scientifique... Attendez... Je n'entends pas vous parler de fantômes ni de tables tournantes, n'ayez pas peur ! Moi aussi j'ai fréquenté la science de la médecine et les rigueurs du vrai savoir.

— Je vous écoute, Mr Buir...

— Je fréquente des gens, à Kensington, qui travaillent sur de nouveaux rivages passionnants. Toutes ces théories venues du continent : Charcot, oui, et Breuer. Mais aussi ce Freud, qui a commencé à explorer encore plus loin

notre cerveau, jusqu'au plus profond de nos rêves, jusqu'à nos idées les plus secrètes... Je connais quelqu'un...

— Que voulez-vous dire ?

— Eh bien, je connais... je crois... quelqu'un qui pratique de nouvelles formes d'hypnose. Quelqu'un qui saurait peut-être... J'ai du mal à vous dire ce à quoi je pense depuis mardi dernier... Je crois que Mrs Turnipp pourrait vous ramener là-bas !

— Que... que voulez-vous dire exactement, Mr Buir ? Là-bas ?

— À Miller's Court, oui, Mrs Pritlowe. De nouveaux rivages, je vous dis. On sait maintenant briser les barrières de la mémoire, rouvrir les territoires de l'oubli. On sait remonter dans les souvenirs perdus, Mrs Pritlowe ! On pourrait vous renvoyer là-bas, dans Miller's Court, quand vous étiez une enfant... Peut-être... peut-être que vous pourriez... voir ! Y voir... ce qui s'est passé. Regarder dans la chambre numéro 13. Vous pourriez apporter la grande réponse ! Celle qui compte pour vous, qui compte tant pour vous ! Et peut-être aussi, si vous en avez le courage, nous en faire partager la révélation...

Je m'étais mise à trembler, d'une manière extrêmement violente. Mes mains ne pouvaient plus contrôler leurs mouvements. Mes doigts me donnaient la sensation d'être devenus de glace ; mes poignets étaient aussi raides que des bûches. La première chose à laquelle je pensais, ce n'était pas aux conséquences de ce voyage monstrueux que me proposait Mr Buir ; je pensais que je ne pourrais plus jamais retrouver l'usage de mes mains. Que j'étais finie pour le métier. J'essayais de me calmer. Mr Buir ne bougeait pas. J'espérais qu'il allait, une nouvelle fois, tirer quelque cordial de son gilet et me ramener à la vie normale. Mais le vieux pharmacien semblait lui-même cloué de stupeur. Sa proposition avait exigé de lui une énergie considérable, qu'il ne parvenait pas à régénérer.

Mon esprit travaillait à la vitesse d'une mécanique. Mes pensées se chevauchaient, comme des cartes à la fin d'une partie, qui s'enchevêtrent de manière tout à fait burlesque, ne composant plus de suites logiques ni d'arrangements. Retourner là-bas ? Comment cela se pourrait-il ? Et en avais-je, sinon l'envie, en tout cas la force ? Je n'osais imaginer à quelles scènes je serais alors confrontée.

— Cela ne se peut pas, Mr Buir. Personne ne peut voyager dans le temps... Personne ne sait remonter le temps, voyons.

J'essayais de crâner en haussant les épaules, feignant de ne pas avoir compris ce qu'on me proposait et redoutant que le vieil homme n'ait une réponse à ma feinte nonchalance. Il en avait une.

— Il ne s'agit pas de remonter le temps, Mrs Pritlowe, mais de remonter, comme je viens de vous le dire, au bout de vos souvenirs. Mrs Turnipp saurait peut-être vous aider à ça. Elle est médium psionique, elle pratique de nouvelles voies dans l'hypnose. Elle pour-

rait vous ramener vers Miller's Court, en vous guidant sur l'échelle de vos souvenirs, barreau par barreau, jusqu'à la chambre d'Elizabeth Prater ! Jusqu'à votre mémoire perdue.

— Vous parlez de la dissociation, de ce que les psychiatres appellent le choc traumatique ?

— C'est cela ! C'est cela même !

— Jamais on n'a parlé de reconstituer ou de restituer des souvenirs gommés par la terreur, par l'épouvante. Et surtout pas ceux des très jeunes enfants. Les meilleurs médecins considèrent d'ailleurs que c'est sans doute mieux et que certains souvenirs doivent rester... (Je m'étais mise à sangloter.) Mr Buir, j'essaie depuis dix jours de me rappeler... De voir... Mais rien ! Rien !

Buir balaya l'objection d'un large revers de la main.

— Mais vous, Mrs Pritlowe ? Vous, voulez-vous que ces souvenirs soient définitivement engloutis ? Réfléchissez bien à ça : s'il y avait une chance, une seule chance, infime, pour que Mrs Turnipp puisse vous ramener là-bas, la tenteriez-vous ?

J'ai regardé Francis Buir. Son œil était luisant de tension. Il me regardait fixement, du plus loin de son être. L'émotion dans notre petit coin de la Filebox Society, à demi plongé dans l'ombre, était aussi palpable qu'une matière physique. On aurait pu la débiter en tranches et la distribuer alentour.

J'ai soutenu son regard, et j'ai dit :

— Oui.

Nuit du mercredi 19 novembre 1941

C'est en pensant à la proposition de Buir, au cours de la nuit qui a suivi notre curieux entretien, que je me suis souvenue de ces anciennes passions pour l'« optographie spectrale » qui avaient un moment croisé l'affaire qui m'absorbe.

L'aspect fantastique, presque magique, de la suggestion de Mr Buir fit ressurgir chez moi cette autre pratique aux lisières de l'extravagant et du bizarre.

J'ai parlé plus haut d'artefact. C'est sans doute de cette manière qu'il faudrait appeler les « optogrammes ». J'avais entendu parler de ces théories. Toute jeune infirmière, j'avais, comme la plupart de mes collègues, une grande attirance pour les sujets un peu en marge des sciences physiologiques essentielles. L'occultisme avait encore beaucoup d'adeptes ; la grande boucherie de 1914 réconcilia une large part de la population avec les croyances liées à l'au-delà, au mysticisme, au paranormal. J'écoutais aussi ce que certains médecins, férus de criminologie, avançaient en matière de nouveaux moyens d'investigation. Un petit groupe de médecins militaires, venus des instituts de médecine légale, parlait souvent de cette science contestée de l'optographie.

Parmi eux, certains y croyaient fermement. Les autres leur répondaient par des sarcasmes. Les premiers expliquaient que la science était juste et que c'étaient seulement les conditions dans lesquelles elle était exploitée qui l'empêchaient de donner tous ses effets. Plutôt que de tenter d'expliquer moi-même en quoi consiste cette suspecte optographie, je préfère laisser la parole à un témoin direct de la tragédie qui coûta la vie à ma mère.

Il s'agit d'un témoignage de l'inspecteur-chef Walter Dew, publié tout récemment, en 1938. Dew était l'un des deux premiers policiers arrivés dans Miller's Court, avec le commis Bowyer et John McCarthy :

« J'ai raconté lors de l'enquête combien j'avais été impressionné par les yeux de Mary Kelly, écarquillés et vous regardant fixement, par-delà la mort.

« La théorie selon laquelle la rétine d'une personne assassinée pouvait, si on la photographiait dans de bonnes conditions, révéler l'image de la dernière personne que regardait la victime était largement diffusée à l'époque.

« Je n'ai jamais sérieusement pensé que la police pourrait espérer que la photographie du meurtrier de Mary Kelly se matérialise ainsi, mais il fut décidé de tenter l'expérience. Plusieurs photographies des yeux furent prises par des spécialistes en optique, avec des appareils de toute dernière génération.

« Les résultats furent négatifs. »

C'est Max Dobbler, un des membres de la Filebox Society, dont j'ai déjà sans doute parlé, qui m'a permis de mettre à jour mes connaissances sur les optogrammes, l'optogra-

phie spectrale ou l'optophotographie. Dobbler connaissait l'existence du Forensic Medicine Cabinet (cabinet de médecine légale) dans les sous-sols du London Hospital. Il le fréquentait parfois pour des recherches qui avaient sans aucun doute à voir avec l'affaire.

« Là même où vous travaillez, Mrs Pritlowe. Dans Newark Street. À quelques mètres sous terre, à quelques dizaines de marches du grand hall par lequel vous passez chaque matin. »

J'y ai fait quelques recherches. On y trouve en effet bon nombre de documents sur ces matières. Voici par exemple la définition de l'optogramme, telle qu'on la découvre dans plusieurs almanachs des années 1860-1880, et dont les descriptions furent reprises et parfois défendues empiriquement par certains médecins : « Image rétinienne formée par la destruction du pourpre de l'œil lors de l'exposition de la victime à une émotion violente ayant entraîné la mort. »

Plusieurs résultats de recherches furent publiés dans la Revue photographique des hôpitaux de Paris *; en voici un, dont j'ai retrouvé le titre et l'abstract : « Étude photographique sur la rétine des sujets assassinés », par le docteur Auguste Gabriel Maxime Vernois, publié en 1870, chez Adrien Delahaye.*

Il y évoque une méthode proposée par un certain docteur Bourion, selon laquelle il s'agissait de pratiquer plusieurs photographies du globe oculaire, dont on avait préalablement ôté le cristallin. On y recueillait, aussi lisibles que les lettres d'or sur le fronton du London Hospital, les preuves absolues du crime. L'article rapporte que ce docteur Bourion aurait lui-même réussi à obtenir un cliché de la rétine d'une femme assassinée en 1868. On y voyait plus ou moins distinctement le moment où l'assassin se jette, lame en avant, sur sa victime, en compagnie d'un molosse.

Le docteur Vernois concluait son article en émettant les plus grandes réserves sur les expériences de Bourion.

Voici un extrait de ce texte, resté fameux, mais peut-être seulement en raison du caractère passablement fumeux de l'expérience qu'il rapporte :

« L'assassinat a été commis le dimanche 14 juin 1868, entre midi et quatre heures du soir. L'extraction des yeux, hors les orbites, a été pratiquée le 16 juin, vers dix heures du matin. L'épreuve photographique a été obtenue le même jour, vers six heures du soir. J'ai opéré sur les deux yeux de l'enfant et sur les deux yeux de la mère. Les yeux de l'enfant n'ont rien donné que des nuages, ce à quoi je m'attendais, l'enfant étant restée pendant plusieurs heures, peut-être pendant un laps de temps de moindre durée, dans la cave, mais toujours assez pour que, le regard porté de-ci de-là, dans l'obscurité, aucune image ne fût transmise au cerveau et, par conséquent, ne pût être empreinte sur la rétine et sur le corps vitré. Je dis sur ces deux parties de l'œil, car l'une est corrélative de l'autre, d'une manière absolue. La pièce ana-

tomique a été soumise à l'opération photographique illico *; à peine avais-je terminé de poser la pièce anatomique sur son point d'appui que le photographe opérait : quelques secondes de retard, et il n'y aurait pas eu d'image obtenue, le corps vitré s'affaissant. Ayant quatre yeux à ma disposition, j'ai d'abord opéré sur ceux de l'enfant, sur lesquels j'avais la certitude de ne rien trouver. J'ai fait une section circulaire, en arrière de l'iris, après avoir enlevé le cristallin. Le résultat a été : rien. Sur le même œil, j'ai fait sortir l'humeur vitrée, en maintenant la sclérotique écartée au moyen d'érignes. Pas de résultat plus satisfaisant, ou plutôt encore moins. Sur le deuxième œil du même sujet, j'ai opéré de la même manière pour arriver au même résultat. Sur l'œil gauche de la mère, même section, enlèvement du corps vitré : j'ai obtenu une image à peine marquée ; la tête du chien seule se présentait et d'une façon peu compréhensible, car ce n'a été qu'après avoir opéré sur l'œil du côté droit, et après avoir obtenu l'image dont vous avez une épreuve, que j'ai pu m'en rendre compte. Sur l'œil droit, même section. Mais, en conservant le cristallin, j'ai serré ma pince un peu fortement, ce qui l'a brisée, et diverses parcelles ont été projetées sur le corps vitré et ont produit ces taches blanches dont trois forment, pour ainsi dire, échine au chien ; trois autres, plus haut et plus à gauche, sont juste au niveau du coude de l'assassin. »*

Était-ce à ce genre de bouffonnerie grotesque que Mr Buir entendait que je me prête ?

Jeudi 20 novembre 1941

Il faut que je sois juste et que je dise les choses. C'était dans Commercial Street, un matin de cet automne ; j'avais soudainement ressenti des frissons inconnus. Comme si des ondes venues de très loin dans le temps, très estompées, bien sûr, très faibles encore, comme fatiguées d'un long voyage, me traversaient le haut du dos et serraient mon estomac. Il y avait quelque chose à faire avec ça. Quelque chose de difficile à décrire dans un carnet, quelque chose que je ressentais, mais que je ne pouvais traduire avec des mots.

Puis Mr Buir m'a entreprise, et j'ai entendu parler des « assauts psioniques ». Et, quand il se mit à décrire, avec des mots et dans un énoncé parfaitement pédagogique, ce que j'avais ressenti en déambulant dans les environs de Brick Lane et de ce qui fut autrefois Miller's Court, j'ai réfléchi, tout en refusant vraiment de croire.

Mais l'insistance du pharmacien a fini par me convaincre. Je me suis dit que je n'attendais, au fond, depuis ma toute première visite à la Filebox Society, qu'une proposition de ce genre. Brutalement, je compris que l'assistance d'un médium psionique pourrait m'aider à recomposer la trame de choses passées depuis longtemps, comme des traces, des résidus d'une odeur depuis longtemps évanouie. Et j'ai accepté.

Peut-être... peut-être qu'il y avait mieux que

les optogrammes pour révéler ce qui s'était passé cette nuit, dans Miller's Court. Peut-être que mes yeux à moi avaient imprimé des images de la chambre numéro 13 et de ses visiteurs d'un soir. Je n'avais finalement plus qu'une envie : rencontrer Mrs Turnipp.

Je relus, amusée, cet article que Mr Buir m'avait gardé, qui tournait en dérision une bande d'« optophotographes » venus rôder autour de Christ Church à l'époque. L'espoir revint brutalement en moi. Je ne savais pas si c'était le fait de ce brave Punch, *ou la perspective de l'expérience avec cette Mrs Turnipp.*

Punch, The London Charivari

10 novembre 1888

« Drôles d'oiseaux dans Whitechapel

Considérant que le ridicule ne tue plus en Angleterre, une équipe de saltimbanques hautement gradés de l'université de Rome circule dans Londres.

« Si l'on en croit la rumeur de la rue, le quartier de Shoreditch est actuellement aux prises avec une fièvre d'un genre absolument nouveau : la science italienne du rire !

« Il faut se rendre sur place pour croire ce qu'on raconte.

« Le Dottor Sampierro Spinelli se présente comme l'"optographe" de l'université de Rome.... On dit qu'il est l'élève du célèbre physiologiste Franz Christian Boll. Enfin, célèbre... Comme dirait notre fameux Polichi-

nelle à sa Judy[1] *: "J'connais point c'type-là qui passe par chez nous ! J'va lui chauffer l'échine à coup d'bâton !"*

« La mission de cette belle équipe qui a installé, avec l'aval de nos excellents Monro et Salisbury, ses quartiers à la morgue de Shoreditch : prendre des photographies de l'ami Jack ! Spinelli prétend qu'il possède un appareil pour lire dans les yeux des morts ! En effet, d'après nos informations, on les voit s'agiter avec des instruments de cuivre, des trépieds de bois ciré et des lentilles grossissantes. Eh oui, Judy, des coups d'bâton !

« Et Spinelli examinerait en ce moment même les yeux de l'infortunée Mary Kelly, assassinée hier dans Dorset Street.

« Je ne sais pas vous, chers lecteurs, mais moi je parierais une belle somme que notre ami Jack n'est pas près de sortir de ces yeux-là, avec sa lame et son chapeau ! »

Vendredi 21 novembre 1941

Une fois le trouble passé, lorsque le jour maussade de Londres éclaire les rues aux trottoirs ouverts et aux façades déchirées, que la vie ordinaire coule dans les rues, avec son

1. Allusion à *Punch & Judy*, spectacle traditionnel de marionnettes de rue, dans lequel Punch, querelleur et paresseux, assène à tout-va des coups de gourdin. Le magazine satirique *Punch, The London Charivari* est baptisé ainsi en référence à ces spectacles.

escorte de bruits mécaniques et de cris, je me sens comme l'héroïne ridicule d'une pitoyable histoire de fantômes.

Même nichées sous des terminologies très contemporaines et scientifiques, les envolées de Mr Buir me font l'effet de fables.

Pourtant, ce matin, j'ai pris une nouvelle journée de congé, malgré les besoins et malgré les yeux sévères du docteur Ayers. Je suis allée dans Saint Mary's Gate et j'ai demandé à voir Mrs Turnipp.

Il m'a fallu attendre, être très patiente, remplir des questionnaires, obtenir ce qu'ils appellent un « ticket » : une sorte de carte ouvrant au droit de consultation d'un de leurs référents. On m'a fait attendre à nouveau, pour me dire enfin que je serai convoquée à un entretien préalable au « parcours », avec l'un des membres du comité scientifique. Je suis rentrée déçue. Dans l'omnibus qui me ramenait dans l'Est, je me remis à douter des conseils de Buir.

Pour calmer mes nerfs, j'ai demandé l'autorisation au docteur Ayers de pouvoir travailler les trois nuits suivantes et de rattraper ainsi mes absences.

Cette nuit, j'écris du London Hospital. Je prends ces quelques notes brèves, en buvant mon thé, à la pause de deux heures. On nous amène des blessés, beaucoup de blessés, des quartiers de Southwark et d'Old Kent Road. Les Allemands ont amélioré leurs bombes, car beaucoup de nos patients semblent brûlés très profondément. Je pense qu'il y a du phosphore en jeu.

Ce matin, on a fait essayer à quatre de nos jeunes infirmières les nouvelles tenues qui nous seront livrées au début de l'année prochaine. C'est une variation sur les manches bouffantes, avec la taille très ceinturée. Je n'ose pas penser à l'insignifiance de ce projet dans le tumulte qui m'emporte...

« Malgré les bombes, la femme anglaise reste élégante. »

Mercredi 26 novembre 1941, pause de midi

Le professeur Renshaw était une grande dame, sèche et à l'expression absente, qui me semblait à peine réelle. Sa nonchalance contrastait avec ma fièvre et l'énervement que l'enjeu de cette entrevue suscitait chez moi. Peut-être était-ce une stratégie de sa part, ou une simple manière d'être. Le professeur Hellen Renshaw me reçut le lundi qui suivit ma requête. Lors de cet « entretien préalable », le professeur Renshaw me demanda si j'étais familière avec l'hypnose, si j'avais été auparavant hypnotisée, si je connaissais l'« échelle de suggestibilité de Barber », si j'étais sujette aux « rêveries », si je savais ce que signifiait le terme « percipient », et quarante ou cinquante autres questions de ce genre. Pendant l'entretien, un de ses assistants – un grand jeune homme aux allures d'échassier, en chemise blanche et cravate mordorée (que je crus un instant totalement enduite de miel !) – prenait des notes avec un stylet sur une sorte d'ardoise. Son instrument jetait des reflets dans la pièce, comme lorsqu'on expose un cadran de montre aux rayons solaires.

Je ne cessais de fixer mes yeux sur le professeur Renshaw, m'attendant à tout instant à ce qu'elle s'efface, comme le chat du Cheshire, et à ce que je me mette à voir à travers elle, ou même à ce qu'elle disparaisse tout à fait, me laissant en tête à tête avec le jeune homme efflanqué.

Elle me congédia au bout d'une heure et demie, dont elle avait passé l'essentiel à griffonner sur un cahier des transcriptions de mes réponses, tandis que l'échassier me regardait fixement par-dessus son ardoise, sur laquelle il tapotait de temps en temps du bout de son stylet.

On me demanda d'attendre dans une sorte de salon uniquement meublé de chaises de fer, rassemblées autour de hautes fenêtres. Il y faisait un froid de loup et un courant d'air le traversait au niveau du sol.

Plus d'une heure après, le jeune homme vint me délivrer. Il murmura, à peine audible :

— Le professeur Renshaw vous a retenue pour le protocole. Vous viendrez ici chaque jeudi, à dix-huit heures, pour rencontrer Mrs Turnipp.

Il tourna les talons et disparut. Je sortis de la glacière à mon tour ; je vis sa longue silhouette de héron glisser dans une encoignure, au fond d'un couloir.

Au soir

Francis Buir travaille dans l'ombre. Je vois bien qu'il épluche, avec une attention neuve, les coupures de vieux journaux qu'il a déjà sans doute lues dix ou trente fois. Il les consulte maintenant avec un autre regard. Il m'a montré ce papier paru dans le Daily Telegraph *du samedi 10 novembre 1888 et qui semble être, d'une manière tout à fait anodine, le seul à relever le fait que deux personnes dormaient au-dessus de la chambre numéro 13. Saura-t-on jamais qui se cache derrière ce mystérieux « nous dit-on » qui, dès le lendemain du meurtre de maman, lève un tout petit coin de voile sur mon existence ?*

« Meurtre dans l'East End

« [...] Les inspecteurs ont soigneusement inspecté les maisons adjacentes à Miller's Court, à la recherche de suspects. Sans résultat. Tous les voisins ont pu justifier de leur emploi du temps pendant les heures supposées du meurtre. Aucun d'entre eux n'a entendu le moindre bruit suspect, ni indiqué qu'il pourrait préciser l'heure à laquelle la femme a été attaquée par le meurtrier. Tous les murs de l'endroit sont d'une épaisseur ridicule, ce qui rend les témoignages tout à fait grotesques ou les circonstances impossibles. Les deux personnes qui dormaient juste au-dessus de la chambre du crime, nous dit-on, ont dormi profondément,

sans entendre aucun signe de lutte dans la pièce juste au-dessous. »

Jeudi 27 novembre 1941, avant de me coucher

J'ai eu ce soir mon premier rendez-vous avec Mrs Turnipp. Il ne s'agissait pas d'une sorte de surnom[1] *: Turnipp était vraiment son nom de famille.*

Et Mrs Turnipp était à peu près aux antipodes du médium que j'imaginais. J'attendais une petite dame malingre dans les soixante-dix ans, vêtue de jersey gris et couverte de bracelets, aux souliers montants d'homme. Mais non.

Mrs Turnipp était une belle femme, d'un âge difficile à traduire ou même à évaluer, qui se situait entre trente-cinq et soixante ans. Elle n'avait pas de rides, ses cheveux légèrement ondulés grisonnaient sur le devant, dans une mèche balayée au-dessus du front. Elle me fit penser à une chef de service dans une administration de Whitehall. Elle parlait en chuintant légèrement, avec un accent des Cornouailles. Elle portait un chemisier rouge imprimé d'une carte de Grande-Bretagne stylisée en couleurs contrastées. Un collier d'argent balançait sur sa poitrine, formant en pendentif une sorte de croix cerclée, évoquant un viseur de carabine, juste au milieu du sternum. La croix oscillait sur la carte entre Newcastle et Carlisle. En

1. *Turnip* : navet, en anglais.

la voyant, je n'ai pensé ni à son âge, ni à sa mèche grisonnante. Je ne me suis pas arrêtée sur son étrange chemisier ; j'ai pensé : Elle a l'air gentille. Elle a l'air bonne. Oui, elle, elle peut y arriver. Elle peut me ramener *là-bas.*

La première chose que fit Mrs Turnipp, en me découvrant, fut de sourire. Un sourire de pure bonté. Elle ne savait pas ce que je venais chercher auprès d'elle ; elle savait pourtant que je venais pour quelque chose d'essentiel. Elle ne joua nullement à la « voyante », en essayant de m'impressionner par des divinations spectaculaires. Elle commença par me demander de décrire l'objet de mes recherches. Et mes attentes.

Quels étaient mes espoirs ? Et ma confiance en elle ? Qu'est-ce que j'imaginais qu'elle « pouvait faire » ?

Je lui exprimai tout à la fois mes espérances et mes doutes. Non en son seul talent, mais quant à la capacité que la science pouvait avoir de fouiller ainsi la conscience des hommes. Elle sourit encore.

— Un certain « homme aux loups », qui a demandé à un interprète fameux de l'aider à se souvenir, en doute encore... Mais ce n'est pas notre histoire.

Elle étouffa un gloussement de gamine, étonnamment déplacé, mais qui me fit sourire. Nous nous sommes mises à rire, toutes les deux, et je me suis soudain sentie plus apaisée que je ne l'avais été depuis la mort de mon père.

— Alors, nous pouvons commencer, déclara-t-elle en se renversant en arrière, les yeux encore brillants de larmes.

J'ai pensé : Comme j'aimerais que cette femme soit mon amie. Comme j'aurais aimé la connaître bien plus tôt, et que ma vie se soit organisée sous la bénédiction de son rire et de sa protection.

Elle me fit réciter des mots, liés aux personnes et aux choses que je recherchais, et sur lesquels je voulais « avoir des perceptions ». Mrs Turnipp me demanda de construire, dans ma tête, une liste des termes et noms qui me préoccupaient particulièrement, en liaison avec mon « affaire ».

Elle me demanda de bien réfléchir à l'ordre dans lequel j'allais donner cette liste, et à l'intensité avec laquelle je pensais aux choses et aux êtres que les mots recouvraient.

Voilà : nous étions bien entrées dans le monde magique. Dans l'univers des esprits flottants. Nous étions en train de convoquer les fantômes.

Mrs Turnipp dit :

— Allez-y, composez une suite de onze mots. Ne réfléchissez pas trop. Ne les dites pas à haute voix... Rangez-les bien au chaud dans votre tête...

J'ai pensé, presque immédiatement : fenêtres, cloison, Mrs Prater, nuit, sommeil, Barnett, manteau, McCarthy, Spitalfields, Maria Harvey...

Mrs Turnipp m'a coupée.

— Cela suffit, vous avez sans doute uti-

lisé vos onze mots. Nous avons notre fond de carte... Voilà notre positif d'énergie.

— Un « positif d'énergie » ? ai-je risqué.

Pour la troisième fois, Mrs Turnipp a esquissé quelque chose qui ressemblait à un sourire.

— Oh, un terme qui ne veut rien dire, possiblement... Une sorte de fond de carte, comme je disais. Mais on pourrait bien appeler ça un fond de sauce, pour ce que j'en sais. Mais c'est un bon début. Vous savez, ne me brusquez pas trop avec des questions scientifiques. J'ai scrupuleusement étudié les travaux de Freud et ceux d'Otto Rank. J'ai assisté ici même, à Londres, à une étonnante conférence du grand Bergson, qui vient de nous quitter : figurez-vous qu'il avait appelé sa causerie « Fantômes des vivants et recherches psychiques »... Il y a longuement évoqué les sujets qui vous ont amenée ici.

« Bon : disons que, à côté de ça, je suis assez forte pour favoriser des inductions hypnotiques récessives. Mais pour ce qui est des sciences physiques, de toutes ces choses... Je ne saurais pas reconnaître une chèvre d'une brebis, et ceux qui distinguent dans le ciel les étoiles des planètes me font froid dans le dos !

J'ai regardé Mrs Turnipp ; elle était légèrement penchée vers moi, et mes yeux se sont arrêtés sur le tissu rouge de son chemisier, avec la cible de son collier qui continuait d'osciller au-dessus de la carte d'Angleterre et qui pointait désormais un endroit entre Nottingham et Derby.

Je me suis dit : Voilà, je suis là.

Vendredi 5 octobre 1888, Ten Bells, Commercial Street

— C'est que j'ai moi-même mené ma petite enquête, mon vieux ! Je sais des choses. J'ai travaillé en profondeur, moi aussi, dans Whitechapel. Je vais d'ailleurs peut-être quitter Mitre Square pour m'y chercher un nouveau refuge. Au plus près des putains… Oui, j'ai parlé à des gens par ici. Et figurez-vous que je connais quelqu'un qui vous connaît ! Le monde est étroit, mon vieux. Oui, une fille. Une ancienne des petits bordels de Breezer's Hill. J'ai travaillé… enfin, si l'on peut dire, avec elle dans le temps. Eh bien, si je vous dis que cette fille… Bon ! Elle habite tout près d'ici. Eh oui, dans Dorset Street, dans un petit endroit que les gens du quartier appellent McCarthy's Rents…

Les deux hommes en costumes gris sombre se regardaient, droit dans les yeux. Les verres d'alcool devant eux n'avaient pas été touchés. On était dans le creux de la journée, entre les afflux de clients que le marché de Spitalfields générait, en fonction des encans et des ventes.

William Blye, derrière le bar, veillait mollement sur l'ordonnance de son commerce à demi désert. Il remplissait des bouteilles de genièvre, en grès rose, avec les fonds de plusieurs carafes négligées par des buveurs trop assommés pour les achever. L'œil vague, il suçait un affreux bout de cigare noir, dont les feuilles extérieures se gonflaient de salive.

À la table près de la grande fenêtre de Commercial Street, les deux hommes laissaient leurs regards s'affronter ainsi, plusieurs longues secondes. Puis leurs mains saisirent les gobelets de liqueur et se cognèrent. Ici aussi, comme dans Spitalfields Market, il y avait comme l'apparence d'un contrat.

Carnets de Mrs Pritlowe

Vendredi 5 décembre 1941, au petit matin

Les Allemands nous font mal. Ils vont finir par enterrer jusqu'au dernier Londonien sous les bombes incendiaires et les décombres de leurs propres maisons. Les gens se terrent dans le métro. On se presse aux entrées des stations, en famille, avec de la nourriture et de quoi se laver un peu. C'est devenu une habitude. On raconte que les autorités font circuler la nuit un train-cantine dans les tunnels. Au London Hospital, rien ne change. J'ai le sentiment d'être revenue sur la ligne de front. J'y entends les mêmes râles et j'y soulage les mêmes tourments.

Je vais raconter à présent notre deuxième rendez-vous. Mrs Turnipp avait confectionné des fiches avec les différents termes et noms que j'avais évoqués le jeudi précédent.

— Tout le reste ne nous concerne pas

encore. Nous sommes sur une autre carte. Nous avons deux postes de fixation ; nous avons une patiente ; nous avons un décor...

J'ai pensé : Elle va me demander de dormir. Elle va dire « Je le veux ! », comme dans ces spectacles de music-hall où un type en chapeau haut-de-forme – nom de Dieu, comme lui *dans les croquis des journaux populaires – endort une alanguie ; elle va nous installer derrière les fenêtres dans Miller's Court, et nous allons plonger les yeux dans la pièce, vers le lit et le mur de partition. Elle va nous allonger sur le plancher fissuré, chez Elizabeth Prater, dans le numéro 20, et la lueur du feu va illuminer la scène. Elle va entrer, avec* lui. *Et nous serons là à regarder.*

— Voilà notre première vraie séance, a-t-elle dit en dodelinant de la tête, bizarrement, comme pour chauffer un torticolis. Je vais vous mettre en induction, seulement pour quelques minutes. Nous allons reconstruire ce qui a été perdu. Nous allons essayer.

Autant le dire tout de suite : la première tentative de Mrs Turnipp pour me plonger dans l'état hypnotique n'a semblé lui poser aucun problème. Elle m'a dit plus tard que je faisais partie des sujets – j'étais devenu un « sujet » – qui ne font aucune résistance à la rêverie. Mrs Turnipp m'a aussi expliqué, comme toujours sur un ton à demi moqueur, que cela ne ferait pas forcément de moi un bon « vibreur » lors de l'induction hypnotique. Je la laissais dire. Je me sentais parfaitement bien, bercée par ses expressions techniques et ses mots abstraits. Au fond, je n'avais déjà qu'une envie, obéir aux injonctions que j'allais recevoir, me laisser dériver dans cette chaleur ouatée que Mrs Turnipp installait doucement autour de nous. J'étais prête. Peut-être même trop prête. Il ne se passa rien.

Ou presque. Je suis restée quelques instants sans doute en « suspension inductive » dans le fauteuil de Mrs Turnipp. Comment décrire quelque chose qui s'apparente tant aux rêves ? Les images défilent en accéléré, se mélangeant les unes aux autres ; je sens bien que je cherche à forcer l'entrée de quelque chose, que je cherche à imposer un chemin à ma volonté, à lui faire prendre une piste déjà tracée – comme les deux chiens limiers Barnaby et Burgho, qui devaient partir sur les traces de l'assassin de Miller's Court. Soudainement, dans mon vertige, je reformulais les mêmes espoirs que certains officiels de la Metropolitan Police en 1888. Derrière Burgho et Barnaby, la piste allait s'illuminer comme une avenue un soir de Noël. Je n'avais plus qu'à suivre. Il m'a semblé sortir d'Aldgate Station, puis glisser doucement de Whitechapel High Street dans Commercial Street, remonter à mon pas, couper Wentworth Street, Thrawl Street, Flower and Dean puis Fashion Street : voilà, j'étais dans Dorset Street.

Ça n'a pas été comme ça. Je m'efforçais de reconfigurer ce Londres-là, de m'imposer une déambulation dans ces larges boulevards saturés de travailleurs, de femmes en longues jupes et faux-culs plissés, de bonnes, de crémières et de fiacres, traçant leur route au milieu des charrettes à bras et des rouleurs de tonneaux. Mais, avec la même acuité que celle qui permettait à mon imagination de m'approvisionner en saynètes victoriennes avec une régularité de mitrailleuse, modifiant presque pas après pas la topographie et l'humanité qui me croisait, je percevais leur illusion. Tout cela n'avait jamais existé ; n'avait jamais existé comme ça.

Tout cela n'était que le résultat de mes indigestions d'archives à la Filebox Society. Je reconditionnais des bribes de vieilles photographies, des morceaux de vignettes, des fragments de lectures et de récits pour imposer une toile de fond à ma rêverie. Mon aventure dans Commercial Street n'était que cela : une pérambulation sur une scène de théâtre, animée des coulisses par une équipe de machinistes, agitant des silhouettes et déplaçant des cartons pour figurer le mouvement. Tout cela n'avait pas plus de réalité que les spectacles de Punch et Judy sur les places publiques de ce Londres de fantaisie que je cherchais à gagner, dans mon induction hypnotique.

Ce fut plus qu'une déception, parce que cela m'imposa l'idée d'une impossibilité. Tellement évidente qu'elle m'écrasa sous son poids et que Mrs Turnipp en constata immédiatement, à mon « réveil », les effets. J'étais en larmes, d'impuissance. On ne voyage pas dans le temps.

Cette vérité-là avait de vraies couleurs. Pas celles de ces pastels dans lesquels je venais d'évoluer, ces photographies retouchées et colorisées à la hâte dans lesquelles j'avais tenté de me glisser.

— Pourquoi donc pleurez-vous, a demandé Mrs Turnipp avec une voix douce, qui n'avait rien de paramédical. Vous avez vu des choses embêtantes *?*

Ce dernier mot lui échappa avec une particulière sonorité des Cornouailles.

J'ai essayé de lui expliquer ce que je venais de ressentir ; ce découragement sans fond qui s'impose face à une évidence ; cette rage d'impuissance ; cette déception que l'on ressent quand on vient d'être la victime d'une supercherie ou d'un canular qui faisait de nous, un instant plus tôt, le gagnant de la loterie.

— Mais non, vous n'allez pas retourner dans le temps, bien sûr que non. Ça ne se peut pas, bien sûr... Quelqu'un avant moi a posé le problème. Attendez, je vais vous lire les phrases exactes...

Elle fouilla derrière elle et s'empara d'un manuel à la couverture ocre, L'Homme aux loups, *de Sigmund Freud, aux pages tout ébouriffées d'avoir été souvent feuilletées.*

— Voilà : « Un petit enfant est-il capable de recueillir des perceptions relatives à un processus aussi compliqué et de les conserver si fidèlement dans son inconscient ? Existe-t-il un procédé quelconque pouvant rendre conscients, de façon cohérente et convaincante, les détails

d'une pareille scène ? » À ces deux questions, je réponds « oui ». Et je dis aussi que moi, Rose Turnipp, je peux réussir à aider l'adulte qu'est devenu cet enfant à revenir au point zéro ! Voyez-vous, Amelia, c'est le temps qui va revenir vers vous, comme le vent du large ramène vers les côtes des effluves de la pleine mer, l'odeur des abysses, des grands fonds, des lointains. C'est le temps qui va vous rapporter des choses. Peut-être les choses que vous cherchez.

Je l'ai regardée, fixement. Et j'ai cru ce qu'elle disait.

Ten Bells, 10 novembre 1888

Le reporter du *Star* chercha du regard, dans la clientèle bigarrée de la *public house*, celle qu'il était venu rencontrer. Des marchands de poulets, le paletot tavelé de longues giclures de sang, le pressaient contre un pilier de fonte. Il essaya de se dégager, pour cogner dans la hanche d'une nourrice qui le renvoya contre les volaillers. Il réussit enfin à gagner l'abri relatif du dégagement du comptoir, d'où Blye lançait des commandes à Bette Stall et à une autre souillon qui l'assistait.

— Prater, sir ? Vous connaissez une Mrs Prater ?

Blye observa le journaliste comme on inspecte un cloporte découvert par hasard sous une écorce :

— Prater ? Liz Prater ? C't'elle, là, avec le tablier gris…

L'homme du *Star* vit une femme courbée, aux cheveux grisonnants, assise devant une chopine de rhum rouge, l'œil éteint et jauni par la fatigue et l'abus manifeste d'alcool. Elle dodelinait de la tête, en regardant un point fixe, au-delà de Commercial Street.

Il se dirigea vers la table et s'assit face à elle :

— Mrs Prater ? Je m'appelle Doughy Grant… Je suis reporter pour le *Star* de Londres.

Il fit glisser sur le bois, devant Liz Prater, deux pièces d'un shilling. Il en libéra une et garda l'index fermement appuyé sur l'autre.

— J'ai déjà tout raconté à vot' gars, ce midi, dans Miller's Court…

— Oui, Mrs Prater. Mais, moi, je voudrais savoir autre chose. Vous pouvez me parler de cette Mary Jane Kelly ?

— C'était une brave fille… Vos journaux vont continuer à raconter qu'c'était une catin à deux sous, mais si vous voulez m'écouter alors dites à ceux qui vont lire vot' histoire que Mary Kelly c'était une brave fille.

— Vous étiez voisines…

— Mary, elle vivait au numéro 13, et moi au numéro 20. C'est la chambre qui est juste au-dessus de chez elle.

— Cette Mary Kelly, elle avait quel âge ?

— J'dirais qu'elle avait dans les vingt-trois ans. J'la connais depuis juillet, quand que j'suis venue habiter dans Miller's Court…

— On pourrait la décrire ?

— C'était une belle fille. Une beauté, pour l'quartier… Elle était grande et plutôt jolie, claire comme un lis. Une belle fille, bien fraîche…

— Vous l'avez vue le jour où…

— J'l'ai vue sortir dans l'après-midi, mais la dernière fois où que l'ai vue vivante c'est vers neuf heures, le jeudi soir. J'étais là, au bas des marches, dans l'entrée, et elle est sortie. On est restées là à causer, à se demander ce qu'on allait bien pouvoir faire, et puis on est parties, chacune de notre côté. Moi j'suis allée voir si j'croisais du monde… Elle avait un chouette chapeau et elle avait mis sa veste. Moi, j'ai pas d'veste, pas d'chapeau… Enfin, on s'est séparées, comme j'disais, et je lui ai dit : « Bonne soirée, ma vieille ! » Et elle m'a répondu : « Bonne soirée, ma belle. » Elle m'appelait toujours comme ça. Voilà, c'est comme ça que j'l'ai vue pour la dernière fois.

Mrs Prater se mit à pleurer. Des veines minuscules commencèrent à se dilater, teintant de rouge vif le film jaunâtre de la cornée.

— L'lendemain, j'ai passé d'vant ses fenêtres, quand qu'les gars de la police y cherchaient à empêcher les gens d'sortir dans Dorset Street. J'ai vu c'qu'on a fait à Mary Kelly… Nom de Dieu, oui, que j'ai vu… J'suis une femme, moi aussi, et j'vais être obligée de dormir juste au-dessus d'là où qu'ça s'est passé…

Elle renifla à plusieurs reprises et sembla s'isoler du monde, s'abîmant dans un profond silence. Doughy Grant griffa son bloc avec un curieux crayon à mine verdâtre :

« Mrs Prater a vu le corps mutilé à travers la fenêtre de la chambre de Kelly, qui, rappelons-le, est au rez-de-chaussée. La pompe à eau est juste au coin de la fenêtre, et Mrs Prater a profité d'une corvée d'eau pour jeter un œil par la fenêtre. Elle raconte :

« — J'ai pas pu supporter de regarder plus d'une seconde. J'pourrai jamais oublier ce que j'ai vu par cette fenêtre, même que j'devrais vivre cent ans ! »

Grant continua à écrire sur son bloc avec son crayon à la mine presque verte. Il souligna deux fois le titre qu'il allait proposer à son chef de rubrique, dans moins d'une demi-heure : « La voisine de Mary Kelly raconte ! ».

Carnets de Mrs Pritlowe

Samedi 6 décembre 1941

J'y reviens sans cesse. L'Agence centrale de presse a dû disperser sa prose à tous les quotidiens du royaume. Les mêmes mots reviennent. J'ai lu cent fois ces descriptions et ces anecdotes : « Le corps était enfermé dans un cercueil de chêne poli, avec des ornements métalliques... » ; « Lorsque le corbillard apparut, des femmes en larmes, défigurées par l'émotion, se mirent à hurler "Que Dieu lui pardonne !" » ; « Le cortège a été escorté par des centaines d'hommes et de femmes, qui emplissaient les rues de toutes parts » ; « ... et puis la modeste cérémonie s'acheva ».

Un secrétaire de la rédaction a ajouté un titre. Bref, le plus souvent. Et informatif. Et voilà comment se sont déroulées les funérailles de Mary Kelly.

Lundi 19 novembre 1888, église Saint Leonard, Shoreditch

L'un des deux chevaux boitait. Il aurait du mal à couvrir les six miles qui séparaient Shoreditch de Leytonstone. Par instants, l'animal essayait de toucher du bout de son nez l'arrière de l'articulation de sa patte avant droite. Une courte plaie rougeâtre suintait et un peu de sang glissait sur le poil gris. Les quatre gaillards en redingotes sombres étaient sortis de Saint Leonard d'un pas cadencé, avaient déposé le cercueil sur la plateforme de l'attelage et l'équipage s'était ébranlé vers l'est. La foule, massée des deux côtés de Boundary Street, débordait largement dans Virginia Road, par où le convoi commençait à s'engager. Des femmes, au teint livide et aux yeux rouges, fantomatiques dans leurs tenues de deuil, tendaient désespérément leurs mains pour tenter de toucher le cercueil. Certaines y parvenaient et laissaient leurs doigts glisser sur le bois clair, avec un air extatique, comme si elles en retiraient une sorte de fluide. Les croque-morts les chassaient et les repoussaient, mais d'autres aussitôt les remplaçaient et se livraient à la même besogne.

Une deuxième voiture vint se ranger derrière le corbillard, puis bientôt une troisième. Joe Barnett était assis dans la première, en compagnie de quelques-unes des femmes qui avaient témoigné la semaine précédente au Town Hall. La vieille Mrs Prater semblait anéantie, le dos contre la rambarde. Elle balançait doucement sa tête, de gauche à droite, dans ce mouvement irrésolu qu'adoptent parfois les aliénés.

À sa droite, Thomas Bowyer, l'homme de chez McCarthy, restait plongé dans ses pensées. Il regardait vers l'avant, pointant son profil d'aigle vers le cercueil, et revivait sans doute les moments où il avait découvert le corps, dans Miller's Court.

Dans la voiture qui fermait le convoi, on voyait un homme en habit élégant, le chapeau de soie noire posé sur le banc à main gauche. Robert John Pritlowe pleurait doucement et caressait les cheveux d'une toute petite fille qui restait assise sur ses genoux, dans un minuscule manteau de laine grise. Celle-ci regardait la foule s'agiter ; elle pointait parfois du doigt l'une ou l'autre chose qu'elle voyait en chuchotant à l'adresse de l'homme qui la tenait. Et l'homme rabaissait doucement vers le sol l'index qu'elle pointait et posait en retour son propre doigt sur ses lèvres, l'enjoignant au silence.

Restant debout, à son côté, la frêle Maria Harvey regardait fixement la foule, ne cherchant à éviter aucun regard. On eût dit qu'elle voulait percer le mystère de cette multitude et y découvrir, dans une illumination de l'esprit ou une clairvoyance miraculeuse, celui qui avait fait ça. Et c'est bien ce qu'elle faisait. Elle dévisageait chaque silhouette sombre. Chacun de ces hommes, qui venaient de se découvrir et tenaient à la main chapeaux et casquettes, était passé à l'inquisition de son regard terrible, pareil à celui d'un procureur ou d'un consul romain. Dans chaque paire d'yeux qu'elle croisait, elle cherchait à deviner la trace du forfait, l'écho d'une culpabilité ou d'une malice. Elle fouillait dans cet immense grouillement humain à la recherche du meurtrier de Mary Jane Kelly. Son labeur semblait inépuisable. Elle basculait d'un bord à l'autre de la voiture, plongeait dans Boundary Street, concentrée, absorbée. Son œil filait en direction de l'église comme on lit un livre, puis revenait sur le petit bâtiment trapu de la morgue de Shoreditch, d'où l'on avait extrait à l'aube la dépouille de son amie.

— Hé, Maria, lança un gros garçon en veston effiloché, tu vas faire tout l'voyage debout dans ton carrosse ?

C'était un des forgerons qui logeait dans New Court, à moins de cinq yards de sa propre chambre. Il venait sans émotion, emporté comme tant d'autres par la curiosité et l'appétit sinistre des douleurs. Maria Harvey se détourna sans un mot. Elle continuait de balayer le grouillement humain qui l'entourait. *Il est là-dedans. Ou pas loin. Il contemple sa besogne*... Confusément, mais avec une certitude venue du fond de son ventre, au point qu'une onde de chaleur la traversa, lui faisant trembler les épaules et la nuque, Maria Harvey sentit qu'on le trouverait. Qu'un jour, quelque part, peut-être bien après sa propre mort, quelqu'un allait tendre un doigt vers une silhouette encore imprécise et dire : « Voilà. C'est lui... » L'ombre d'un sourire glissa sur son visage maigre et releva le coin de ses lèvres.

Au fond de Virginia Road, les chevaux prirent au nord, dans Columbia Road, puis plongèrent dans Hackney. La foule ne se dispersait pas. Ceux qui étaient tout à l'heure à Shoreditch marchaient toujours, rejoints au fil des rues et des avenues par de nouvelles recrues. Cette armée en deuil avançait au même pas que les chevaux. Maria Harvey conservait son poste de vigie, concentrée, tendue comme un câble de navire. Dans la deuxième voiture, Joe Barnett sanglotait. Ses épaules trapues et son cou étaient traversés de spasmes, et ses yeux d'enfant, éternellement clairs, étaient à présent mangés par une ombre violacée qui lui donnait des airs de cabot de théâtre. Le cortège avançait. On traversa Bethnal Green, puis l'on replongea vers Stepney. Le convoi était parti depuis plus d'une heure et des centaines de femmes escortaient toujours Mary Kelly. Toujours, elles cherchaient à atteindre le cercueil pour y poser la main. Toujours, elles jetaient sur la plateforme des fleurs de papier qui sentaient la violette et le lilas. On s'arrêta un instant aux confins de Mile End Road. Le cocher descendit de son siège et oignit d'une graisse bleuâtre la plaie à la patte de son cheval. Celui-ci se laissait faire, en remuant sa crinière. L'on repartit. Enfin, les rues populeuses de Mile End firent place aux faubourgs désolés de Bow et de Stratford. Des perspectives tristes, traversées de canaux aux eaux noires, plantées de peupliers et de saules, furent traversées. La foule s'était faite moins dense et les chevaux avaient pris un petit trot qui découragea les derniers marcheurs. On circulait à présent dans des avenues sinistres et battues par le vent, bordées de taudis en torchis et en briques jaunes, et piquées par intervalles de tavernes à mariniers. L'air sentait les combustions de charbon et la vase. Les trois voitures remontèrent Langthorne Road et ralentirent devant les grilles du cimetière Saint Patrick. Des policiers encadraient une foule neuve : celle-ci s'était reconstituée tout le long des dernières maisons qui faisaient face aux grandes arches de l'entrée. Un prêtre attendait devant la chapelle et les derniers mètres se firent à pied. Les quatre porteurs de Shoreditch réapparurent comme surgis du sol et emportèrent le cercueil entre les allées. Une fine pluie tombait et détrempait la glaise jaune qui perçait sous l'herbe pauvre. Près de la fosse, l'on vit Joe Barnett s'agenouiller pour prier, pendant que le prêtre récitait des prières. Il balançait son encensoir, qui fumait chichement. Maria Harvey n'avait pas quitté son air de bête de proie. Elle voyait tout, d'un même regard, embrassant les curieux que la police contenait en dehors du périmètre, les visages de Robert Pritlowe, de Thomas Bowyer, celui de Joe Barnett, qui semblait désormais tuméfié à force d'émotion. Elle voyait Liz Prater, haute silhouette sombre avec sa mince figure qui oscillait encore. Elle vit la terre recouvrir son amie, les séparant à jamais, et l'un des croque-morts reposer sur le tertre les deux couronnes de fleurs artificielles qui suivaient depuis Saint Leonard.

En quelques minutes, la cérémonie s'acheva. La foule se dilua, comme une encre sombre dans une eau claire, et ne fut bientôt plus que des individus disparaissant au loin. Quelques gars de Billingsgate entouraient Joe Barnett. Des anciens compagnons de travail, dont les allures endimanchées ne dissimulaient pas complètement une vague odeur de marée. Ils marchèrent vers une *public house* qui s'élevait à moins de trente pas des grilles de Saint Patrick. The Birkbeck se détachait, isolé, sur un ciel de plomb. On eût dit une tranche de gâteau, brun et blanc, tapissé de crème, posé sur une assiette. Les hommes de Billingsgate, encadrant un Joe Barnett effondré, s'y engouffrèrent d'un pas décidé.

Les charrettes reprirent leur route vers l'ouest. Sur la première, qui avait porté le cercueil, plusieurs filles de Spitalfields s'étaient juchées, serrées entre les quatre croque-morts qui repartaient sur Shoreditch.

Carnets de Mrs Pritlowe

Lundi 8 décembre 1941, au London Hospital

J'étais devant Aldgate Station. Sur le mur, un long panneau d'affichage en bois de cèdre rouge exposait des publicités pour les Catterson Lamp Works et les tarifs des cabs *entre Holborn Viaduct, Fenchurch Street et le London Hospital. Quelqu'un y avait ajouté une annonce de conférence pour le soir même, donnée par un certain sir Harold Barton-Lew au Prudencial Hall, intitulée :*

« Et si le soleil rendait l'âme ?

Histoires pour un monde à venir. »

C'était à quelques pas. Sans bien savoir pourquoi, je me dirigeai vers le Prudencial Hall de Great Prescot Street. Un grand escogriffe en redingote de clergyman *y pontifia plus d'une heure, osant des hypothèses farfelues sur la planète Neptune, sur les anneaux de Saturne et sur les cycles solaires.*

Barton-Lew improvisait, devant des immigrés allemands ou hongrois à chapeaux plats et des marmots bâillant d'ennui, des scénarios de fin du monde, comme tout droit sortis de chez Nostradamus. Cela parlait cosmos, système solaire, vie et mort des étoiles, vitesse de la lumière. J'ignorais à peu près tout de ces questions. Je regardai ma montre-bracelet : donnait-on des conférences à vingt-deux heures dans Londres, en plein Blitz *? Je repensais à Mrs Turnipp : « Je ne saurais pas reconnaître une chèvre d'une brebis, et ceux qui distinguent dans le ciel les étoiles des planètes me font froid dans le dos ! »*

Barton-Dew s'agitait devant son pupitre de bois clair. Il se perdait dans ses notes, apostrophait son public en multipliant les larges moulinets de ses bras courts, qui semblaient percer le velours de sa redingote presque au niveau de l'abdomen, comme ces bonhommes têtards crayonnés que font les enfants.

Il aboyait des menaces sur la fin des temps et renvoyait, à la manière d'un sévère prêtre méthodiste, le monde à ses fautes. Auprès de moi, un vieil ivrogne commença à ronfler, le visage enfoui dans son paletot. Une jeune femme sur le rang devant moi arrachait minutieusement des esquilles du dossier de son voisin et s'en servait, comme de longues sondes, pour fouiller entre ses dents noircies. Un gamin se grattait une épaisse croûte à la joue, laissant suinter un sang mêlé de lymphe. D'autres hommes, au-delà de la femme aux dents pourries, marchandaient quelque coup obscur dans une langue qui me parut être du polonais ou du tchèque. Stupidement, comme dans certains cauchemars, aucun de ces personnages n'avait réellement de visage. Ou, plutôt, ces visages ne persistaient pas. Ils avaient la consistance des scènes vues à travers la vitre d'un train lancé à pleine vitesse. N'étais-je pas en « suspension », avec Mrs Turnipp, quelque part dans Saint Mary's Gate, assoupie tandis qu'elle me faisait revivre quelque séquence enfouie au plus profond de ma mémoire ?

Soudain, Barton-Lew fit une pause dans son exposé. Il leva les yeux et fouilla la salle du regard. Et s'arrêta sur moi. Il se fit un silence énorme dans le Prudencial Hall de Great Prescot Street. Toutes les têtes se tournèrent vers moi. J'étais effrayée. Je sentais que je transpirais beaucoup. Quelque chose n'allait pas. Je n'étais pas en état d'hypnose ; je n'étais pas revenue. L'évidence me frappa : ce que je voyais là, au Prudencial Hall, n'avait jamais existé. Je ne revivais pas, grâce à Mrs Turnipp, des scènes perdues au loin, dans le temps. Barton-Lew quitta lentement sa chaire et se mit à descendre les deux marches de bois ciré qui donnaient sur la salle sans me quitter des yeux. Il marchait vers moi, sous les regards concentrés de son auditoire. J'étais transie de peur. Il s'approchait. Je vis que ses petits bras, effectivement, sortaient de son buste, exactement comme dans les dessins d'enfants. Et je vis aussi, dans une de ses courtes mains potelées, un étroit couteau de chirurgie, luisant, qu'il leva sur moi.

Je m'éveillai. J'étais au London Hospital, dans l'aile Walpole, assoupie sur une litière recouverte de linges, de gazes et de rubans de taffetas. J'avais rêvé. Je n'étais pas en induction hypnotique. Des blessés gémissaient autour de moi, et ils réclamaient mon aide.

Jeudi 11 décembre 1941, tard le soir

Toutes les voix se confondaient, s'empilaient comme des strates de minerais dans une coupe géologique. Le bourdonnement était celui d'une ruche, avec des vibrations et des stridences soudaines.

Nous avons eu notre séance : je sais que j'ai quitté quelques instants les lieux, mais sans savoir où j'ai été. J'ai le souvenir très net de ces voix embrouillées, d'un souffle d'air contre ma joue. Et, au fond de ma tête, avec la même imprécision douloureuse qu'un souvenir de rêve, qu'on essaie de faire ressurgir avec trop de retard, ce nom, comme crié d'un autre monde : Lottie.

Mrs Turnipp m'a ramenée. J'étais en sueur. J'avais uriné sous moi. Elle a fait une moue. Elle avait l'air de dire : « À côté de ce qu'on a vu, ce n'est pas bien grave, hein ! »

Mardi 16 décembre 1941, avant de me coucher

Ce soir, à la Filebox Society, j'ai pris à part Mr Buir. Y avait-il moyen de tirer quelque information en partant de cette Lottie ? Ce nom apparaissait-il dans le dossier Kelly ?

Mr Buir ne savait pas. Mais il me promit de chercher. Il est parti tôt, et je suis restée à compulser de gros registres des recensements de Whitechapel, datant de la fin du siècle dernier. Puis je me décidai à ouvrir le feuillet plié en quatre qu'il m'avait discrètement laissé : c'était une pleine feuille du Pall Mall Gentleman's Observer, *publiée en septembre 1885, encadrée par une publicité dessinée qui vantait les mérites d'une chaufferette individuelle en cuivre.*

Je lus cet article, qu'il me faut insérer dans mes notes :

« À la recherche de la mémoire enfouie

« L'amnésie infantile est-elle un phénomène réel ? Certains chercheurs suggèrent désormais que la mémoire est un phénomène parfaitement actif dès l'âge de deux ans et que les épisodes marquants de la petite enfance restent stockés dans des endroits précis de notre subconscient, ne demandant qu'à ressurgir si on parvient à les stimuler.

« Le docteur Joseph Breuer, de Vienne, spécialiste reconnu de l'hypnose et de la mémoire, de passage à Londres à l'invitation de l'Institut royal de psychologie, a longuement expliqué hier soir que, "bien que pratiquement aucun souvenir ne puisse être remonté s'il date d'un âge antérieur à deux ans, la plupart des autres détails de notre vie d'enfant peuvent répondre

à des stimuli des praticiens et se reconstituer en souvenirs précis". Breuer a proposé l'idée d'une mémoire dite "affective", qui viendrait en quelque sorte au secours du patient pour l'aider à identifier si, par exemple, un événement ou une suite d'événements, voire des scènes parfaitement linéaires de la mémoire précoce, sont bien réels ou, au contraire, ont été imaginés.

« Le docteur Breuer a produit des résultats tout à fait impressionnants de ses travaux menés sur des enfants en Autriche. Le docteur Breuer a ainsi "appris" à des enfants d'un âge situé entre deux et trois ans et demi des suites et des associations de mots, ainsi que des connaissances simples ordonnées. Par exemple, "le Danube est le plus long fleuve d'Europe", suivi de la combinaison des mots suivants : Australie, Apollon, Italie, Copernic, dragon, architecture, pechblende. Breuer a demandé à examiner à nouveau les enfants précédemment soumis à l'expérience aux âges de cinq et huit ans. Tous ont été soumis par lui à l'hypnose et, sitôt que le docteur Breuer a prononcé le mot "Australie", l'ensemble des autres mots a été énoncé par les enfants, y compris la phrase "le Danube est le plus long fleuve d'Europe".

« "Nous n'en sommes qu'au tout début d'une longue série de découvertes dans le domaine de la mémoire et de l'hypnose", a expliqué le praticien viennois. »

Cette dernière citation avait été soulignée par Mr Buir, d'un double trait de crayon graphite.

Je finissais à peine cette étonnante lecture que Mr Dobbler m'a abordée. Il faisait mine de m'éviter depuis le début de la soirée, se réfugiant dans le salon près des fenêtres, là où les hommes se rassemblent pour fumer et parler un peu plus fort. Vers dix heures trente, alors que la plupart des membres présents commençaient à se disperser, Mr Dobbler a quitté le salon et a marché vers moi. Il a cligné de l'œil en m'incitant à le suivre vers les tables de travail. Il a désigné du regard un des sièges, et je m'y suis assise. Il s'est installé en face de moi et a tiré de sous sa veste rousse une minuscule pipe d'écume au bout rond comme un champignon. Il l'a fait aller et venir entre ses longs doigts de pianiste, dont les jointures, je ne sais pourquoi, me firent penser à des bourgeons gorgés de sève.

— Je vous vois depuis un moment, disons... manigancer avec Mr Buir... Vous êtes sur une piste, Mrs Pritlowe ? Une sacrée piste, je dirais ?

Il gardait l'œil fixé sur moi, la bouche à demi ouverte. Je pouvais voir ses canines usées, arrondies, qui tressautaient dans l'ombre. Ses lèvres aussi tremblaient. Le balisticien attendait, comme si la « piste » était tout ce qu'il espérait depuis des années, depuis peut-être même son entrée à la Filebox Society. Je gardais les yeux baissés sur le noyer noirci de la grande table d'étude.

— Pas que je sache, Mr Dobbler. Nous échangeons parfois des... intuitions.

— Je suis peut-être un vieux benêt, Mrs Pritlowe, mais même du temps de ma jeunesse les intuitions féminines ne portaient pas de prénoms... Cette Lottie, qui est-ce ?

— C'est ce que je me disais que vous alliez m'apprendre, Mr Dobbler.

Il me regarda avec étonnement ; ses yeux restaient fixes, sans le moindre cillement. Il tendit un doigt, aussi mince qu'une épingle à chapeau, et, d'une pichenette, remit en place ses lunettes aux verres teintés.

— Peut-être que vous auriez dû venir plus tôt à la Filebox Society, Mrs Pritlowe. Ou bien n'y jamais venir.

Il se leva, repoussa lentement sa chaise contre le noyer de la table et recula, me faisant toujours face.

— Ou peut-être bien que vous avez une affaire personnelle à solder avec quelqu'un...

Sur ces derniers mots, Mr Dobbler se retourna et disparut par le corridor. J'écoutai quelques secondes son pas décroître vers le hall. La porte de l'étage claqua.

Je regardai autour de moi. Au loin, Stevenson mangeait discrètement des morceaux de volaille qu'il trempait dans un minuscule pot de moutarde. Il feuilletait un recueil de textes et se moquait du monde entier. J'entendais deux membres – sans doute le professeur Minter et son acolyte, le pion de collège Barrows – ricaner en échangeant des blagues dans le fumoir.

Miller's Court, septembre 1889

Le locataire du numéro 13, dans Miller's Court, est à présent un petit bonhomme, un peu gras, aux cheveux ras, au visage désagréable. Il vit là avec une femme, qui s'appelle Lottie. Lottie et lui payent leur loyer à McCarthy en montrant la chambre aux curieux. L'attraction principale est le mur de partition, juste derrière le lit. Il est resté en l'état. On y discerne sans effort de longues traînées brunes.

Les voix demandent :

— C'est bien là ?

— On voit encore toutes les traces, là.

— C'est affreux. Quelle honte. Sortons d'ici…

— Mes trois pence, *gov'ner*.

Le petit homme raccompagne ses visiteurs jusque dans Dorset Street. Il ricane vaguement de leur frayeur, mais leur glisse, avant que la rue ne les sépare :

— Dites-le autour de vous. Tout est resté en l'état ! On visite tous les jours, à partir de huit heures et jusqu'au soir… Trois pence, gratuit pour les marmots. Dites-le bien autour de vous, m'sieurs dames…

Carnets de Mrs Pritlowe

Mardi 23 décembre 1941, Fournier Street, à la Filebox Society

J'ai trouvé une nouvelle enveloppe à mon nom. Buir n'est pas là, mais il est passé. Je reconnais l'écriture. Dobbler, dans un coin, me guette. Il devait également avant mon arrivée surveiller l'enveloppe, du même œil figé de chasseur.

Je ne cherche pas à ruser. Je m'assieds, et j'ouvre l'enveloppe. J'y trouve une courte lettre, dont je recopie immédiatement l'intégralité :

« La journaliste canadienne Kathleen Blake Watkins a visité Miller's Court en 1892. Elle y a rencontré des survivants de l'époque Kelly, dont Mrs Prater. Et elle a croisé la nouvelle occupante de la chambre de Mary Jane Kelly, une certaine Lottie. Celle-ci gagnait sa vie

depuis plusieurs années en faisant visiter "la chambre de Mary Kelly" aux curieux. Les journaux ont rapporté que McCarthy réclamait une partie de la somme et qu'il interdisait formellement à Lottie de nettoyer la cloison qui séparait le numéro 13 de l'escalier qui monte chez Mrs Prater.

« Lottie a ainsi vécu, depuis la réouverture de la chambre, en janvier 1889, avec un mur de partition totalement maculé du sang de Kelly. Kathleen Watkins a payé ce qu'il fallait – on parle de trois pence la visite – et a vu la chambre. Elle a vu Lottie et elle a vu McCarthy. Elle ne dit rien de plus. Vous trouverez tout ça dispersé – je me suis donné la peine de tout raccommoder pour vous – dans le Globe and Mail *de Toronto du printemps 1892.*

« Buir, Esq. *»*

Jeudi 25 décembre 1941, avant minuit

Nouvelle séance. Mrs Turnipp s'est allongée à quelques pas de moi. Je sentais sa respiration sur le dos de mon coude. Elle n'est intervenue en rien, m'a laissée flotter là, sur le parquet. Aujourd'hui, c'est Noël. Mais Mrs Turnipp a tenu absolument à ce que nous ne changions rien. À ce que, surtout, nous ne déplacions pas notre rendez-vous.

Je me suis sentie comme suspendue à quelques centimètres au-dessus du sol. Cette fois, j'ai pu sentir des choses. *J'ai senti du bois, du bois râpeux, une odeur de poussière et de goudron ; de rance aussi. Et puis les voix embrouillées sont revenues, de lointaines traces de conversations, depuis longtemps éteintes, comme des traces d'épices sur un tablier. Comme des effluves fanés, dans une pièce close. C'est exactement cela : les voix sont montées vers moi, à la manière d'un parfum ancien, révélé dans le froissement des pétales séchés d'une fleur morte.* Tu vas voir comme on va être bien… / Bonne soirée, ma belle. / C'est d'accord, allez viens, mon chou. / Mince, où est mon foulard ? / Bowyer, tu f'rais mieux d'aller chercher les flics ! / Eh bien, Mary Jane, on va pas se voir ce soir…

Ça y est : nous étions dans le numéro 20. Mrs Turnipp veillait juste à ce que l'induction « soit propre », qu'il n'y ait pas de « fissure », pas de « rupture », pas de « nœud », pas d'« ellipse »... Elle m'avait expliqué rapidement le sens de tous ces termes dans son cabinet, auparavant, parfois avec une certaine autorité, comme celle que possèdent ceux qui se sentent dépositaires d'un savoir peu commun. Mais, aussitôt après, elle s'était mise à glousser, avec une certaine nonchalance qui semblait dire : « Enfin, n'y passons pas trop de temps quand même, tout cela ce ne sont que des noms de recettes de cuisine un peu prétentieuses... »

Je me suis réveillée une nouvelle fois. Sans trop savoir où j'étais. Mais si ! Au beau milieu du sternum de Mrs Turnipp. Du côté de Leeds. La première chose qui s'est matérialisée devant moi, c'est le chemisier rouge avec la carte d'Angleterre. Mrs Turnipp a dit : « Nous avons beaucoup bougé. » Elle parle comme une infirmière, en utilisant la première personne du pluriel, et avec cet accent des Cornouailles, plus fort que jamais. « Nous avons vu des choses ? Sommes-nous capable de nous en rappeler ? »

Mrs Turnipp ne s'intéresse qu'aux généralités, aux formes de mes voyages immobiles. Jamais aux contenus, aux noms, aux choses que j'aurais pu y croiser.

Elle me laisse y aller seule...

Ten Bells, 13 novembre 1888

Doughy Grant savait faire parler les gens. Un peu de culpabilisation, un peu de flatterie. Joe Barnett avait répété ce qu'il avait dit la veille au jury de Shoreditch. Puis il s'était laissé aller à confier au reporter du *Star* quelques souvenirs sur Mary Kelly. Barnett avait manifestement accusé le coup. Surtout la visite à la morgue de Shoreditch, derrière Saint Leonard. Grant cherchait autant à lui soutirer des éléments neufs qu'à se faire une idée plus précise du personnage. Avec quelques confrères, ils avaient pesé, hier après l'audience, la possibilité de voir en Barnett un Jack l'Éventreur. Peu d'entre eux y croyaient. L'homme avait un air nigaud et des manières d'ivrogne qui cadraient mal avec la malice d'un criminel échappant depuis la fin de l'été à la police de Londres. En regardant Joe Barnett, il voyait un gros garçon, aux yeux un peu sournois, capable de colère, sans doute, mais pas de cette fièvre monstrueuse qui animait l'assassin de Whitechapel. Un gros garçon apte à se vexer rapidement, émotif, au point, lorsqu'il s'emportait, de bégayer lamentablement et de rester bloqué sur un mot qu'il répétait inlassablement.

— Monsieur, elle était dans un bordel, dans le West-End. Où exactement, j'n'en sais rien. J'n'en sais rien… Un homme de la haute venait la voir et lui a demandé si elle voulait venir avec lui en France.

— Et elle est allée en France ? demanda Grant.

— Oui, mais elle n'y est pas restée longtemps. Pas longtemps… Elle m'a dit qu'elle n'avait pas aimé le rôle… Mais savoir si c'était le rôle ou les pratiques, je pourrais pas dire ! Elle y est restée pas plus d'une quinzaine, p't'être un mois, au plus… Et elle est revenue en Angleterre. Elle est allée habiter dans Breezer's Hill, à Ratcliffe Highway… Dans Breezer's Hill, monsieur…

Carnet de Mrs Pritlowe

1er janvier 1942, à la maison, au soir

C'est le premier jour de la nouvelle année. Les Allemands n'ont pas fait la moindre trêve dans leurs assauts nocturnes.

Aujourd'hui, quatrième séance : mes yeux ont mis quelques minutes pour s'habituer à l'obscurité ; j'étais allongée sur un parquet noueux, quelques traînées plus claires sous les yeux, trop près pour être parfaitement saisies ; des espaces dans les lattes disjointes. Une lumière faible et mouvante. Une bougie qui brûlait au-dessous. Une femme. Une voix de femme qui chantonnait. Quand sommes-nous ? Au loin, le carillon de Christ Church sonnait onze heures. Puis, plus tard, douze fois, comme dans un conte de fantôme.

À cette seule évocation, je suis revenue dans le cabinet de Mrs Turnipp. Celle-ci me regardait d'un air bienveillant.

— Nous avons le temps, Mrs Pritlowe. Nous essaierons de repartir de là où nous sommes arrivées...

Dans l'omnibus qui me ramenait de Saint Mary's Gate, je fus prise d'une terrible migraine. Je suis rentrée chez moi dans une sorte de brume.

Mardi 6 janvier 1942, dans la nuit

Francis Buir m'a remis une enveloppe ce soir. Mon Dieu ! Je vais raconter.

J'ai écrit plus haut que tout ce qui concernait Mary Kelly, mis à part deux clichés de définition médiocre pris sur la scène du crime et quelques fragments de l'enquête de police, avait disparu dans la nuit du 7 septembre 1940, en renfermant définitivement dans les ténèbres ce qui avait fait la vie de Mary Jane Kelly. Je me suis trompée. J'ai sous les yeux, posés sur le verre poli de mon bureau, plusieurs documents relatifs à l'affaire de novembre 1888. Je suis quasi certaine de leur authenticité – ils portent tous au dos, à l'encre brune, le cachet des archives de la police métropolitaine de Londres et des numéros d'ordre qui figurent sur les procès-verbaux de leur enregistrement ; pour information, les voici : MEPO 3/3151, MEPO 3/3152 et MEPO 3/3154.

Bien entendu, un habile faussaire saurait produire de telles pièces, en s'aidant de différents solvants capables de fatiguer le papier.

Un contrefacteur spécialisé dans ce type de reliques saurait aussi sans nul doute simuler le flou particulier des photographies de la fin du XIXe siècle, le vignettage et les troubles de perspective que les optiques d'alors imposaient aux images. Il saurait également appauvrir la texture et la trame du papier photographique, pour le rendre cassant et ridé, et même disposer avec soin ces écailles et ces vides sur l'émulsion, bien entendu sur des zones sans importance pour l'intérêt du cliché.

Curieusement, la photographie est quadrillée d'un réseau de lignes, qui forme une sorte de grille, découpant l'image en quarante-huit carrés identiques.

Le carton est daté au dos du 7 août 1888. On y découvre aussi ces trois lettres : WRS.

Mais ce qu'aucun faussaire ne saurait faire, c'est proposer un portrait de la femme du numéro 13, dans Miller's Court, vivante, souriante, assise au milieu du lit que l'on connaît et portant la même chemise que celle que l'on retrouvera sur son cadavre quelques semaines plus tard. Parce que l'image que j'ai entre les mains représente indiscutablement Mary Kelly, dans sa chambre de Miller's Court. On voit, bien mieux que sur les images dites MJK1 et MJK2, la cloison sur sa gauche. Bien entendu, elle n'est pas aussi sale que sur les autres photographies. Elle n'est pas tachée de sang ni de traces d'humeurs et de fluides. On reconnaît les montants du lit, aux bois tournés. Et l'on voit son visage.

Mon Dieu !

Mr Buir m'avait tendu l'enveloppe de papier brun, sans un mot. J'avais remarqué que sa main tremblait. Il a tendu l'enveloppe et m'a dit :

— C'est pour vous. Attendez seulement que je sois parti pour l'ouvrir... Je ne pourrais pas... vous voir la regarder. Je vais filer, maintenant. Et la prochaine fois, s'il vous plaît, Mrs Pritlowe, ne me demandez pas d'où je la tiens. C'est à vous. Ça n'a jamais été qu'à vous.

Le pharmacien s'était détourné. Il releva son col, traversa la salle de lecture et disparut dans le vestibule d'entrée. J'ai alors ouvert l'enveloppe et trouvé la photographie de ma mère.

Mon Dieu !

J'avais écrit il n'y pas si longtemps dans ces carnets que ces photos dites MJK1, MJK2 et MJK3 constituaient les seules photographies que je verrais jamais de ma mère. Je m'étais trompée. Il en existait au moins une autre, prise au même endroit, mais dans d'autres circonstances.

Je sais d'où vient cette photo. Je sais qui l'a prise et pourquoi. Voici la coupure de presse qui était jointe à la photographie que je viens de décrire. Il s'agit d'un article du Sunday Express *du 15 février 1931 :*

« Walter Sickert est-il un faussaire ?

« On sait depuis longtemps que l'œuvre de Walter Sickert est malsaine et même, par

endroits, nauséabonde. Aucun amateur d'art délicat ne saurait adouber l'obscénité de ses peintures, obscénité qui renvoie les motifs prosaïques de Caillebotte au rang de subtils raffinements. Ce qu'il tend désormais à nommer des "échos" sont des montages grossiers réalisés à partir de photographies dont il reproduit les proportions à l'aide de repères en forme de grille, que l'on discerne du reste sans mal sous certaines de ses toiles. Ses courtisans rappellent que Mr Sickert a été un des premiers peintres à utiliser, dès la fin du siècle précédent, l'appareil photographique léger de Mr Eastman pour déplacer aisément ses prises de vue, avant de les transformer en "peintures" dans l'un ou l'autre de ses ateliers.

« Mais on touche là à la plus désagréable fraude ! On entre ici dans la plus basse imposture !

« On demandera à Mr Walter Richard Sickert s'il entend aussi reproduire, à l'aide de son grillage, des billets de la banque d'Angleterre, ou peut-être les tableaux d'un autre, doté de plus de talent que lui. »

Après la séance du 8 janvier 1942

Les bruits ont commencé au-dehors. J'ai entendu des cris dans Dorset Street. Des voix dans le passage. Puis, distinctement, la porte qui s'ouvrait, en bas. Je me suis plaquée aux lattes du plancher. Je me suis souvenue comme j'avais peur. Mrs Prater ronflait, à quelques pas de moi. Je me suis collée contre Diddles. Je sentais que le chat avait peur, lui aussi. Il remuait sa queue dans le noir, je la sentais qui balayait à intervalles réguliers mon visage et mes épaules. Il faisait noir au-dessous, noir comme dans un four. Ici, dans le logement de Mrs Prater, la lueur du bec de gaz frappait en biais, et je voyais voleter le rideau contre la fenêtre.

Puis ce fut l'entrée d'une ombre silencieuse dans le numéro 13. Le lit grinça sous le poids de quelqu'un, qui restait assis ou couché dans l'obscurité. Je n'en devinais pas plus. J'étais dans le noir, et je tremblais.

Mrs Turnipp aurait dû me réveiller, me ramener à ses côtés. Je tâtais dans le noir, mais je ne la sentais plus contre moi, comme lors des fois précédentes.

J'entendis une voix d'homme, qui chantonnait sur un mode lugubre et sucré à la fois. Cette voix flûtée, encanaillée, mais qui n'était pas celle d'un simple ouvrier... Puis d'autres voix, toutes ces voix embrouillées qui grinçaient dans le soir. J'ai crié, de toutes mes forces, pour que quelqu'un vienne me chercher.

— Mr Buir... Mrs Turnipp, quelqu'un !

Vendredi 9 janvier 1942, au petit matin

Maintenant, je suis calme. Je vais écrire ce que j'ai vu et entendu. Calmement. Sans cette peur monstrueuse qui m'a renversée, en larmes.

Mrs Turnipp était là. Elle m'a ramenée, comme chaque fois.

« Des rires, une voix de femme. »

« Father and Mother, they have pass'd away ;
Sister and brother, now lay beneath the clay,
But while life does remain to cheer me,
I'll retain
This small violet I pluck'd from mother's grave. »

Rires d'homme. Des bruits de pas et de chaise qu'on déplace.

« Des hommes qui laisseront leurs traces ! »

Cloches de Christ Church, au loin.

La voix de femme, qui chante encore.

« But while life does remain, in memoriam
I'll retain
This small violet I pluck'd from mother's grave. »

Le pas de chevaux, au loin, qui hennissent.

Diddles tourne dans l'obscurité... Il miaule doucement.

Un choc, très fort, comme un coup de poing donné contre une cloison. Mrs Prater ne se réveille pas.... Un coup, encore plus fort, comme si on défonçait une caisse à coups de masse.

On rit en bas.

Gémissements.

« Mmmpff... »

Soudain, une lueur, flamboyante, comme une explosion silencieuse. Une lumière rousse, qui monte à travers les lattes. On fait du feu. Un grand feu.

Je rampe, je colle mon œil à la fente dans le bois. Je vois dans la pièce d'au-dessous. Je vois à moins de deux mètres sous moi une forme noire qui s'agite, une autre forme couchée, qui lutte et succombe. Un coup, encore. La chaleur monte à travers les lattes de bois rêche. Je sens le feu ronronner sous mon ventre.

Du mouvement. Un gémissement étouffé de terreur. La forme noire déplace une femme dans le lit.

« Au meurtre ! »

Puis un bruit humide de bête qui se noie.

Maman...

Dimanche 11 janvier 1942

Maintenant je sais tout. Mes séances avec Mrs Turnipp auront réussi à me ramener là-bas, à me faire voir à travers les cloisons de Miller's Court et le plancher de Mrs Prater. J'ai vu. J'ai vu la scène, j'étais une enfant. Mrs Prater se rendormait après avoir gourmandé le chat Diddles, mais moi, non. Je suis restée éveillée. J'ai entendu crier. J'ai entendu le souffle de l'autre, juste au-dessous de nous. J'ai entendu les bruits. Et puis tout a disparu. Je crois qu'on m'a portée dans la nuit. Il y avait le froid. De la pluie. Des hommes qui parlaient fort. C'est tout. Non. Évidemment non.

On a beaucoup parlé du Double Event,

mais il y a une autre dualité dans le dossier, et qui semble aussi avoir échappé aux limiers lancés, depuis plus de cinquante ans, aux trousses de Jack l'Éventreur. Une piste impossible à discerner avec les bases habituelles de l'enquête. Sous celles-ci, on nous impose l'archétype d'une silhouette obligatoire. Qui était-ce ? Quel homme se cachait sous les défroques canoniques – haut-de-forme et cape noire – de l'Éventreur ?

En posant la question sous cette forme, en induisant une responsabilité singulière et non multiple, je sais maintenant qu'on n'y répondra pas. Parce que, tout simplement, il n'y avait pas un homme, mais deux.

Il y avait déjà quelqu'un dans le numéro 13 avant que Mary Kelly n'arrive avec son dernier client en gloussant et en lui promettant un nid douillet. Un homme assis sur son propre lit, attendant patiemment le retour de l'oiseau au nid.

Ceux qui connaissent le travail de Walter Sickert connaissent aussi ce motif récurrent chez le peintre, presque une manie, voire un asservissement d'artiste : un homme assis, la tête baissée, l'air prostré, sur le rebord d'un lit dans lequel gît une femme. Dormant, ou morte. Sickert peindra à Camden Town des variations sans fin sur ce thème. Il utilisera sa technique de la grille et du quadrillage pour reporter cette forme particulière des photographies qu'il prendra, par dizaines, sur des toiles enduites. Sickert a vu cette scène, un soir, qui l'a perturbé au point de fixer sa mémoire pendant toutes les années suivantes. Le soir où il est entré dans Miller's Court, pour y « être confortable », et où un autre homme les attendait, lui et Mary Kelly. Parce que j'ai entendu parler deux hommes *dans le numéro 13, la nuit du 9 novembre 1888.*

Il y a autre chose. Je l'ai dit, j'ai entendu parler.

— Allons, il est temps. Partons, maintenant... avait insisté la voix grave.

— Nom de Dieu, je suis chez moi, Sickert ! reprit l'homme juste au-dessous de moi.

Ainsi, en une seule phrase, tout était dit. Tout le mystère de l'Éventreur tenait dans ces cinq mots : « Je suis chez moi, *Sickert ! »*

L'identité duale du meurtrier de Miller's Court, l'identité du monstre, qui était chez lui *: McCarthy. Le nom de son complice : Walter Sickert.*

Francis Buir m'a accompagnée ces derniers soirs qui ont suivi mon ultime séance chez Mrs Turnipp. Nous avons pleuré. Buir a pleuré comme moi. Mais nous avons essayé de reconstruire les choses telles qu'elles se sont passées, cet automne-là.

Walter Sickert, cet homme « de la haute », a rencontré ma mère en France, pendant le séjour qu'elle y avait fait en compagnie de mon père. Il l'avait soustraite de son abri. L'avait éloignée de lui. Elle était passée de la protection de Robert Pritlowe au piège à retardement que commençait à armer Sickert.

Mais pourquoi est-elle revenue là, dans cette fange, dans cette obscurité, dans cette humidité et cette crasse moisie comme celle qui tapissait le mur de partition contre lequel elle allait bientôt être égorgée et mise en pièces comme de la viande sur un étal ? Parce que Spitalfields – Spittle Fields –, *comme la sonorité de son nom l'évoque sans fard, est le cœur visqueux de Londres. Ce mot* spittle *– bave – pourrait désigner aussi bien la matière protéinique dont les araignées font leurs toiles que la salive qui sourd du coin des lèvres des prostituées syphilitiques de Whitechapel. La déchéance, la déshérence des lieux s'affichent ouvertement, dans son incorrection orthographique, sur certains plans du Londres des années 1880 que j'ai retrouvés à la Filebox Society. C'est au beau milieu de ces crachats et de ces champs de bile qu'est revenue mourir Mary Jane Kelly.*

Sickert et McCarthy ! Sickert et McCarthy... J'écris ces deux noms ici. J'aurais envie de les noter jusqu'à ce que les pages me manquent. Les voilà enfin, sortant de l'arrière-cour, s'exhibant hors des praticables et saluant leur public. Alors, Jack the Ripper, c'était eux. *Quel pacte insensé les aura réunis, au cœur de l'année 1888 ? Quelle alliance ont-ils scellée, au Britannia, au Queen's Head ou aux Ten Bells, entourés de canailles et de filles soûles, dans ce tumulte et ce débraillé qui servirent de cadre aux prémices de leur collaboration ?*

L'intuition de l'inspecteur Walter Dew trouve enfin un point d'accroche : « Quelqu'un, quelque part, partage avec Jack the Ripper le grand secret. »

Mr Buir m'a patiemment raconté comment, sans doute le jour suivant, en tant que propriétaire du court, *John McCarthy n'a cessé d'être aux premières loges de l'enquête. C'est « son homme » Bowyer qui a été chercher les policiers ; c'est dans son meublé que la fille est morte. C'est lui enfin qui, parmi les premiers, a jeté un regard par la fenêtre pour découvrir le grand tableau. Quand les légistes sont arrivés, quand les policiers et – principalement Frederick Abberline – tentaient aussi bien d'empêcher de nouveaux curieux d'approcher que de repérer un éventuel suspect au sein du périmètre, il était là, dissimulé sous l'air livide de ceux qui ont vu le démon et peinent à en parler.*

Il a regardé le photographe du Yard poser son trépied, fixer la lourde chambre à châssis de bois clair et de cuivre contre la fenêtre, puis préparer son mélange éclairant zinc-magnésium. Il était là, à quelques mètres, lorsque le métal porphyrisé s'est enflammé pour illuminer la scène de crime, la minuscule chambre qu'il connaissait si bien mais qu'il n'avait jamais vue sous un tel éclairage, révélant la crasse des murs, les traînées de salpêtre et de graisse qui couraient sur les cloisons.

Quatre fois, cinq fois, il a vu le brouillard laiteux du magnésium se répandre autour des hommes du Yard. Il a entendu leurs toux épaisses et noté les yeux rougis de l'opérateur.

Il a observé comment celui-ci nouait un foulard sur sa bouche et son nez avant de déplacer l'encombrant trépied à l'intérieur même de la chambre, et il a cligné aussi des yeux quand l'éclair, encore cinq ou six fois, s'est déclenché, à une portée de bras du lit de Mary Kelly.

McCarthy a vu les hommes du Yard bouger des meubles et déplacer des choses dans la chambre numéro 13. Et l'éclair encore, comme un orage, qui fusait derrière les carreaux.

Le photographe a fini par sortir et, pardessus le mouchoir qui colmatait ses narines et sa bouche, McCarthy a surpris la terreur dans ses yeux. L'homme était secoué de spasmes et a essayé de vomir, à l'entrée du passage qui mène à Dorset Street. Les policiers se sont écartés en détournant le regard.

Enfin, il était là. Personne n'a pourtant supposé un instant qu'il était là déjà au milieu de la nuit, quand Mary Jane Kelly a tenté de gémir, quand une lame lui a sectionné d'un même coup le larynx, la trachée et le cartilage cricoïde. Il était sur elle quand elle a produit ce gargouillement aquatique, à l'instant où le sang a jailli de l'artère carotide, ne trouvant plus son chemin naturel d'irrigation du cerveau, fusant hors du corps et refluant vers les poumons, qu'il a imbibés en quelques secondes. Mary Kelly est morte à cet instant, noyée dans son propre sang, et il était là, avec le même air satisfait que celui qu'il affichait le matin suivant, traînant dans le court *dont il était le maître et qui lui procurait ses revenus.*

Dans cette agitation de commencement d'enquête pendant lequel tous ces officiels et ces témoins attendaient la décision du chef Warren sur l'utilisation des chiens policiers, qui ne viendraient jamais, cet homme se tenait là, en retrait, assis depuis la fin de matinée dans sa boutique. McCarthy. Jack[1] *McCarthy, le logeur de Dorset Street, le marchand de bougies – quel métier, hein !*

Il me reste une dernière pièce à ajouter à cette partie du dossier, extraite du Standard *du mardi 20 novembre 1888. Un épisode de l'enterrement de ma mère qui n'avait pas vraiment retenu mon attention lors de mes précédentes lectures : « [...] le convoi funèbre suivait, composé de deux voitures, l'une de trois personnes, l'autre de cinq. Joe Barnett était parmi elles, avec quelqu'un de chez McCarthy, le propriétaire. Les autres étaient des femmes qui avaient témoigné lors de l'enquête. »*

Ce « quelqu'un de chez McCarthy », c'était sans doute « son homme » Bowyer, comme il l'appelait, et qu'il envoyait une nouvelle fois en mission.

Voilà ce qui s'est passé dans Miller's Court.

1. *Jack* est, en anglais, le diminutif de John.

Vendredi 9 novembre 1888, dix heures cinquante

Bowyer est arrivé. En hurlant. McCarthy savait que cela devait se passer de cette manière. Il l'avait envoyé chercher l'argent du loyer, et Bowyer avait vu.

Il fallait que ce soit quelqu'un d'autre qui découvre la scène. Et quelqu'un qui soit proche de lui, au point de venir le chercher immédiatement après avoir découvert ce qu'il y avait à découvrir. « Son homme » Bowyer. Voilà. Et il était arrivé en hurlant, forcément. Ils étaient retournés y voir ensemble. C'est là que tout s'est joué. Il y pensa souvent, de longues années après que l'oubli fut retombé, pour la plupart des gens, sur l'affaire de Miller's Court. Mais, lui, il y pensait. Il y pensa sans doute jusqu'à la fin de ses jours. Tout s'est joué là. Dans les quelques minutes où, avec son gars, ils ont regardé par la fenêtre cassée. Bowyer, qui avait déjà vu la scène, n'avait jeté qu'un coup d'œil et s'était écarté, le nez dans son mouchoir, comme pour vomir. Lui, il était resté à voir. Thomas Bowyer avait cru que c'était l'horreur de la scène qui le paralysait. *Imbécile !* Il connaissait tout. Il savait tout. Il avait déjà tout vu, à la lumière vacillante d'un feu, dans lequel ils avaient lancé tout ce qui pouvait brûler dans cette misérable chambre. Des habits de femme – *de putain* ! Des linges sales, en vrac. Des vêtements de fillette, des langes douteux, des fleurs sèches, un almanach poisseux que l'autre avait déchiré, presque page par page, et qui s'enflammait par saccades, pendant que lui…

Nom de Dieu que oui, tout s'était joué sur un coup de dé, à cet instant précis où, sur le point de se détourner et de partir avec Thomas Bowyer en direction du poste de police, il avait vu la feuille.

Nom de Dieu ! L'autre avait laissé une de ses feuilles de dessin dans la chambre ! Elle brillait, presque comme la lueur d'un phare, dans la pénombre de la pièce, sur le plancher de bois sale. Elle était à mi-chemin de la fenêtre et du lit. Hors de portée. Il fallait y retourner !

Il allait devoir rouvrir la porte et entrer à nouveau dans la chambre pour récupérer le croquis que l'autre avait abandonné là.

— Bowyer, fit-il d'un ton qu'il essaya de rendre le plus contraint possible, c'est le diable qui a fait ça ! Pour l'amour des saints, je n'ai jamais vu un pareil spectacle ! Cet homme est le diable en personne.

— M'sieur McCarthy, j'vous crois bien ! Nom d'un chien ! Quelle boucherie… Quelle saleté de boucherie…

— On ferait mieux d'aller chercher la police, Bowyer… Filez dans Commercial Street, je vous rejoins immédiatement… Le temps d'avaler un verre de brandy, j'arrive. Allez, Bowyer !

Le commis s'engouffra dans Dorset Street, une main retenant son chapeau qui se soulevait à chaque enjambée. Alors McCarthy passa la main par la vitre brisée, tira le ressort et, contournant l'angle du mur, poussa la porte du numéro 13.

La pièce semblait moins sombre vue de l'intérieur. Le jour gris de novembre rentrait à travers les deux fenêtres, éclairant de manière neutre le misérable logis. La lumière laiteuse ne produisait aucune ombre. Tout semblait comme dans un étalage, soigneusement disposé pour produire un effet et, surtout, pour être vu sous le meilleur angle possible. Il essaya de ne pas regarder vers la fille, dont le corps gisait à moins de soixante centimètres sur sa droite.

Une odeur fade, presque sucrée, régnait dans la pièce. Le sol était souillé de sang noir et de traces de chaussures. Dans ce désordre, la feuille de papier était posée. Elle luisait encore plus que lorsqu'il l'avait vue de l'extérieur. On eût dit qu'un projecteur de théâtre s'était posé sur elle et cherchait à l'extraire du décor. Il resta figé à la regarder. Il se baissa, vit le croquis qu'elle portait. Exécuté aux pastels brun et rouge, aux multiples traits s'enchevêtrant, il y avait le corps de la fille, dans la position exacte qu'elle avait à présent. On voyait le lit, les barreaux de bois tourné, la chemise relevée sur le ventre, les monstrueuses blessures qu'il avait faites quelques heures plus tôt. Tout était là, réalisé avec le talent malade de Sickert : la scène exacte, croquée avec un réalisme halluciné. Et la signature de Sickert – le fou, le forcené, l'irresponsable ! – s'étalait en lettres bâtons brunes, dans le coin droit de la feuille.

« Des hommes qui laisseront leurs traces ! », avait plastronné Sickert devant la putain, quelques heures plus tôt… Il ne croyait pas si bien dire, l'idiot !

Il ricana. *Quelle aubaine, quelle fortune pour ces*

imbéciles de la Metropolitan Police ! Jack l'Éventreur laissant sur le lieu de son dernier crime sa carte de visite... Sickert, l'idiot ! Il se pencha encore et ramassa le dessin. Il le regarda mieux. Et il ne put se retenir. Il fallait qu'il regarde encore une fois la fille. C'était ça ! Quel travail… Il avait réussi là son chef-d'œuvre : une putain mise en mille morceaux, véritablement réduite en pièces… Il croisa les yeux de Mary Kelly. Ce qu'il en restait. Ce qu'il en avait fait. Les iris surgissaient des orbites sanglantes, aux paupières absentes, et fixaient sur lui un regard qui ne cillait pas. La lueur des fenêtres s'y jetait en plein, donnant au regard l'aspect même de celui des poupées de porcelaine. Un grand frisson le parcourut. Non de peur, ni de honte. Il frissonnait de triomphe. Alors, il avait fait cela ? Il regretta presque de ne pouvoir laisser le dessin de Sickert comme témoignage de sa besogne nocturne.

Soudain, la réalité le rattrapa. Il fallait quitter l'endroit. Au plus vite. Rejoindre Bowyer. Aller à la police. Il se mit à piétiner le plus qu'il put les empreintes des pas sur le sol. On devinait vaguement que deux sortes de chaussures avaient marché là, mais seul un œil attentif pourrait remarquer ce détail dans l'émotion qui suivrait la découverte de la fille et du spectacle qu'elle offrirait à ses visiteurs. Il se débrouillerait pour entrer parmi les premiers tout à l'heure quand la police reviendrait. Les marques de ses chaussures seraient alors immédiatement disculpées…

McCarthy empocha le dessin et vit que celui-ci avait trempé dans le sang de la putain. Il l'essuya au drap, regarda encore une fois en direction du lit et quitta Miller's Court.

Lundi 12 novembre 1888, midi trente-cinq

George Hutchinson était perdu dans ses doutes et sa stupeur. Il avait réussi à jeter un coup d'œil par le carreau cassé de Miller's Court, le vendredi où ça grouillait de flics. Il avait vu le visage effacé de Mary Kelly, et compris comment on pouvait transformer en quelques instants une vie en un misérable tas de chair.

Il avait compté les éclairs du flash au magnésium de l'employé de Scotland Yard et s'était dit que, si le nombre total des éclats était pair, il irait se livrer à l'inspecteur Abberline, qui fumait à quelques mètres de la boutique avec les autres policiers. Il avait croisé son regard en entrant dans le *court*, plus tôt dans la matinée, et il y avait vu de l'intelligence et de la bonté. Il s'était dit aussi que, si le nombre des éclairs était pair, il raconterait à cet homme comment *Jack* McCarthy lui avait demandé de décrire la nuit du meurtre à sa façon. Il dirait que cette version était fausse, qu'il n'y avait jamais eu d'homme avec un col d'astrakan et une broche en fer à cheval. Il dirait que, par contre, il avait vu McCarthy entrer seul chez Mary Kelly et puis, un peu plus tard, un autre homme accompagner celle-ci dans sa chambre du numéro 13. Il décrirait cet homme. Il dirait tout cela, puis, si les policiers le laissaient repartir, il irait se jeter dans l'eau, près d'Isle of Dogs, parce qu'il ne pourrait plus jamais dormir en pensant à ce visage absent, comme une coulée de lave, ou une ahurissante coulure de chandelle, rouge et noir, semblable à une pulpe de fruit qui commence à s'oxyder.

George Hutchinson se dit que, si le photographe choisissait un nombre impair, il irait raconter ses fables au poste de police de Commercial Street. Avant de se diriger vers Isle of Dogs.

Carnet de Mrs Pritlowe

Mercredi 14 janvier 1942

Il m'a glissé entre les doigts. Je perds sa trace ici. Il est mort. Comme je le craignais. Il est à Leytonstone. Au cimetière catholique Saint Patrick. Les archives de la Filebox Society sont sans appel. John McCarthy, l'homme qui a tué ma mère dans la nuit du 9 novembre 1888, est mort le 16 juin 1934, dans sa maison de Clapham. Je l'ai raté de sept ans.

Il a échappé à Abberline. À tous les hommes de la Metropolitan Police. Il m'a échappé.

Jack l'Éventreur aura été plus malin que tout le monde.

Hier, je suis retournée à Leytonstone ; je n'ai pas fouillé le sol, ni gratté la terre de sa tombe. J'étais effondrée ; j'étais venue ici, quelques semaines plus tôt, voir la petite pierre dressée au souvenir de maman. J'étais loin de penser que celui qui avait fait d'elle une morte reposait à moins de cinquante mètres de sa victime.

J'ai marché à nouveau dans les allées ; elles étaient cette fois couvertes de neige fondue. Il avait fait construire un monument prétentieux, avec des colonnes de marbre rose, pour y enterrer sa femme, morte prématurément. Il y avait fait inscrire ceci, que je lus dans un vertige de haine :

« Priez pour l'âme
de mon épouse adorée
ELIZABETH MCCARTHY
Morte le 18 février 1919
Repose en paix ma chère épouse
Dieu a voulu que nous nous séparions
Mais au Ciel j'espère te retrouver
Près du Sacré Cœur de Notre-Seigneur »

J'ai feuilleté à mon retour quelques documents, et certains points m'ont frappée, qui alimentèrent encore l'horreur que je laisse monter contre cet homme.

Dans l'édition du Globe *du 13 novembre 1888, McCarthy a lui-même raconté la scène comme il prétend l'avoir vue :*

« Quand j'ai regardé par la fenêtre, la scène que j'ai vue était bien plus horrible que ce à quoi je m'étais préparé. [...] Le travail était celui d'un démon. [...] Le nez de la femme avait été coupé, et son visage avait été tailladé et mutilé, si bien qu'elle était au-delà de toute

identification. Son foie et d'autres organes étaient posés sur la table. La scène entière est au-delà de ce que je peux décrire. J'espère ne jamais revoir une chose pareille. »

Deux choses : McCarthy affirme que le corps qu'il a vu à travers la fenêtre était « au-delà de toute identification ». La veille, au jury du Shoreditch Town Hall, McCarthy avait déposé ceci : « Je connaissais la victime, du nom de Mary Jane Kelly, et je n'ai eu aucun doute sur l'identité de la fille que je voyais. »

Ensuite, il est parfaitement étonnant qu'un négociant en bougies et en petite épicerie soit à même, au sein d'un empilement monstrueux de chair, dans un contexte aussi dramatique et éprouvant que la découverte inopinée d'un corps assassiné, et à plusieurs mètres à travers une fenêtre, de reconnaître un foie humain parmi d'autres organes.

Ces incohérences l'accablaient encore. Et pourtant, on l'avait laissé filer. On l'avait laissé vivre et mourir tranquillement, chez lui, dans sa sale maison de Clapham, à près de quatre-vingt-cinq ans.

Dimanche 18 janvier 1942, au soir

Mr Buir, lui aussi, sait tout ! Cet homme possède un appétit permanent pour l'information ; il repère dans la masse de journaux qu'il dévore tous les éléments qui semblent avoir un lien quelconque avec l'affaire. Lorsque je lui ai demandé mardi de me rassembler tout ce qu'il savait sur Sickert, il m'a immédiatement proposé une sorte de biographie du personnage, arrêtée à la date d'aujourd'hui, ou presque.

Il a réussi à localiser Sickert en moins de deux jours. Sickert vivait à Bath, près de la mer. Précisément, il habitait Bathampton, un quartier très rural, un peu à l'extérieur de la ville. On ne lui connaissait plus guère d'activités sociales, mis à part sa grande rétrospective à Londres, la première en nom propre et à ce niveau, il y a quelques mois à la National Gallery. Ceux qui l'y ont vu alors parlent d'un épouvantail à la barbe blanche, au gilet graisseux, aux ongles repoussants. Il réussissait encore à crâner, signant des autographes comme une vedette de cinéma. On raconte qu'il puait affreusement et que les femmes présentes se détournaient de dégoût à son passage.

J'ai pris le train pour Bath, ce dimanche 18 janvier, à la gare de Paddington. Jamais, depuis longtemps, je n'avais éprouvé pareille sensation de liberté et d'exaltation. J'avançais vers lui. Chaque oscillation du wagon, chaque tour de roue me rapprochait de l'homme qui avait sans doute organisé la nuit de Miller's Court.

J'avais vu, à la Filebox Society, plusieurs portraits de Sickert. De l'homme jeune des années qui nous concernent au vieillard blanchi et barbu qui s'était produit avec l'arrogance de toujours à la National Gallery, j'avais retrouvé sur chacun ce regard sinistre et cette bouche fine et posée de guingois sur un visage insolent.

En m'attardant sur ces traits, j'avais reconnu sans l'ombre d'un doute celui qui ricanait, il y a plus de cinquante ans, dans la chambre de ma mère, en déclamant quelques vers de Poe, et que Mrs Turnipp m'avait permis de reconvoquer, tout au bout de la nuit de mes souvenirs. Aucun tribunal, bien sûr, ne m'aurait écoutée plus d'une seconde avec de pareilles certitudes. Mais je savais *que j'avais devant les yeux l'homme qui avait vu mourir ma mère.*

Dans ce train qui filait vers Bath, ces différents visages de Walter Sickert se superposaient au paysage d'Angleterre qui défilait derrière la fenêtre. Près de moi, une jeune fille dormait, la tête déportée de côté sur le cuir vert du dossier. Je voyais sous ses paupières à demi closes le blanc de ses yeux. J'imaginai un instant qu'elle était morte, et ce fut soudain la scène affreuse de Miller's Court qui m'apparut, dans la langueur de ce voyage ensoleillé.

Nous arrivâmes à Bath peu avant midi. Je savais par Hammill, le jeune journaliste de Punch, *que Sickert déjeunait seul, tous les jeudis et dimanches, dans une* public house *derrière Manvers Street, au sein d'un quartier morose, le long d'arcades qui menaient à la gare. C'était bien le genre de rues dans lesquelles l'Éventreur aurait pu chercher quelque rencontre, autrefois.*

Je le reconnus au premier instant. Il était

habillé d'un costume de chasse démodé, avec un gilet rouge surdimensionné qui surgissait de son col comme la lave d'un volcan. Sa veste était garnie de très larges revers et semblait le serrer aux épaules. Il était habillé, d'une certaine façon, comme il avait dû l'être en 1888. Ses sourcils broussailleux et ses arcades marquées ombraient ses yeux noirs, qui fouillaient en permanence la salle dans laquelle il était assis. Il attendait sans doute son repas et picorait, à la manière d'un moineau, de petits morceaux de pain qu'il avait préparés, en bouchées, devant son assiette.

Lorsque j'entrai dans le Ghost & Knight, son regard se posa sur moi. Je le sentis balayer mon corps de bas en haut, avant de me percer les yeux. J'eus une sorte de frisson. J'avais le sentiment qu'il allait savoir, immédiatement, que j'étais venue pour lui. Mais non. Le regard passa. C'était pareil avec lui comme avec tous les autres : je l'ai déjà écrit ici, je n'imprégnais pas la rétine des hommes.

Il retourna à ses bouts de pain et je vis sa langue ramasser les miettes disséminées au passage dans une barbe taillée en carré. Je m'assis à la seule table encore libre, près du bar. J'étais mal placée par rapport à mon sujet. Sickert se trouvait sur ma gauche, légèrement en arrière, et je devais presque me retourner pour l'observer. La manœuvre ne pourrait être répétée longtemps sans attirer son attention.

Je commandai un thé et des sandwichs. Je me retins de le regarder pendant plusieurs minutes.

Sa présence faisait néanmoins comme un courant d'air glacé dans mon dos. J'en eus, inconsciemment, une sorte de douleur entre les épaules. Je me figurais qu'il ne cessait de fixer ses yeux sur moi, en continuant d'avaler des choses, dans sa bouche hideuse, au milieu de sa barbe.

Un groupe de folkloristes, qui tenait une sorte de banquet dans la salle à l'arrière du pub, fit diversion. Ils envahirent soudain la proximité du bar, en soufflant dans des flûtes et en tintinnabulant des clochettes de cuivre. Leurs rires épais, leur bonne humeur, leur agitation me permirent de me déplacer significativement. Je me collai contre le bar, observant désormais Sickert de face. Il mangeait. L'agitation des folkloristes ne le perturbait en rien. Il découpait un shepherd's pie *à l'aide d'une large cuillère et avalait comme un bébé. Ses gestes saccadés laissaient présager une maladie nerveuse. Un des folkloristes, remarquant mon insigne d'infirmière au revers de mon tailleur, me demanda où j'officiais. Je parlai du London Hospital. Il voulut absolument que tous ses partenaires portent un toast en l'honneur de « l'infirmière du* Blitz *», et l'attention se fit, aux alentours du comptoir, sur moi et mes exploits. Je dus partager avec la joyeuse assemblée un verre de sherry, expliquer comment les forces médicales de Londres tenaient et tiendraient jusqu'à la victoire. Les clochettes et les flûtes reprirent de plus belle.*

Quand je me remis à m'intéresser à Sickert, sa place était vide. Il était parti.

J'eus un mal fou, dans le tumulte qui régnait

dans le Ghost & Knight, à régler mon thé et mes sandwichs. Lorsque j'atteignis enfin la rue, il n'y avait nulle trace de Sickert. Des véhicules disparaissaient au loin, dans Manvers Street ; des dog-carts attendaient devant la gare ; des voyageurs se hâtaient vers les trains.

Je me décidai à rentrer. J'avais établi le contact.

Lundi 19 janvier 1942

Ce soir, après une journée terrible où nous avons eu à soigner les jeunes ouvrières d'une laverie industrielle ravagée par les bombes, je ne voudrais que pleurer. Je n'ai pas mangé depuis ce matin. La nuit est silencieuse. Il n'y a pas de raid, du moins pas encore. De ma fenêtre, je vois tourner, au-dessus de Poplar et plus loin, vers les arsenaux de Woolwich, le rayon laiteux des projecteurs aériens. Ils fouillent dans le noir, comme moi. Ils cherchent l'ennemi. Buir m'a confié une petite plaquette à la couverture de carton couleur paille, intitulée « The British Museum collection workfile ». *Il a inséré un marque-page sur le passage suivant :*

« A Passing Funeral[1], *gravure sur papier beige, crayon et pastel rouge, de Walter Richard Sickert, 1909.*

« Description : deux femmes, l'une debout et l'autre assise sur un lit, en habits de deuil,

1. Un enterrement qui passe.

regardent par une fenêtre. Près d'elle, pendu à la manière d'un rideau, un manteau d'homme...
« Signée à l'encre noire, en bas à droite. »

Mardi 20 janvier 1942

C'est encore Clive Hammill qui a mis en place le rendez-vous. Je dois avouer que, Buir et moi, nous avons dû lui mentir, en parlant de la possibilité d'une piste nouvelle, dont il aurait évidemment l'exclusivité pour ses chroniques.
Hammill sait y faire. Son énergie vient au secours de son ambition quand un « papier » lui semble en jeu. Hammill a obtenu un rendez-vous, lui avait-il expliqué, « pour balayer rétrospectivement son œuvre » à l'occasion de la grande exposition que Londres venait de lui consacrer.
Buir se disait certain que l'orgueil démesuré de Sickert n'avait pas fléchi avec les années et qu'il était homme à ne laisser passer aucune occasion de parler de lui.
Sickert avait plus de quatre-vingts ans. Au lieu d'appeler chez moi une forme de clémence, ce détail exacerba ma haine. Il avait donc vécu toutes ces années en plus ? Un tout petit peu plus âgé que ma mère, il vivait encore, alors qu'il avait participé à sa destruction ? Toutes ces années qu'on lui avait volées, il en était pour une large part comptable... Une nouvelle fois, la colère fit frémir ma poitrine.
— J'irai avec vous, murmura Mr Buir.

— Non ! Cela va se passer entre moi et lui... Je veux le voir en face. Moi, seule, face à lui.

J'avais répondu brusquement. Brutalement. Buir fit un bond en arrière, et je lus une sorte d'inquiétude, presque de panique, dans son regard.

Jeudi 22 janvier 1942

Je reviens de Bath. Sickert, comme il l'avait annoncé à Hammill, attendait dans une alcôve de la salle du Ghost & Knight. Il portait cette fois une veste de théâtre de boulevard, à gros carreaux jaune serin. Sous son aspect désormais définitif de vieil homme à la barbe blanche, ratatiné comme un vieux fruit oublié, ses yeux luisaient d'une manière déplaisante. Ses pupilles ricanaient, pleines de sarcasmes. Je me suis dit que ce type n'avait pas cessé de ricaner, depuis cinquante années.

Il ne me reconnut pas de la semaine précédente. Après avoir marqué sa surprise de voir débarquer une femme au lieu du jeune reporter annoncé (« un siècle qui laisse entrer des femmes dans les journaux est un siècle perdu... »), il m'invita à m'asseoir en face de lui. Je voulus commander du thé, mais Sickert me coupa :

— Pardon, je prendrai un verre de Cointreau, avec de la canneberge et du jus de citron. Stevens connaît mon dosage...

Nous avons commencé à parler de ses toiles.

J'avais repassé dans le train quelques livrets de ses œuvres et lu les critiques que Buir m'avait rassemblées. Nous évoquâmes son époque de Camden Town, sa « période française ». Sickert quitta la table plusieurs fois, pour aller se soulager, sans aucune précaution de langage, trouvant sans doute plaisir à se montrer grossier avec une femme.

Je jugeai enfin que nous devions avancer.

— Parlons un peu de Whitechapel, Sickert.

— ...

— Précisément, parlons de Miller's Court.

— ...

Il leva un regard sans inquiétude. Il était encore dans la bravade. Mais je sus qu'il avait, en quelques secondes, raccroché avec cette époque de sa vie et qu'il comprenait désormais très bien ce que je venais chercher, ce matin humide dans le Somerset.

Il émit un son déplaisant, une sorte de bruit de succion qui glissait entre ses dents gâtées.

— Vous y étiez, Sickert.

— Ohhh...

Un vague sourire de provocation s'afficha sur ses lèvres.

— Voilà une journaliste qui n'est plus toute jeune et qui ne vient pas pour me parler peinture ! J'étais où, *madame ?*

J'ai répété, presque mécaniquement :

— Vous y étiez, Sickert. Dans Miller's Court. Mary Kelly... Je sais.

Le vieux cabotin fit rouler ses yeux à la manière des humoristes de music-hall. Il eut un instant d'hésitation. Juste un instant. Il fit un tour de la salle du regard, et son sourire s'amplifia. Il se mit à chuchoter :

— Ohhh ! Oui ! J'étais là, chaque fois, dans les pas de « Johnny » McCarthy. J'ai tout bu ! J'ai tout absorbé de ce qui s'est passé cet automne-là dans Spitalfields. Et dans Miller's Court, comme qui dirait, j'étais aux toutes premières places d'orchestre ! Voulez-vous que je vous raconte ? Non, plutôt... je vais commencer par le début. Je l'ai emmenée dans des hôtels miteux ; oh, vous n'auriez pas aimé, vous, avec votre air de pimbêche. Mais, elle, ça lui allait. Des locations humides tout en haut des falaises. J'ai commencé là-bas ma série des nus féminins sur lit-cage de fer, dont on a beaucoup parlé. Si vous êtes cette critique d'art que vous prétendez, vous voyez de quoi je parle : toutes ces filles alanguies dans des chambres minables, avec du blanc, du rouge, de l'ocre. On a prétendu que c'était ma recette des années plus tard, à Camden Town. On disait « du Sickert » comme on disait « du Vermeer » ou « du Sisley »... Nous nous sommes installés dans une maison, en retrait de la côte. Quelques jours. Mary Kelly, je l'ai posée sur un lit, dans sa petite chambre mal éclairée. Elle regardait passer des bandes de mouettes ou, allez savoir, des nuages d'ardoise. Elle y est restée des heures, presque sans bouger, comme le font les modèles. Au fond, elle était déjà morte, non ? Je crois bien qu'elle avait froid dans ces chambres. Fallait

voir comme elles étaient suintantes. Et, elle, elle était nue. On aurait dit une morte, oui, dans des lits d'enfant.

Sickert dut lire la haine dans mon regard, ou dans les plis de ma bouche qui se retenait de hurler. Il reprit :

— Mais je crois que vous savez tout cela, non ? J'ai le très vif sentiment que vous connaissez l'histoire autant que moi. Vous êtes... Nom de Dieu, mais oui : vous êtes sa fille, c'est cela ? Voilà la fille de Mary Jeanette Kelly qui vient me présenter la note !

Je n'ai cessé de le regarder. J'essayais de faire bonne figure, de ne pas céder à la corruption de ses propos et de son attitude. De ne pas m'effondrer. Il dut prendre mon expression pour de l'intérêt. Il continua ainsi :

— Je suis une sorte de reporter, moi. Je sais saisir le fond de la vie ordinaire d'une femme. Je lui ai expliqué comment j'allais la peindre... La peindre en train de lire le journal. En train de se laver, la chemise relevée sur une bassine de tôle ; la peindre en train de décrotter des bottes, sur le seuil, avec la campagne au loin. La peindre à la fin du repas, les lèvres pleines de sauce, quand elle chasse du plat de la main les miettes tombées sur sa poitrine. Et nue, assoupie sur un lit de fer.

Il s'échauffait.

— Je suis un homme qui plonge dans la réalité. On me connaissait bien, dans Londres.

Il était reparti là-bas, avec elle. J'eus l'envie foudroyante de me jeter sur lui, de le mordre au cou et d'enlever des morceaux de chair pour sentir le sang fuser hors de ses artères, à la manière d'un feu d'artifice. Il s'est levé encore, partant du côté des toilettes, en m'intimant l'ordre de l'attendre. Il savait que j'avais besoin de tout savoir. Je savais qu'il ne partirait pas.

Il est revenu s'asseoir. Il m'a expliqué comme elle avait faim, aussi, des heures durant. Le soir, il lui donnait à manger. Des pommes de terre en purée, des fèves. De la rate de porc aux endives. Des tranches de viande qu'une domestique préparait dans la grande cuisine collective du rez-de-chaussée. Elle mangeait aussi des douceurs qu'il lui tendait dans un panier d'osier, posé à la table où ils dînaient ensemble, à la nuit. Des darioles au beurre ; des entremets au lait. Elle n'avait jamais mangé comme cela.

Quand il ne peignait pas, il la laissait aller. Elle sortait dans le village, regardait passer des paysans maussades et fiévreux, armés de bâtons de coudrier, poussant des vaches et murmurant de vagues menaces. Elle y croisait des femmes aussi sales finalement que les femmes de l'East End, mais moins joyeuses encore. Des femmes muettes. Sickert me dit qu'elles la dévisageaient par en dessous, avec des avertissements silencieux. Elle entrait souvent dans l'église, sur la place centrale.

— Elle était catholique et l'église aurait pu lui plaire. Mais elle l'a trouvée inquiétante, pleine de lumière blanche, comme un clair de lune. Minérale. Un caveau. Ce sont ses mots !

Sickert me raconta encore ma mère, en France. Elle errait ainsi, dans la campagne pluvieuse, où tout lui semblait vert et gris, pendant que lui dormait.

— J'étais comme un gisant, alors !

Il semblait réfléchir pendant qu'il me disait tout cela.

Ils sont restés là-bas peut-être un mois, peut-être moins. Il s'est lassé. Ils ont habité quelque part, à quelques kilomètres de la ville où je devais aller plus tard, avec mon père. Robert Pritlowe savait-il que Mary Kelly avait séjourné sans lui par ici ?

Elle est revenue en Angleterre, comme l'avait dit Barnett. Le « gars de la haute », dans son esprit, c'était tout autant mon père que Walter Sickert. Peut-être même que Joe Barnett n'a jamais su qu'il y avait eu deux hommes qui avaient croisé Mary Jane en France.

Sickert m'a dit comment elle l'a abandonné. Comment elle a laissé sa prison, son lit-cage qui n'a jamais mieux porté son nom, pour s'installer dans un bordel minable de Ratcliffe Highway, au fond de Breezer's Hill. Elle a retrouvé ses anciennes amies ; elle a rencontré Barnett.

Il m'a dit comment il a croisé McCarthy à Mitre Square, en pleine action. Le seul hasard de toute cette tragédie, c'est celui-là : il a rencontré McCarthy. La situation lui a proposé une perspective inespérée, et Sickert a compris en quelques secondes tout ce que cet homme pouvait lui fournir pour nourrir cet appétit et ses nouvelles envies.

Mr Buir n'avait cessé de me répéter une phrase qui constituait pour lui une clé dans le drame de 1888. Une clé dont il ne savait pas encore se servir, mais dont je comprends aujourd'hui à quelle serrure elle s'adapte : « Dans toute rencontre entre un meurtrier et une victime, il y a une contingence. » Celle qui a scellé le destin de ma mère, c'est cette rencontre absurde dans Mitre Square.

Sickert s'est alors mis à rôder autour de Dorset Street pour rendre visite à son nouvel ami et son environnement passionnant. Et il a retrouvé Mary Kelly ; il la flairait dans les rues autour du Britannia, du Queen's Head, des Ten Bells. Il la croisait dans Raven Row, dans Flower and Dean Street, dans Brick Lane et dans Commercial Street. Il l'a suivie comme les hommes suivent des femmes qui éveillent des choses chez eux. La forme des fesses, une nuque, une démarche sur des chaussures à talons bobines.

Lui aussi, comme son compagnon de hasard, il était désormais « après les putains ».

Il a compris qu'il allait pouvoir exacerber son art. Ses motifs allaient prendre une dimension inconnue. Il a préparé sa « nouvelle palette », comme il s'en flattera dans les journaux artistiques jusqu'à la fin de sa vie.

Le soir commençait à remplir les carreaux du Ghost & Knight. Notre entrevue se déroulait dans une pénombre piquée de l'épaisse et chaude lumière des lampes de cuivre.

J'allais relancer la conversation, poser l'une

ou l'autre question, afin de savoir tout à fait. Mais, soudain, je n'avais plus envie d'entendre cette voix. J'avais simplement envie qu'il devienne tout à fait transparent, invisible, qu'il cesse d'exister.

Son œil, d'un jaune maladif, papillotait maintenant, comme pris de soubresauts incontrôlables. Je regardais ce vieillard qui tentait encore, comme toujours, d'épater la galerie. Je rangeai mon pseudo-carnet de notes.

— J'ai tout brûlé, pardi ! Vous arrivez trop tard pour remporter l'enchère !

Il ricanait encore.

— De beaux dessins. J'en ai crayonné. Plusieurs. De belles... couleurs. Du bel ouvrage. Du reportage de l'intérieur.

Sickert s'affaissait doucement. Je connaissais parfaitement les effets de l'arsenic trioxyde. Je savais ce qui commençait à se produire. J'ai récité, à voix basse, mais d'un ton docte, entendu cent fois auprès des médecins que j'avais secondés :

— Plégie progressive après parésie fulgurante des fonctions hautes du pharynx, avec manifestation aiguë au niveau des nerfs diaphragmatiques ; parésie massive du voile du palais et des muscles cricothyroïdiens. Plégie brutale du larynx avec rupture de capacité des cordes vocales. Sickert, vous ne pouvez plus parler, mais vous pouvez m'entendre ! D'abord, donc, les muscles de la gorge et du cou, puis les muscles respiratoires et digestifs. Une paralysie presque totale de la langue et

du réflexe pharyngien empêchant la déglutition. Des douleurs violentes dans l'estomac et l'œsophage. Ce qui se passe ne vous est pas étranger, au fond. Quand vous avez peint ma mère, elle avait la gorge tranchée et elle non plus ne pouvait plus parler. Vous allez, dans quelques minutes, ressentir des douleurs abdominales, sacrément brutales. Mais qui dira qu'elles sont plus douloureuses que les coups de lame que votre complice McCarthy assenait dans le bas-ventre de Mary Kelly ? Vous allez mourir ce soir, Sickert. Vous êtes en train de mourir. Stevens viendra sans doute vous relever, dans une dizaine de minutes, quand je serai partie. Vous essaierez de bégayer encore l'une ou l'autre chose. Votre langue aura le poids d'une vache... Votre ventre sera en sang, et peut-être même que ce sang coulera déjà dans votre culotte. Ces hémorragies sont terribles. Tout à l'heure, quand vous êtes allé « pisser une pinte », comme vous dites, Sickert, j'ai versé dans votre Cointreau plus d'un gramme et demi d'arsenic trioxyde : le sixième de cette dose est mortel. Votre verre est tout à fait vide. Vous avez dans votre organisme ce gramme et demi. Votre agonie sera brève, mais terriblement douloureuse. Je suis sûre que le plus pénible, pour un cabotin monstrueux comme vous, c'est peut-être de ne pas pouvoir faire l'un ou l'autre bon mot. Mais je crois que la douleur vous en empêcherait, de toute façon... Je vais rester encore un instant, je veux regarder dans vos yeux, Sickert.

Le vieillard se tordait hideusement. Il essaya de battre un peu des pieds, mais déjà l'inertie le gagnait tout entier. Ses yeux roulaient dans un visage dont même l'ombre du Ghost & Knight ne cachait pas la lividité bleuâtre. Il essaya de tendre une main vers moi, mais cette main retomba sur la table et glissa vers ses genoux. Il n'émettait pas le moindre son ; l'arsenic trioxyde faisait parfaitement son travail. J'attendis jusqu'au dernier instant. La scène était pitoyable. Sickert semblait ramer contre la mort, absurde dans sa veste de vaudeville. Il ne lui manquait plus qu'un nœud papillon démesuré pour ressembler à quelque personnage joué par Charley Grapewin.

Ses yeux exorbités se rétractèrent, sa bouche se figea en une grimace de théâtre. Il était mort. Je me levai et sortis du Ghost & Knight. Quarante minutes plus tard, j'étais dans l'express de Londres, qui roulait dans la campagne anglaise. Le train était plein de couples qui avaient emmené leurs enfants loin des bombes et de la mort, à l'occasion de l'évacuation sanitaire mise en place depuis le commencement du Blitz. *Comme moi, ils avaient fait ce qu'ils devaient faire. Ils rentraient apaisés. J'allumai la petite veilleuse de tôle et sortis mon carnet.*

Est-ce que Mr Pirouette, le subtil héros de La mariée lève le voile, *aurait laissé partir Sickert ? Je crois bien que oui. Mais, dans la vie réelle, les choses ont moins d'indulgence que nous ne nous le figurons ; il y avait là un vieil homme qui sentait mauvais, à la barbe perlant de gouttes jaunes de salive tabagique. Et puis, moi, je ne suis pas un personnage de roman.*

Je refermai mon carnet gris et me ramassai contre la vitre embuée. J'essayai de m'assoupir.

Dans deux heures, nous serions à Paddington.

Buir m'attendait au buffet. La vapeur des grosses bouilloires de cuivre emplissait la petite salle vitrée, où des soldats sur le départ embrassaient des jeunes filles. Des enfants grimpaient dans les bras de leurs pères, qui leur murmuraient des mots de retrouvailles. Des femmes seules, aussi, regardaient dans le vague, attendant le retour de leurs compagnons, en soufflant sur leur thé brûlant : elles avaient confiance et leurs traits étaient détendus.

— On vous a vue ? On vous suit ?

Le pharmacien ne savait plus par quelle question commencer. J'ai regardé ses tempes grises, la mèche de cheveux clairs qui parcourait son front. Il s'était coupé le menton en se rasant. Il me regardait droit dans les yeux. Je me suis aperçue que c'était la première fois que je sentais qu'un homme me voyait vraiment. Nous sommes sortis de Paddington.

Norfolk Square était balayé par un vent chargé de glace. J'ai pris sa main, et nous avons marché entre les tilleuls et les vieux robinias, en direction de l'est.

Index des personnages

Victimes

Mary Ann Nichols, dite *Polly* : assassinée le 31 août 1888, peu après trois heures du matin, dans Buck's Row, une ruelle située à quelques dizaines de mètres au nord de Whitechapel Road, juste en face du London Hospital. Fugitivement femme de ménage ou domestique, *Polly* venait d'être licenciée pour vol par ses derniers employeurs. Elle repose au Manor Park Cemetery, dans Forest Gate, à Londres.

Annie Chapman, dite *Dark Annie* : assassinée et terriblement mutilée le 8 septembre 1888, vers cinq-heures trente du matin, dans une arrière-cour d'Hanbury Street, quartier de Spitalfields. Annie Chapman a plongé dans la plus grande détresse à la mort de son mari en 1886, essayant de survivre comme vendeuse de fleurs ou en se prostituant dans Spitalfields. Annie Chapman était à l'époque de sa mort en très mauvaise santé. Au-delà des ravages de l'alcool, elle souffrait probablement de tuberculose et peut-être d'un cancer en train de se métastaser. Des traces de tumeur au cerveau ont été relevées à l'autopsie. Annie Chapman a été enterrée au Manor Park Cemetery.

ELIZABETH STRIDE, dite *Long Liz* : assassinée le 30 septembre 1888, un peu avant une heure du matin, dans Dutfield's Yard, une courette servant de remise à voitures, dans Berner Street, au sud de Commercial Road, Whitechapel. Liz Stride est la seule des victimes « canoniques » a ne pas avoir subi de mutilations. Son assassin a sans aucun doute été interrompu par l'arrivée de la carriole de Louis Diemschutz. La plupart des criminologues estiment que la frustration née de cette besogne inachevée a poussé le meurtrier à récidiver la même nuit, dans Mitre Square, provoquant ainsi le *Double Event*. *Long Liz* repose dans l'East London Cemetery, Plaistow.

CATHERINE EDDOWES, dite *Kate* : assassinée et mutilée le 30 septembre 1888, dans l'heure qui a suivi le meurtre de *Long Liz*, entre une heure trente-cinq et une heure quarante-cinq du matin, dans Mitre Square, quartier d'Aldgate, City of London, en périphérie du strict périmètre Whitechapel-Spitalfields. Alcoolique, Kate Eddowes vivait le plus souvent d'expédients et de menus emprunts. Elle survivait aussi grâce à de petits métiers saisonniers comme la cueillette du houblon, et se prostituait. Kate Eddowes repose, comme les deux premières victimes, au Manor Park Cemetery, dans Forest Gate.

MARY JANE KELLY, parfois nommée Marie Jeanette Kelly ou Mary Janet Kelly, dite *Ginger* : assassinée et affreusement mutilée le 9 novembre 1888, vers quatre heures du matin, dans la chambre n° 13 de Miller's Court, un ensemble de logements situés au bout d'un passage couvert qui s'ouvrait au 26-27 Dorset Street, quartier de Spitalfields. De toutes les victimes de Jack l'Éventreur, Mary Jane Kelly est sans aucun doute celle dont la vie est la moins renseignée, et donc la plus spéculée par les historiens. Selon Joseph Barnett, elle aurait, juste avant de le rencontrer, vécu quelques semaines en France à l'invitation d'un Anglais d'une classe supérieure. Mary Kelly repose au Saint Patrick's Roman Catholic Cemetery, à Leytonstone, au nord-est de Londres.

PRINCIPAUX TÉMOINS ET ACTEURS

JOSEPH BARNETT, dit *Joe* : compagnon de Mary Kelly d'avril 1887 à fin octobre 1888, un peu plus d'une semaine avant le meurtre. Exerçant le métier de porteur de poissons au marché de Billingsgate jusqu'à la perte de sa licence courant 1888, il enchaîne les petits métiers. À la toute fin d'octobre 1888, une violente dispute avec Mary Kelly le pousse à quitter Miller's Court où ils habitaient depuis huit mois. Un temps considéré comme suspect numéro un en raison de sa proximité avec Mary Kelly et d'un présumé tempérament violent, Barnett ne retiendra finalement pas l'attention de la police ni celle du coroner. Il est mort le 29 novembre 1926.

THOMAS BOWYER : employé de John McCarthy, le logeur de Dorset Street (« mon homme Bowyer », avait l'habitude de dire McCarthy). Ancien soldat de l'Armée des Indes, pensionné, son âge exact reste un mystère. Il avait sans doute entre 40 et 50 ans lors de l'affaire. C'est Thomas Bowyer qui, sur ordre de McCarthy, ira collecter le loyer de Mary Kelly et découvrira le carnage de Miller's Court.

MARIA HARVEY : sans doute la meilleure amie de Mary Kelly. Indéniablement, une proche. Maria Harvey a partagé régulièrement la chambre n° 13 avec son amie, au grand dam de Joe Barnett. Blanchisseuse, domiciliée dans New Court, à quelques dizaines de mètres de Miller's Court, elle était passée déposer du linge chez Mary Kelly la veille du meurtre. C'est sans doute ce linge qui a été brûlé par l'assassin pendant la nuit. Harvey et Kelly fréquentaient régulièrement les *public houses* du quartier, en particulier le Britannia, le Horn of Plenty et les Ten Bells.

ELIZABETH PRATER : locataire de la chambre n° 20 dans Miller's Court, elle était la voisine la plus immédiate de Mary Kelly. Liz Prater habitait en effet juste au-dessus de la chambre n° 13. Elle a plusieurs fois affirmé qu'elle voyait à travers les lattes disjointes la lumière dans la chambre de Mary Kelly, et bien entendu, qu'elle pouvait entendre la jeune femme chanter et parler. La nuit du crime, elle a entendu le fameux cri « *Oh, murder !* » aux alentours de quatre heures du matin, élément confirmé par une autre voisine, Sarah Lewis, qui dormait dans la chambre n° 2.

JOHN MCCARTHY : propriétaire des logements de Miller's Court et d'autres taudis de Dorset Street, il tenait également une boutique d'épicerie et de bougies à l'angle de Miller's Court et de Dorset Street, au n° 27. Sous des allures de semi-notable, McCarthy était impliqué dans diverses affaires louches, comme des paris clandestins et semblait fréquenter nuitamment la petite pègre de Whitechapel. C'est à son instigation que le crime a été découvert par Thomas Bowyer, son employé : le 9 novembre au matin, McCarthy a demandé à son « homme » d'aller récupérer les arriérés de loyers dus par Mary Kelly. McCarthy a été à la suite de Bowyer, déposer à la police dans Commercial Street, et a ramené les inspecteurs dans Miller's Court.
John McCarthy est mort en juin 1934, et a été inhumé au Saint Patrick's Roman Catholic Cemetery, à Leytonstone.

FREDERICK ABBERLINE : inspecteur de la Metropolitan Police, Division H de Whitechapel, puis chargé des investigations criminelles à Scotland Yard, Abberline sera le principal enquêteur dans l'affaire de 1888, directement chargé du dossier « Éventreur ». Malgré une présence effective sur le terrain et une implication permanente dans l'enquête, il ne découvrira pas l'assassin. Des rumeurs laissent entendre qu'Abberline aurait été retenu, pour raisons politiques, d'aller au bout de son investigation, mais aucun élément historique ne confirme cet élément, qui nourrira évidemment les thèse fantaisistes du « complot royal » ou de la conspiration maçonnique. Il démissionnera toutefois de la police au moment du classement de l'affaire Jack l'Éventreur, et se destinera à des fonctions d'enquêteur privé. Frederick Abberline est mort en décembre 1929.

Dr Thomas Bond : chirurgien de la Metropolitan Police, division A. Consulté sur les affaires Nichols, Chapman, Stride et Eddowes, qu'il n'examina pas lui-même, il sera en revanche directement impliqué dans l'affaire Mary Kelly : c'est le Dr Bond qui dirigera l'autopsie de Mary Jane Kelly le 10 novembre 1888 à la morgue de la paroisse de Whitechapel. Il produira le rapport d'examen *post-mortem*, rigoureux et méticuleux, resté célèbre et tentera même de « profiler » le meurtrier, sur un plan mental et social. Thomas Bond sera un très ferme partisan de l'option selon laquelle le meurtrier n'avait aucune compétence médicale ou chirurgicale, pas même « celle d'un boucher ou d'un tueur des abattoirs... ».
Thomas Bond s'est suicidé en 1901.

Dr George Bagster Phillips : chirurgien et légiste de la Metropolitan Police, Division H, Whitechapel. Contrairement à Thomas Bond, il procédera lui-même à l'examen des victimes, à l'exception de Polly Nichols. Le Dr Bagster Phillips fut un des premiers sur la scène de crime de Miller's Court, au matin du 9 novembre 1888. Souvent en désaccord avec son confrère Thomas Bond, il contredit certaines de ses conclusions : ainsi, il notera que, contrairement aux affirmations de Bond, Mary Kelly n'était pas nue dans son lit, mais portait une chemise. De même, il refusera de confirmer que le meurtrier n'avait aucune connaissance anatomique, et qu'en tout état de cause, il savait situer et reconnaître les organes du corps humain.

George Hutchinson : mystérieux témoin des allées et venues dans Miller's Court la nuit du meurtre de Mary Jane Kelly. Hutchinson ne se fera pas connaître lors du jury d'enquête de Shoreditch, mais se présentera le soir du 12 novembre au poste de police de Commercial Street pour déposer. Son témoignage étonnera par l'ampleur des détails qu'il fournira concernant l'homme qu'il aurait vu en compagnie de Mary Kelly la nuit du 9. Malgré l'extrême et improbable précision des détails fournis (la forme et la couleur d'un bijou sur la cravate, par exemple), l'inspecteur Abberline jugera partiellement vraisemblable sa déposition. Peu après, Hutchinson disparaîtra complètement de l'enquête concernant les meurtres de Whitechapel.

Walter Richard Sickert : peintre au style novateur et contesté, proche de l'école post-impressionniste. Provocateur, excentrique et dandy, Sickert excella dans les sujets morbides (*A passing funeral*) ou aux lisières du sordide (ses nus de Camden Town, aux

chairs flasques et aux décors miteux). Sickert possédait des ateliers discrets disséminés dans l'est de Londres. Francophile, Sickert passera beaucoup de son temps en France, principalement à Paris et dans la région de Dieppe. Tout au long de sa vie, Walter Sickert fit état de sa fascination pour Jack l'Éventreur, et peignit un tableau devenu célèbre : *Jack the Ripper's bedroom*.
Sickert est mort le 22 janvier 1942, à Bath.

RODERICK MCDONALD : homme politique, député de la circonscription de Ross, coroner lors du jury consacré à l'enquête sur le meurtre de Mary Jane Kelly, au Shoreditch Town Hall, le 12 novembre 1888. On reprocha à McDonald d'avoir expédié l'enquête qu'il dirigeait en quelques heures, alors que la plupart des instructions pénales duraient souvent plusieurs jours. Ce faisant, les témoins n'auraient pas tous été cités et plusieurs dépositions semblent très parcellaires. Cette urgence apparaît aux yeux de certains observateurs comme un mépris de classe vis-à-vis du statut social de la victime. Pour d'autres experts, la précipitation de McDonald cache une volonté de garder le secret sur certains aspects de l'affaire. Cette théorie complotiste sera alimentée par les propos mêmes de Roderick McDonald, qui affirma à son jury qu'il possédait « d'autres preuves qu'il n'avait pas l'intention d'utiliser, car elles retarderaient l'action de la justice ».

Notes de l'auteur

« Pourquoi ni la police de l'époque, ni les enquêteurs
qui ont suivi l'affaire depuis des décennies
n'ont-ils jamais identifié Jack l'Éventreur ?
Parce qu'ils cherchaient un homme correspondant
à un a priori *social ou allégorique.*
"Jack" n'était pas un médecin fou, ni un membre
de l'aristocratie victorienne ou un haut personnage
de la cour d'Angleterre. Il n'était pas un Juif
psychopathe arrivé à Londres dans les convois
de l'immigration industrielle. Et pas plus un policier
pervers capable de déjouer en temps réel
les recherches de ses confrères. Il était simplement
dans la place, tout près de ses victimes,
invisible à force d'être là... »

Ces lignes extraites de *Retour à Whitechapel*, exprimées par Mrs Pritlowe dans ses carnets, résument parfaitement le sentiment qui m'animait lorsque j'ai commencé à rassembler des éléments historiques sur l'affaire de Jack l'Éventreur. Je sentais qu'il y avait une pièce manquante dans le puzzle que tentaient de rassembler depuis des décennies les enquêteurs, publics ou privés, amateurs ou professionnels de la police, qui avaient travaillé sur le dossier. Cette pièce absente, c'est le profil social réel du criminel.

From Hell, le film à succès des frères Hughes, a remis au début des années 2000 sur le devant de la scène « la piste aristocratique », qui voulait faire de Jack un éminent personnage, proche de la reine Victoria. La dimension « sociologique » très marquée du film, y compris dans certains lieux communs, ajoutait du crédit à cette proposition de complot royal. Cette thèse qui faisait de membres de l'intime entourage royal les acteurs des tueries de Whitechapel m'apparut à la fois excessivement romanesque, et historiquement absurde.

Pourtant, le film des frères Hughes croisait une de mes intentions : exprimer, à travers un récit de fiction qui prenait l'affaire de Jack l'Éventreur comme fil rouge, l'antagonisme social et économique qui régnait entre les quartiers du West End, opulents et maniérés, et l'*underworld* de Whitechapel, hanté par des exilés misérables et pleins de vices. Le Londres de *From Hell*, réellement binaire, était, lui, historiquement et sociologiquement honnête. Il était de plus remarquablement reconstitué, à l'inverse de certaines caricatures vues dans des précédentes tentatives de rendre la saga de l'Éventreur.

Les conditions sociales, les modes de vie, de travail, le contexte sanitaire, l'organisation urbaine et les hiérarchies humaines que le film proposait – en les réduisant bien entendu à une dimension cinématographique forcément resserrée et quelque peu fanatisée dans sa modélisation – résonnaient avec exactitude.

L'intérêt suscité peu après par l'ouvrage de Patricia Cornwell – *Jack l'Éventreur : affaire classée – Portrait d'un tueur*, paru en 2003 – relança une piste alternative à celle, insistante, du « complot royal ». Son livre réactiva en effet l'hypothèse Sickert, un temps en vogue puis abandonnée, en raison d'impossibilités d'agenda, essentiellement d'ordre géographique. Pourtant, deux éléments au moins incitaient à ne pas écarter la possibilité d'une implication de Walter Sickert, un peintre décadent et provocateur, avant-gardiste et poseur, dans l'affaire de Whitechapel. En premier lieu, les fanfaronnades de Sickert, qui n'a jamais cessé de clamer autour de lui, dans une provocation sans doute aussi mondaine que pathologique, qu'il avait habité les appartements de l'Éventreur, qu'il en savait plus que tout le monde sur l'affaire, voire qu'il connaissait positivement le coupable des crimes de 1888. Fanfaronnades, donc, mais peut-être aussi compulsion à exprimer tout haut ce qui ne saurait être éternellement gardé secret.

Ensuite, même si les experts restent divisés sur ce point, l'impressionnante série de peintures que Sickert produisit dans sa période dite de Camden Town ne peut laisser indifférent tous ceux qui s'intéressent au meurtre de Mary Jane Kelly : ses séries de femmes nues, sur des lits en désordre, même si elles peuvent sembler des lieux communs ou des passages obligés pour la peinture post-impressionniste, font plus que troubler. Sur plusieurs de ces « portraits » – *Le Lit de Cuivre* en est un exemple particulier – le visage a été comme rayé à grands coups de pinceau, rendant le modèle anonyme… ou défiguré, comme la morte de Miller's Court. Sur d'autres, c'est l'atmosphère de la chambre n° 13 elle-même, pendant la nuit du meurtre, qui semble ressuscitée : *What Shall we Do for Rent ?* ou *The Rose Shoe* expriment avec emphase ce motif.

Reste la question centrale, qui n'est pas de savoir si Sickert s'est inspiré du meurtre de Mary Kelly pour nourrir son œuvre : il s'est inspiré de cette tragédie. La question essentielle est donc de savoir si Sickert a vu la scène de crime elle-même – et donc qu'il était présent dans Miller's Court la nuit du 9 novembre 1888 – ou s'il n'a vu qu'une représentation de cette scène, par exemple une des photographies de police dites « MJK1 » et « MJK2 ». J'ai eu de longues conversations sur cette énigme avec plusieurs experts britanniques de l'affaire, et les avis restent partagés. En tout état de cause, on ne pourra pas condamner Sickert en lui opposant sa fascination sans doute morbide pour les chambres miteuses et les filles légères de l'East End, aux corps viciés par la misère et la maladie. Mais on peut y voir la piste d'une possible compromission. Sans partager la foi de Mrs Cornwell sur « l'obligatoire culpabilité » personnelle de Sickert, les éléments évoqués ci-dessus m'ont amené à analyser de manière intensive la possibilité d'une complicité de Walter Sickert, au moins dans l'assassinat de Mary Jane Kelly.

On a vu plus haut que c'est l'option que j'ai prise, et comment j'ai utilisé en la détournant cette « hypothèse Sickert », la rendant possible, lui prêtant non pas le rôle de l'Éventreur, mais celui de son « associé » ou de son assesseur, et n'intervenant directement dans l'affaire qu'à l'issue de la soirée dite du « *double event* ».

Sans entrer définitivement dans la genèse d'un ouvrage à dimension historique mais qui reste avant tout une création littéraire et une œuvre de l'imagination, mes propres conceptions sur le drame de 1888 et son périmètre social se sont nourries de différents travaux. D'abord, je citerai les écrits – qu'on pourrait qualifier de « reportages militants » – de Jack London, dans son *People of the Abyss*. Ceux qui voudront se frotter à l'ambiance de l'East End au crépuscule de la période victorienne doivent commencer par là.

Beaucoup moins littéraires, les enquêtes et études de « cartographie de la misère » du sociologue anglais Charles Booth, *Life and Labour of the People in London*, commencées dès 1886, exposèrent sans fard aux yeux d'un public mi-sceptique, mi-indifférent l'état d'abominable abandon de l'East London. Ces études me mirent face à ces « taches noires » de foyers criminels et de déviance morale que Booth et son équipe isolèrent dans la matière sociale de Spitalfields et de Whitechapel, au sein desquelles un psychopathe criminel pouvait apparaître et croître, comme dans un limon. Leur lecture renforça ma conviction que le tueur de Whitechapel était à chercher ailleurs que dans les salons de Buckingham ou dans les amphithéâtres de chirurgie.

Pour le dire autrement, je n'étais pas satisfait de la silhouette de Jack l'Éventreur majoritairement proposée par la littérature et le cinéma. Ce personnage en haut-de-forme et cape noire doublée de soie rouge m'avait toujours semblé aussi séduisant d'un point de vue esthétique que grotesque d'un point de vue objectif. Un tel Brummell mâtiné de Béla Lugosi n'aurait pas fait dix pas dans le Whitechapel nocturne de 1888.

Au fil du déroulé de mon approche des événements, j'ai dressé une sorte de croquis qui rendait compte dans mon esprit de la manière la plus probable dont le tueur s'était évaporé dans l'atmosphère nocturne de l'East End. Pour rendre moins abstrait ce crayonné, je dirais que ce qui s'est passé les nuits des meurtres de Polly Nichols, d'Annie Chapman, de Liz Stride et de Kate Eddowes ressemble terriblement à l'épilogue du film *Usual Suspects*, lorsque Verbal Kint, le personnage joué par Kevin Spacey, s'éloigne du poste de police. Son infirmité s'estompe peu à peu ; en quelques pas, il retrouve une démarche normale et disparaît. C'est comme ça que je crois que Jack l'Éventreur s'est dissipé dans l'air pollué de Buck's Row au soir du 31 août 1888, qu'il s'est volatilisé en quittant le 29 Hanbury Street le 8 septembre, ou l'impasse de Dutfield's Yard trois semaines plus tard. C'est ainsi qu'il s'est comme effacé de Mitre Square plus tard cette nuit du 30 septembre, presque entre les jambes des policiers qui y faisaient leurs rondes. Le monstre s'est éloigné de quelques pas, s'est progressivement redressé, s'est noyé parmi les badauds. Comme l'écrit Mrs Pritlowe : « Il est redevenu un homme. » En même temps, il était devenu invisible. Personne n'aura vu s'éclipser une créature semblant tombé d'un tableau de Whistler ou de Caillebotte. L'homme qui a éventré Polly Nichols et Annie Chapman, égorgé Liz Stride, massacré Kate Eddowes ne portait sans aucun doute ni jaquette ni chapeau-claque, mais plus probablement une vareuse de marinier ou un bourgeron de négociant…

On l'aura remarqué, j'ai négligé d'évoquer dans ce déroulé la nuit du meurtre de Mary Jane Kelly : comme je l'explique un peu plus loin, cette fois, le tueur ne s'est pas fondu dans la multitude, comme *L'Homme des foules* de Poe ; il ne s'est pas mêlé aux passants. Il a juste fait quelques pas pour disparaître…

J'ai une dette immense vis-à-vis des National Archives, dans Kew Gardens, à Richmond. Ces dernières conservent avec la vigilance digne d'une banque centrale les documents d'époque de la Metropolitan Police. On y trouve presque tout ce qui demeure du dossier d'enquête originel, c'est à dire ce qui n'a pas été carbonisé dans les raids allemands du *Blitz*, en 1940 et 1941, et qui a également échappé aux petits chapardages de collectionneurs et de fétichistes, voire d'inspecteurs partant à la retraite, qui se sont tous copieusement servis dans les archives de la police de Londres. Quoi qu'il en soit, il reste à Kew un vrai fonds « *Jack the Ripper* », parfaitement catalogué. Des photographies de police, des lettres manuscrites, des rapports. Des originaux et des microfilms, rangés dans des boîtes de plastique dans le tiroir n° 206 sous le titre générique [MEPO / *Jack The Ripper*]. Ces archives donnent leur véritable périmètre à ce drame, et surtout sa profonde dimension humaine. Ainsi, parmi les nombreux documents autographes que j'ai pu y consulter, j'ai une pensée toute particulière pour la note d'autopsie relative à Mary Jane Kelly, rédigée par le Dr Thomas Bond, le chirurgien de la police qui apparaît dans *Retour à Whitechapel* : on y devine, à travers l'écriture nonchalante de médecin, toute l'ampleur du mépris que suscitaient chez les gens du West End les filles de Whitechapel.

J'ai passé des heures à Kew, et chacune des minutes m'a apporté son lot d'informations et de découvertes. On dit d'Internet, parfois, que c'est un puits sans fond, et que la magie de l'hypertexte est aussi un piège qui se referme lentement sur celui qui s'y adonne. Je crois que les National Archives sont du même poison. Il est difficile de s'éloigner de Kew Gardens…

Ce travail n'aurait jamais eu la tonalité que je lui

souhaitais sans l'immense vivier que constituent les forums de Casebook.org. L'universitaire que je suis ne peut que s'incliner devant la rigueur méthodologique, la qualité référentielle et iconographique que ces experts passionnés ont réussi à isoler puis à collationner sur ce site remarquable.

L'invention de la Filebox Society, cette pittoresque mais – hélas – fictive société savante de Fournier Street, qui accompagne Mrs Pritlowe au cours de sa quête dans le passé, en est un hommage sincère et ému. Je pense en particulier à l'admirable travail sur les *timelines* des protagonistes principaux de l'affaire de 1888, qui constitue pour le romancier mais aussi, sans aucun doute, pour les historiens à venir, un précieux corpus de référence, d'une redoutable efficacité. Les experts qui se réunissent sur Casebook savent tout, ou presque, de l'environnement et des conditions dans lesquelles s'est nouée l'affaire des crimes de Whitechapel. Rien – mais à part la certitude de l'identité de l'assassin – n'a échappé à leur investigation. Comme je l'évoque fugitivement dans le récit, ils savent par exemple où était placé chacun des réverbères à gaz aux abords de Mitre Square ou tout au long de Buck's Row ; ils connaissent à la minute près les horaires des rondes des *bobbies* dans Spitalfields, Whitechapel Road et sur Commercial Street. Ils savent quels commerces s'alignaient dans Brick Lane et quels entrepôts s'ouvraient autour des bassins de Shadwell. Ils possèdent des grilles et des éphémérides comportant les heures de coucher et de lever du soleil de chacun des jours de l'automne de 1888. Ils ont compilé des plans de tous les quartiers, des quittances de loyer et des contrats d'assurances concernant la plupart des lieux canoniques… Ils savent quel temps il faisait la nuit du 9 novembre, et à quelle heure l'orage a éclaté le dernier après-midi de la vie de Mary Ann Nichols.

Dans la longue liste des ouvrages qui s'intéressent depuis plus de quatre-vingts ans au mystère de Jack l'Éventreur, je n'en citerai ici – au-delà de la mention en *supra* à l'ouvrage de Patricia Cornwell – que trois, pour une raison identique : ce sont ceux qui ne s'attachent qu'aux faits eux-mêmes, et ne cèdent ni aux interprétations fantaisistes, ni ne relaient les centaines de rumeurs absurdes qui ont nourri, décennies après décennies, la légende de Whitechapel. Ce sont malheureusement des documents non (encore) traduits en français. Leur rigueur mérite d'être saluée et leur lecture est passionnante. Il s'agit de l'ouvrage de Donald Rumbelow, publié chez Penguin Books, *The Complete Jack the Ripper*, du *Jack the Ripper A to Z* de Paul Begg, Martin Fido et Keith Skinner, chez Headline Book Publishing et du livre de Philip Hutchinson et Robert Clack, *The London of Jack the Ripper*, *Then and Now*, chez Breedon Books Publishing. J'entretiens une correspondance avec Philip Hutchinson, et j'ai pu constater, au fil des mois lors de nos échanges sur l'affaire de 1888, sa ténacité à en éclairer sans cesse de nouveaux territoires et les moindres recoins. Pour preuve, Philip Hutchinson, qui est historien mais aussi l'un des « *Ripper-guide* » les plus respecté de Londres, a réussi il y a quelques années à mettre la main sur un tirage photographique original et totalement inédit d'une des scènes de crime de l'épisode qui nous intéresse…

La lecture analytique des archives de la presse victorienne confirma mon intuition qu'il fallait chercher « Jack » ailleurs que dans la caricature et les clichés. Tout n'avait pas été dit sur le « mystère de Whitechapel », qui prenait toujours à la gorge, génération après génération, ceux qui se plongeaient dans ses remous.

Je dois en effet dire ici tout ce que le récit qui précède doit à la presse anglaise et nord-américaine, quotidienne ou hebdomadaire, de l'époque. Les archives du *Daily News* (en particulier dans les semaines qui suivirent l'assassinat de Mary Kelly), du *Daily Telegraph*, du *Times*, du *Globe*, ou de l'*East London Observer* donnent des informations irremplaçables sur les circonstances du drame, sur les personnalités des personnages qui intervinrent d'une manière ou d'une autre dans l'affaire, sur certaines incohérences de propos, et même sur la topographie des lieux. C'est en croisant les renseignements, les confidences et les révélations de tous ces journaux que des bribes d'information se transforment en indices, puis en récits. C'est ainsi, par exemple, en feuilletant pour la dixième ou quinzième fois un article du *Globe* que j'ai réalisé l'étrangeté des propos de McCarthy, le propriétaire de Miller's Court, capable de reconnaître spontanément un organe sur la table de chevet de Mary Jane Kelly. Je reviens sur ce point plus loin.

C'est aussi dans ces colonnes, parfois écrites d'une plume lyrique, que j'ai puisé l'atmosphère de Whitechapel, et le goût même de l'époque qui sert de cadre à ce livre. Dans un temps où les médias sont très décriés et critiqués, où de pseudo-informations circulent à la vitesse des neutrinos sur les réseaux sociaux et les blogs, sans validation ni vérification aucune, il faut saluer le travail souvent exemplaire de ces reporters.

Eux ne connaissaient que la seule source du terrain, la puissance de l'enquête, de l'observation et des témoignages directs. Comment évaluer véritablement aujourd'hui les dimensions réelles d'une scène de crime depuis longtemps évanouie sinon par les irremplaçables constats des journalistes victoriens, qui écrivaient et décrivaient, au pouce près, ce qu'ils voyaient ?

De même, le travail, qu'on pourrait juger naïf, voire approximatif, des illustrateurs de presse de la fin du XIXe siècle est indispensable pour bien saisir les représentations collectives qui dominaient à l'époque des crimes de l'Éventreur. Je pense particulièrement aux dessins du *Lloyds Weekly* et de l'*Illustrated Police News*, qui donnent en quelques traits bien des informations sur la topographie des lieux canoniques de l'affaire, et surtout, sont le plus souvent les seuls « visuels » qui demeurent des sites de l'époque.

À ceux qui voudront toutefois « visualiser » plus précisément le Londres décrit dans le récit, je ne saurais trop recommander le magnifique ouvrage de Philip Davies, *Lost London*, paru en 2009 chez Transatlantic Press, qui, comme l'écrit l'auteur, « ouvre des fenêtres sur un passé évanoui », à travers des centaines de photographies remarquablement reproduites de la ville, de l'époque victorienne au *Blitz* de la Seconde Guerre mondiale.

L. S. Barbee, un ripperologue averti, a écrit ceci dans son « Introduction au dossier », publié sur Casebook :

« Il semble tout à fait possible que l'identité de Jack l'Éventreur soit un jour découverte : il s'agit peut-être de l'un des suspects majeurs mentionnés dans le dossier, ou un de ceux que la police a rejeté de manière un peu trop cavalière ces années-là, ou c'est peut-être quelqu'un de complètement inconnu à l'époque. L'avenir peut, ou pas, révéler le nom de l'Éventreur. »

Alors maintenant, je dois expliquer pourquoi je crois, profondément, que John McCarthy, le marchand de bougies de Dorset Street, également propriétaire foncier de Miller's Court, *était Jack l'Éventreur*. Ma conviction, et certains sans doute se précipiteront sur cette restriction pour y déceler une faiblesse dans ma théorie, repose fondamentalement sur des éléments relatifs à l'assassinat de Mary Jane Kelly, dans la nuit du 8 au 9 novembre 1888.

Je suis persuadé justement que le crime de Miller's Court, parce qu'il a été le plus « abouti », parce qu'il a eu lieu dans un espace fermé, et parce qu'il clôt apparemment la série de meurtres commencée à Buck's Row quelques semaines plus tôt, sert de matrice inversée à tous les autres. Il en est non seulement le point d'orgue, l'aboutissement, l'apothéose, voire le « chef-d'œuvre », selon l'expression même de certains journalistes, médecins ou policiers de l'époque. Il constitue surtout la grille de lecture de toute l'affaire.

En ce sens, il n'est pas possible d'imaginer que celui qui a tué dans Miller's Court n'est pas, aussi, celui qui a frappé dans Buck's Row, dans Hanbury street, dans Dutfield's Yard ou dans Mitre Square : le mode des attaques, les coups portés, la manière dont les blessures ont été faites sont indiscutablement du même homme. Les analyses légales et les experts médicaux sont formels sur ces points, et les conclusions du chirurgien de la police Thomas Bond implacables : les cinq victimes « canoniques » sont mortes de la même main. Simplement, le crescendo diabolique des meurtres et des mutilations, très avancé déjà au soir de Mitre Square, a trouvé dans l'espace clos du 13 Miller's Court son théâtre définitif. Le monstrueux travail de Miller's Court n'est au fond qu'une reconstitution, ou plutôt une compilation de l'ensemble des meurtres précédents, réalisée dans l'espace contraint et le temps suspendu de la chambre n° 13.

Désigner l'assassin de Mary Jane Kelly revient donc inévitablement à lever l'identité de celui qui a aussi tué les quatre précédentes femmes dans Whitechapel et Aldgate.

Je vais donc à présent exposer pourquoi Jack McCarthy est bien le coupable de 1888, et pourquoi le carnage ignoble de Miller's Court l'accuse implacablement de tous les crimes attribués, depuis plus de cent vingt ans, à ce personnage drapé d'ombre que l'on nommera, pour l'éternité, Jack l'Éventreur. Voici ces éléments ; ils sont au nombre de dix.

Le lecteur pourra les retrouver disséminés dans le roman, de manière plus ou moins distincte, plus ou moins allusive :

1) On peut croire aux coïncidences. Mais la probabilité que la foudre frappe trois fois exactement au même endroit reste très mince. Le 26 novembre 1898, dix ans après les meurtres « canoniques » de Jack l'Éventreur, un nouveau drame s'est déroulé dans Miller's Court. Liz Roberts est assassinée dans la « *first floor back room* » (chambre n° 20, à l'étage, vue sur la cour) du 26, Dorset Street. C'est la pièce qui se situe juste au-dessus du n° 13 Miller's Court : la pièce même où vivait précédemment Mrs Prater.

Plus tard encore, le 2 juillet 1909, les archives de la police de Londres rapportent un autre assassinat de jeune femme dans Miller's Court, d'un profil similaire à celui de la dernière victime de 1888 : Kitty Ronan, 24 ans, mutilée et assassinée.

John McCarthy était toujours, à cette date, le *landlord* de Miller's Court, son « fermage », qu'il ne quittera qu'en 1927. Pour McCarthy, les filles de Miller's Court représentaient sans doute plus que des vaches à lait : elles étaient également des bêtes de boucherie.

2) La question de la fuite de Jack l'Éventreur à l'issue de son « festin » de Miller's Court a toujours été une énigme pour les enquêteurs. Le détail n'est pas sans importance quand on sait que le meurtrier devait être couvert de sang, et qu'à la fin du massacre du 9 novembre, le jour se levait. Il devenait extrêmement difficile de quitter Miller's Court et de passer inaperçu dans les rues populeuses et pleines de l'activité fiévreuse du marché de Spitalfields, particulièrement dans l'atmosphère angoissée et suspicieuse de meurtres qui régnait à Whitechapel…

La distance qui séparait l'entrée de l'arrière-boutique de McCarthy de la porte du n° 13 était d'environ 1,30 m. L'*East London Observer* écrira que l'on pouvait « presque toucher du bras la porte de la victime de la maison d'en face ». La réserve de la boutique de bougies constituait un refuge immédiat pour le meurtrier. Il pouvait s'y replier en quelques secondes.

Par ailleurs, et cela renforce cet élément décisif : plusieurs témoins, dont certains assez loin de la chambre n° 13, affirment avoir entendu une femme crier « Au meurtre ! » dans la nuit. Les cris ont été entendus un peu avant quatre heures, et selon le seul témoignage fiable, l'assassin paraît avoir quitté les lieux vers six heures. Un assassin extérieur à Miller's Court aurait-il pris le risque de rester tapi deux heures dans ce piège qu'était la chambre de Mary Kelly, en attendant que quelqu'un, alerté par le cri, arrive ? En aucun cas.

Sauf si le meurtrier était *quelqu'un* qui pouvait légitimement se trouver là : pour vérifier par exemple que sa locataire n'hébergeait pas d'autres filles, comme cela était monnaie courante dans les taudis de l'East End, ou simplement pour avoir répondu le premier à l'appel au secours, en tant que plus proche voisin.

Ce *quelqu'un*, c'était le *slumlord* John McCarthy.

3) John McCarthy a, en 1919, fait enterrer sa femme Elizabeth dans le Saint Patrick's Roman Catholic Cemetery, dans le nord-est de Londres, à quelques dizaines de mètres de la tombe de Mary Jane Kelly. McCarthy l'y a lui-même rejoint à sa mort en 1934. Difficile de ne pas y voir, dans la logique de cet esprit malade, une sorte de signe. Voire de signature…

4) Selon son témoignage au jury de Shoreditch, McCarthy a envoyé « son homme Bowyer » chercher la police. En d'autres moments, en particulier dans des propos tenus aux journaux, il affirme s'être rendu au poste de police en compagnie de Thomas Bowyer.

Le témoignage de l'inspecteur Walter Dew contredit cette dernière version : Thomas Bowyer, affirme le détective, est arrivé seul à la police. McCarthy est donc resté en arrière à Miller's Court, avant de rejoindre un peu plus tard Bowyer au poste de police. Pourquoi est-il resté seul dans le *court* ? Pourquoi a t-il « traîné » dans Miller's Court, le 9 novembre au matin ? Pour effacer des traces ou récupérer un objet accusateur qu'il a vu en regardant avec Bowyer par la fenêtre cassée. Je décris dans le récit qui précède ce que pouvait être cet objet oublié.

Concernant les contradictions présentes dans les témoignages de McCarthy, il faut aussi mentionner sa double version de la découverte du corps de Mary Kelly : face au jury de Shoreditch, il affirme « n'avoir aucun doute sur l'identité » du corps aperçu à travers la fenêtre. Plus tard, aux journalistes du *Globe*, il expliquera que « le visage était mutilé et tailladé de telle sorte que la victime était au-delà de toute identification ».

Il est intéressant de s'arrêter sur le premier témoignage, dans lequel il reconnaît sans « aucun doute », à plusieurs mètres et à travers une fenêtre, une femme que même son compagnon Joe Barnett ne pourra identifier avec certitude qu'à l'examen médico-légal, de tout près, et encore, seulement grâce « aux oreilles et aux yeux », les seuls détails « qu'il pouvait reconnaître ». On imagine aisément pourquoi McCarthy reconnaît aussi facilement une morte méconnaissable, et pourquoi il n'a, lui, « aucun doute sur [son] identité ».

5) McCarthy était debout, et veillait encore à une heure trente du matin, le 9 novembre, dans sa boutique à l'entrée même de Miller's Court. Tous les témoignages le confirment. Mary Kelly était, quant à elle, sortie et n'arriverait que quelques dizaines de minutes plus tard : c'est peu après cette heure qu'il s'est glissé dans le n° 13 et a attendu sa victime.

6) McCarthy a, sur ordre de la police, défoncé la porte du n° 13, le 9 novembre dans l'après-midi. Plusieurs témoins ont confirmé qu'en effet la clé de la

chambre de Mary Kelly avait été perdue depuis plusieurs semaines. En tant que propriétaire, n'avait-il pas forcément un double des différents studios qu'il louait ? Il connaissait aussi sans doute le « truc » de Barnett et Kelly pour ouvrir la porte en passant le bras par la fenêtre. Il a fracassé la porte à coups de hache (ou de pioche, selon d'autres rapports) pour renforcer l'idée qu'il n'était pas libre d'entrer dans le n° 13. En ce sens, il se trahit sans même y penser, parce que lui seul (hormis bien entendu Sickert) sait que le meurtrier est entré avant Mary Kelly dans la chambre (voir point précédent) : tous les enquêteurs recherchent un homme qui serait revenu de Spitalfields en sa compagnie, et serait donc entré avec elle dans la chambre 13.

7) McCarthy était connu pour sa veulerie et son intransigeance envers les impayés : pourquoi a-t-il autorisé, au sein d'un système locatif très strict qui prévoyait des paiements hebdomadaires, un arriéré de loyer de plus de cinq semaines à Mary Kelly ? Peut-être en raison d'un chantage (Mary Kelly ne l'a-t-elle pas vu rentrer ensanglanté de ses « besognes » ?). Ou parce qu'il veut la garder sous la main, l'ayant choisie comme prochaine proie… et qu'il entend se faire payer d'une autre façon.

8) L'aspect physique de McCarthy est totalement compatible avec tous les témoignages et tous les comptes rendus des journaux de l'époque concernant le signalement de l'Éventreur : taille moyenne, trapu, brun, moustachu, « entre 35 et 40 ans » : John McCarthy avait 39 ans en 1888. Il était brun, massif, de taille moyenne, et portait des moustaches.

9) « *Her liver and other organs were on the table* » (« Son foie et d'autres organes étaient sur la table ») : c'est, je l'ai dit, ce que déclara John McCarthy au journal *The Globe* : « avant que les détails soient rendus publics », précisera le journal sans en apprécier la conséquence. McCarthy prétendait rapporter sa découverte d'une scène absolument terrible. Il s'en dit bouleversé, mais restait suffisamment lucide, au-delà de cette émotion et à plus de deux mètres à travers une fenêtre, pour identifier spontanément, dans une chambre plongée dans la pénombre, un organe précis parmi cette boucherie abominable…

10) Simplement pour faire le compte : « *Jack* », en anglais, est le diminutif de John…

Voilà donc McCarthy en pleine lumière. Comme lorsque Guignol émerge de l'arrière-scène et salue son public. On le constate dans la liste ci-dessus, plusieurs éléments soulignent à la craie rouge la culpabilité du négociant de Dorset Street. Ces faits m'interpellent d'autant plus que j'ai les pires difficultés à comprendre comment et pourquoi ils n'ont pas sauté aux yeux des policiers du Yard, et en particulier, aux plus fins d'entre eux, comme Dew, Reid ou Abberline.

Sans doute McCarthy avait-il aux yeux de ses contemporains cette faculté que j'évoquais plus haut, de s'effacer, de s'évaporer, de se rendre presque invisible. Que l'on songe qu'il a été là, toute la matinée du 9 novembre, au sein d'une extrême agitation policière, dans Miller's Court – *McCarthy's Rents*, comme disaient aussi les gens de Spitalfields – sans attirer l'attention des limiers, sans se faire remarquer, sans se faire refouler. Comme son personnage le dit dans le roman : il était là *chez lui*.

Remerciements

Écrire aujourd'hui, plus de cent vingt années après les faits, un livre à dimension historique sur une affaire aux conclusions absentes et sur des lieux pour la plupart entièrement disparus est une gageure et un vertige. Tous les écrivains sérieux qui se sont confrontés à l'affaire de Jack L'Éventreur l'ont tôt ou tard ressenti.

Tout à Londres est bouleversé par rapport aux environnements topographiques, mais aussi sociologiques, démographiques, et urbanistiques qui prévalaient en 1888. Whitechapel a changé. Spitalfields s'est « gentrifié » et semble devenu, à l'instar de la Butte Montmartre, de la Bastille ou du quai de la Gare à Paris, le repaire des « bobos » et des créateurs. Même le (Royal) London Hospital, derrière sa façade historique en chapiteau, se modernise chaque jour et propose à ses visiteurs un chantier permanent en forme de labyrinthe. Brick Lane ne parle plus le yiddish ou le gaeilge irlandais, mais l'hindi ou le bengali.

Toutefois, la piste reste ouverte. Non seulement parce que l'affaire et l'homme qui a donné son pseudonyme à une des énigmes les plus singulières de l'histoire criminelle sont devenus des formes de mythes, et que des mythes, il reste toujours des traces et des échos. Mais aussi, moins abstraitement, parce que les Londoniens, peut-être sous la prégnance de cette mythologie devenue aussi un folklore, entretiennent, presque charnellement, la flamme intacte de ce fait divers rendu légende.

Je n'ai pas emprunté seul cette piste et je souhaite saluer ceux qui m'y ont accompagné.

En tout premier lieu, je veux chaleureusement remercier les concepteurs et animateurs du forum Casebook.org, dont j'ai déjà parlé, et en particulier son fondateur, Mr Stephen P. Ryder, ainsi que quelques-uns de mes savants interlocuteurs : Lynn Cates, Chris Scott, Rob Clack et Mr Bridewell, officier de police retiré dans le Leicestershire. J'ajouterai à cette *short list* Philip Hutchinson, dont j'ai cité plus haut l'indispensable ouvrage, qui ne fréquente plus Casebook, mais dont la disponibilité et la gentillesse à me répondre sur des points étroits ont nourri ma science de l'Éventreur au cours des mois de rédaction de ce livre.

Je voudrais manifester aussi ma reconnaissance à Mrs Jacky Berry, la bibliothécaire de la British Medical Association, sur Tavistock Square, qui s'est immédiatement impliquée dans mes recherches sur la médecine légale victorienne en liaison avec l'affaire de 1888, et en particulier sur les docteurs Thomas Bond et George Bagster-Philips ainsi qu'aux documentalistes du Welcome Institute, dans Euston Road, qui m'ont ouvert sans réserve l'accès à leur fonds immense de ressources.

J'y associe le personnel du Royal London Hospital

Museum and Archives, dans Newark Street, pour sa disponibilité et son accueil. C'est en déambulant dans cette crypte remarquablement aménagée et en m'égarant devant des vitrines pleines de vieilles choses que Mrs Pritlowe a pris sa forme définitive…

Je ne saurais conclure cette partie sans remercier le docteur Carine Tiberghien, pédopsychiatre et psychanalyste, qui a eu la gentillesse, lors d'une belle soirée d'automne à Fondamente, de valider mon récit sur la remontée dans la mémoire infantile, vers Miller's Court, de mon héroïne, ainsi qu'Isy Finger, pour les dialogues en version originale de l'homme de Dutfield's Yard.

Enfin, je dis toute ma gratitude et mon amitié à Stéphane Durand-Souffland qui m'a fait l'honneur de préfacer cet ouvrage, et de mettre ainsi sa science des affaires criminelles, son talent d'écrivain et sa sensibilité au service de ce récit.

Je souhaiterais, pour conclure, ajouter deux ou trois choses sur le contexte dans lequel cet ouvrage a été pensé et écrit, pour dire tout mon amour à ma femme Sarah Finger et à mon fils Tim.

Depuis que je travaille sur *Retour à Whitechapel*, Tim vient régulièrement me rejoindre dans mon bureau, alors que j'écris dans le dossier *1888*, posé sur le bureau de mon Macintosh. Il me dit : « *Tu fais quoi, 'Pa ?* » J'ai du mal à formuler ce que je fais exactement. Je parle d'un travail sur Londres, d'un « *gars qui a échappé à la police* » ; je m'embrouille. Il dit : « *Pourquoi il a échappé à la police ? Il était méchant ? Il était recherché ?* » Je dis « *oui* », et que moi aussi, maintenant à mon tour, je le cherche. Il me dit : « *C'était quand ?* » Je réponds qu'il y a longtemps.

— *Mais 'Pa, il est encore vivant ?*

— ...

— *'Pa, c'était en 1888 ?*

— ... *Tu as vu la date sur l'ordinateur, t'es un malin, toi. Oui, en 1888.*

— *'Pa, tu peux pas le retrouver. Le chercher, peut-être, mais tu ne pourras pas le retrouver.*

Parfois, au cours de ces dernières années pendant lesquelles j'ai mené ces recherches sur Whitechapel et l'époque victorienne, Sarah m'a demandé si je travaillais toujours « sur Jack l'Éventreur ». Elle demande ça naturellement, sans ironie. « *Tu travailles toujours sur Jack l'Éventreur ?* » Je dis oui, bien sûr, comment le cacher, et pourquoi le cacher ? Du reste, les deux gros dictionnaires *Harraps* et l'index gris de l'*Illustrated History of English Newspapers* posés à deux doigts du Mac, que je consulte à intervalles réguliers en comparant des choses que je lis sur l'écran avec les mots écrits dans les ouvrages ne laissent aucun doute sur le sens de mon occupation.

Sarah demande : « *Au fond, qu'est-ce qui t'intéresse dans cette histoire ?* » Elle m'accompagne. Mais j'ai du mal à répondre. Presque autant qu'à la question de Tim. Qu'est-ce qui m'intéresse là-dedans ? J'ai des réponses. Je crois que j'ai tout un arsenal de réponses que j'ai installé là pour m'en servir – juste à côté des *Harraps*.
Je dis : « *Eh bien, sans doute un peu tout, le*

contexte, le... style de l'époque, de... l'endroit. Le quartier, les gens, la pauvreté, les enfants dans la rue, assis sur les rebords des caniveaux, l'air engourdi, ou narquois, les hommes à moustaches qui tirent des charrettes à bras chargées de fruits, de poissons en vrac, de frusques déchirées ; les filles qui vivaient là. Les maladies, toutes ces filles malades, de tuberculose, de cirrhose, de maladies de peau, de mal de Pott, de mal de Bright... » Je dis aussi :

— *Eh bien, les motivations de ce type qui les a tuées, je cherche à comprendre s'il s'agit d'un fou. Ou d'une sorte de haine.*

— *Une* haine ?

— *Oui, j'ai comme l'impression que ce n'est pas seulement de la folie, mais surtout une sorte de haine colérique, contre ces filles. Pas personnelle, mais contre ces filles qui peut-être étaient à l'envers de la société victorienne. Une sorte de misogynie fanatique, mais nourrie... par une espèce de dégoût social. Je crois que Jack détestait ces femmes pas seulement parce qu'elles étaient des putains, mais parce qu'elles étaient pauvres, et qu'elles étaient malades. Comme, tu sais Patrick Bateman, dans* American Psycho, *qui tue un clochard, parce qu'il est pauvre et qu'il pue. Et il lui dit un truc du genre – en le poignardant et en s'acharnant sur lui, comme Jack l'avait fait à Londres en 1888 sur Catherine Eddowes (au point que je me demande si Bret Easton Ellis n'a pas cherché sciemment à reproduire la scène de Mitre Square dans le New York des années 1980) : « Tu te rends compte à quel point tu es de la merde ? »*

Sarah suit mes explications, qui sont pleines de silences et d'incises. Les phrases dégringolent en se mélangeant. En tout cas, voilà pourquoi j'ai décidé de parler de *Jack*.

Et une dernière chose, Tim : je crois que j'ai fini par le retrouver.

Pour être tout à fait complet, je crois que *Retour à Whitechapel* s'est définitivement mis en place quand, en juin 2008, deux étudiants français – Laurent Bonomo et Gabriel Ferez – ont été assassinés à Londres, dans leur appartement de New Cross. Ils avaient été massacrés à l'arme blanche, recevant plus de 240 coups de couteau. Les *tabloïds* britanniques ont publié des photographies de leur studio, dans Sterling Gardens. La scène de crime semblait la réplique de la chambre de Miller's Court dans laquelle Jack l'Éventreur a frappé en 1888. On y découvrait le même chaos, le même halo de souffrance, à peine évaporé. J'ai pensé à l'immense douleur de leurs proches. Et à la douleur de ceux qui aimaient les victimes de 1888. Mrs Pritlowe est apparue à ce moment-là.

C'est bien à la littérature de faire revivre les morts, et à nous d'écouter ce que les fantômes ont à dire.

MIXTE
Papier issu de
sources responsables
FSC® C003309
FSC
www.fsc.org

10/18, une marque d'Univers Poche,
est un éditeur qui s'engage pour
la préservation de son environnement
et qui utilise du papier fabriqué à partir
de bois provenant de forêts gérées
de manière responsable.

Imprimé en France par CPI

N° d'impression : 2031107
Dépôt légal : décembre 2015
Suite du premier tirage : août 2017
X06725/03